Carsten Sebastian Henn

Julia, angeklickt

Ein erotischer Internet-Roman

Wunderlich Taschenbuch

Originalausgabe
Veröffentlicht im Rowohlt Taschenbuch Verlag GmbH,
Reinbek bei Hamburg, Juni 2000

Lektorat: Bettina Hesse
Umschlaggestaltung Barbara Hanke / Cordula Schmidt
(Umschlagfoto: Bavaria Bildagentur)
Gesamtherstellung Clausen & Bosse, Leck
Printed in Germany
ISBN 3 499 26243 6

Für Steffi

«Ich bekenne … dass ich viel gesündigt habe in Gedanken, Worten und Werken.»

(Aus dem Sündenbekenntnis)

1. Kapitel

In dieser Nacht, kurz nach ein Uhr, würde es passieren. Ihr erstes Mal. Sie hatte ihn schon oft berührt, manchmal hastig, gedankenlos, manchmal mit ein wenig Vorfreude, aber niemals zu diesem Zweck, niemals um in Kontakt zu treten, sondern immer nur, um allein zu sein, mit der Arbeit, mit sich. Diesmal war es anders. Er stand lautlos im kleinen Arbeitszimmer ihres Mannes Marius, an dem Platz, wo er immer war, bündig abgeschlossen mit der Schreibtischaußenseite, wie alles seit Jahren an seinem zugewiesenen Ort verharrend. Nur keine Veränderungen. Im Haus war es totenstill. Momentan schlief Marius, und Julia hoffte, dass er nichts hören würde. Er hatte einen leichten Schlaf, und der Arbeitsraum lag genau unter dem gemeinsamen Schlafzimmer. Sie ging mit ihren nackten Füße so vorsichtig und langsam auf dem Parkettboden vorwärts, dass sie mit den Armen balancieren musste, um nicht vornüberzufallen. Fast geräuschlos schaffte sie es bis zum Schreibtisch. Nur in ihrem extralangen U2-T-Shirt setzte sie sich auf den unbespannten Eichenstuhl. Sie zuckte zurück, denn die Sitzfläche war kälter als ihre warmen Pobacken. Sie hatte noch nie halb nackt auf diesem Stuhl gesessen. Es fühlte sich ungewöhnlich an, aber gut. Sonst saß sie hier nur von 10 bis 12, wenn sie die Büroarbeit für ihren Mann erledigte. Dann aber immer züchtig gekleidet, denn schließlich konnte man von der Straße aus durch das große Fenster hineingucken und sehen, was die Pfarrersfrau so trieb und ob sie auch fleißig war.

Jetzt waren die Rollläden heruntergelassen.

Julia drückte vorsichtig den großen Ein / Aus-Schalter, und der Computer begann nach einem satten Klacken wie eine vollgefressene metallische Katze zu schnurren. Er testete seine Festplatten und Laufwerke, dann ging er über zum RAM-Speicher und fing an zu piepsen. Ein schneidendes Geräusch. Julia rückte unruhig auf ihrem Stuhl hin und her. Als der Computer alle 128 MB zu seiner Zufriedenheit durchgetestet hatte, begann er, das Programm zu laden. Julia hatte das Gefühl, das schnurrende Geräusch wäre lauter geworden und müsste längst bis zu Marius dringen, ihn wecken und dazu bringen, die Treppe herunterzukommen, um jeden Moment schlaftrunken und fragend in der Tür aufzutauchen. Gänsehaut begann von ihren nackten Füßen über ihre langen Beine, die Pobacken umrundend, unter ihr T-Shirt und immer weiter hinaufzukriechen. Julia ging mit ihrer Hand wieder zum Ein/Aus-Schalter. Sie wusste, dass sie den Tower besser wieder runterfahren und zurück ins Bett gehen sollte. Sie sollte besser träumen. Träumen war gut, und wenn sie viel Glück hatte, würde es ein intensiver Traum sein, ein lebensnaher, den sie am ganzen Körper spüren konnte. Der Computer fiepste wieder, und der Schall spiegelte sich im Raum. Ausschalten wäre die einfachste Lösung dieses Problems. Aber Julia hielt inne. Warum wollte sie dies durchziehen? Nur weil ihr Pascal Reisewitz, der Verkäufer im Eine-Welt-Laden, gesagt hatte, das müsse sie unbedingt mal probieren? Im Netz chatten würde ihr bestimmt Spaß machen, hatte er erzählt und mit aufgerissenen Augen angeboten, das entsprechende Programm zu installieren und ihr sein altes Modem zu leihen. Sie hatte noch versucht abzuwiegeln, aber er lud sich praktisch selber ein und war noch am selben Tag gekommen, um alles vorzubereiten. Damit sie über die Glasfasernetze hinauskonnte, mit anderen Menschen kommunizieren. Mit Menschen, die sie nicht kannte, die sie nicht kannten und , wenn sie es so wollte, niemals kennen würden. Brauchte Julia die wirklich? Hatte sie nicht in der Gemeinde genug Menschen, mit denen sie reden konnte, die sie kannten und verstanden? Musste sie hier mit einem 17″-Monitor als einziger Lichtquelle sitzen und per Tastatur mit Fremden in Kontakt treten?

Der Tower begann wieder zu brummen, diesmal tiefer und eindringlicher. Er forderte es heraus.

Im Internet würde ihr niemand etwas verübeln, ihr ständig sagen, was sie falsch machte oder was sie besser machen könnte. Und wenn es doch einer tat, würde sie das Gespräch eben beenden. Ohne Reue. Per Mausklick. Julia holte die Decke vom Wohnzimmersofa und legte sie über den schnurrenden Tower, der dadurch einige Dezibel an akustischem Schrecken verlor. Als die Windows-Arbeitsoberfläche auf dem Bildschirm zu sehen war, klickte sie entschlossen weiter. Sie hatte sich hier heruntergeschlichen, also würde sie es zumindest einmal versuchen. Was riskierte sie schon?

Julia brauchte nicht lange, bis sie den vermeintlich richtigen unter den Hunderten von Chatrooms ausgewählt hatte. Chatrooms, hatte ihr Pascal in seiner Kurzeinführung am Nachmittag erklärt, wurden die Knotenpunkte genannt, an denen mehrere, manchmal bis zu hundert Computer-User gleichzeitig miteinander ‹sprechen› konnten. Sie tippten zu Hause an ihrem Computer einfach ein, was sie ansonsten sagen würden. Julia hatte sich für den Chatroom #Adults_only! entschieden, weil es einer der ersten war, den der Computer angab und weil sie schließlich erwachsen war, und das seit elf Jahren.

Pascal hatte vergessen, ihr zu sagen, dass solch ein Chatroom-Name bedeutete, dass dort über Dinge geredet wurde, die nur Erwachsene legal machen durften, und manchmal nicht einmal das.

Julia musste sich einen User-Namen zulegen, so wusste niemand, wer sie wirklich war. Sie nannte sich ‹Beatrice›, nach der wortgewaltigen Adligen aus Shakespeares «Viel Lärm um nichts». Vielleicht würde sie ja auf einen anderen Shakespeare-Fan treffen. Als die ersten Sätze anderer Chatter auf dem Bildschirm ankamen, merkte Julia, wie ihre Handinnenflächen vor Aufregung feucht wurden. Mit pochendem Herzen schrieb sie ihre ersten Wörter in den virtuellen Raum. Julia wusste in diesem Moment noch nicht, dass für sie ein neuer Abschnitt begonnen hatte. Doch das Netz hatte einen weiteren Nachtschwärmer eingefangen. Bald würde er anfangen zu zappeln.

<Beatrice> Hallo!
<hotbutter> ihr seid alle totaaaaal abgewrackt!
<SweetVanilla> will jemand fotos tauschen?
<Veenus> Howdy Beatrice! Willkommen bei ADULTS-ONLY!!!
<bitchie> ich lieg hier geil + warte!!!
<Araki> Fotos? Si.

Es war schnell. Es war durcheinander. Es war verwirrend.

<hotbutter> ich auch abgewrackte fotos bitte! give it 2 me!
<Snake> gibt's hier mädels die mit mir 22/m/australia chatten wollen? whisper!
<Araki> Hallo Beatrice, neu hier?

Ein Araki hatte *sie* angesprochen! Julia starrte überrascht und ungläubig auf den Bildschirm.

<SweetVanilla> bitchie wartest du etwa auf mich?
<Veenus> Was für Fotos?
* *bitchie denkt dass kein richtiger mann hier ist keiner der es ihr besorgen kann*
<Araki> Beatrice, bist du noch da?

Er sprach wieder mit ihr! Was sollte sie schreiben? Was sagte man in so einem Moment? Sie musste etwas Einfallsreiches eintippen. Keine Frage.

<Beatrice> Ja, ich bin neu hier.
<SweetVanilla> es sind HEISSE fotos sweetie! autsch! HOTHOTHOT!
*** midnight (~xxxxxxxx@248.206.74.XXX) hat sich der Unterhaltung angeschlossen.

* *Snake fällt auf die Knie und beißt bitchie in ihre brüste*

<Araki> Wo kommst du her, Beatrice?

Sie konnte ihm ja wohl nicht sagen, wo sie wirklich wohnte, dann würde Araki es ja wissen. Das wollte sie nicht. Was wusste sie, wer er war? Vielleicht ein Psychopath? Ein Massenmörder? Vielleicht aber auch Günther Drieberg, der dicke Bass aus dem Kirchenchor? Julia fiel einfach keine Stadt ein. Sie schaute sich hektisch im spärlich beleuchteten Zimmer um, bis ihr Blick auf die dicke Martin-Luther-Biographie fiel.

<Beatrice> Eisenach.

<Veenus> Was willst du dafür haben?

* *bitchie reibt eisstückchen über ihre brustwarzen*

<hotbutter> wahrscheinlich heiße fotos von lauwarmen weibern!

<Araki> Ich wusste gar nicht, dass Ihr schon Computer habt?!:-)

<hotbutter> oh! Beatrice ist eine ossi-tussi! BANANE gefällig?

Was hatte Araki da für Zeichen hinter seine Frage gesetzt? Pascal hatte zum Schluss seiner Kurzeinführung lachend gesagt, wenn sie etwas nicht verstehen würde, sollte sie einfach den Kopf auf die linke Seite legen. Sie tat es und musste lächeln.

<Beatrice> Wir haben sogar schon elektrischen Strom!:-)

<SweetVanilla> schick mir heißere fotos hotbutter!

<Araki> flüstert zu <Beatrice> Sollen wir lieber ins Separee gehen, hier ist es so laut?

Ins Separee? Das klang anrüchig, aber sie konnte den Computer ja jederzeit ausschalten. Das war ja überhaupt kein Problem! Als sich ein Separee-Fenster auf dem Bildschirm öffnete, klickte Julia es an.

Sie war mit Araki allein.

<Araki> Chattest du oft?

<Beatrice> Nein, es ist das erste Mal. Ich muss noch viel lernen.

<Araki> Ich hab das Gefühl, du lernst schnell ...;-)

<Beatrice> Was sollte ich denn als Nächstes lernen?

Was hatte sie da gerade geschrieben? Es war ein Spiel, natürlich, nichts war wahr. Und obwohl sie dies wusste, war ihr ganzer Körper in Spannung, und sie saß kerzengerade auf dem Holzstuhl. Mit 80 Megahertz Bildaufbau traf die Antwort von Araki auf dem Monitor ein.

<Araki> Alles, worauf du Lust hast ...

Julia rückte mit dem Stuhl näher an den Monitor und strich sich ihre langen braunen Haare nach hinten.

<Beatrice> Worauf könnte ich denn Lust haben?

Es dauerte ein wenig, bis die Antwort auf dem Bildschirm erschien, was darauf hindeutete, dass Araki etwas Längeres schrieb. Pascal hatte gesagt, dass jeder Text erst erschien, wenn er komplett getippt war.

<Araki> Auf mich: Ich bin 1,86 groß, wiege 71 Kilo, hab blonde, leicht gelockte Haare & da ich Amateurringer bin, auch einen durchtrainierten Körper. Ich hab nur meinen blau gemusterten Seidenkimono an & bin allein. Nur mein dicker Kater ist noch bei mir &

schmiegt sich an den Yakumo-Monitor. Er ahnt wohl, dass ich jemanden gefunden habe, Beatrice.

Plötzliche Unruhe kam in Julia auf, und sie lauschte, ob von oben Geräusche zu hören waren. Aber außer dem beständigen, gedämpften Rauschen des Rechners war es ruhig. Eigentlich hätte jeder Zentimeter des Raumes aufgrund dessen, was da gerade auf dem Bildschirm stand, aufschreien, jedes Gebetbuch mit seinen Seiten schlagen, jede Bibelausgabe sich in den Tod stürzen müssen. Die Sätze auf dem Monitor passten nicht in das Büro eines evangelischen Pfarrers. Aber es passte auch nicht, dass eine Pfarrersfrau halb nackt mitten in der Nacht vor einem Computer saß und mit einem unbekannten Mann flirtete. Und dann noch mit einem, der nur einen Kimono trug! Kein Mann in der Gemeinde wäre zu so etwas fähig, dachte Julia. Arakis Worte bauten sich unmerklich schnell immer wieder neu auf ihrem Monitor auf und versuchten, Julias Lustzentrum zu erreichen. Doch obwohl sie so spärlich bekleidet war, hielt sich dieses noch relativ bedeckt.

Sie stand auf, stemmte ihre Hände in die Hüften und baute sich vor dem Tower auf. Es gab überhaupt keinen Grund, von diesen Sätzen emotional aufgerührt zu sein. Es war ja schließlich nur ein Computer, und es waren schließlich nur ein paar Worte. Nicht mehr.

<Araki> Bist du noch da, Beatrice?

Dieser Araki konnte auch ein kleiner, pickliger 14-Jähriger sein, der vor seinem Computer saß und nur darauf wartete, endlich masturbieren zu können.

<Araki> Hab ich dich erschreckt? Dann tut's mir Leid!

Aber würde so ein 14-Jähriger schreiben? Nein, sie musste es mit einem richtigen Mann zu tun haben. Allerdings einem, der Kimonos trug. Oder auch nicht.

<Araki> Gib mir eine neue Chance! Bitte! Morgen um dieselbe Zeit? Ja?! Ich werd da sein!!!

Was konnte er ihr schon antun? Nichts! Es waren ja nur erleuchtete Pixel auf dem Raster ihres Bildschirms, die ein paar Worte ergaben. Und sie war kein kleines, ängstliches Mädchen mehr. Trotzdem zitterten ihre Finger leicht, als sie die nächsten Worte eintippte.

<Beatrice> Ixch bin nocg da.
<Araki> Das freut mich sehr, Beatrice!
<Beatrice> Hast du wirklich einen Kimono an?
<Araki> Ja. Wenn du willst, zieh ich ihn aus ...

Warum nicht? Klar. Sollte er sich doch ausziehen! Jetzt war sie schon mal hier. Machen Sie sich ruhig frei, Herr Araki! Julia nickte zustimmend. Sie bemerkte nicht, wie ihre Zungenspitze kurz über die Oberlippe fuhr. Es war ja alles ein Spiel. Nur ein Spiel.

<Beatrice> Ja.

Julia starrte auf den Bildschirm und vergaß zum ersten Mal seit langem die sie erdrückende, übermenschliche Ordnung des Raumes, ja des ganzen Hauses, vergaß das große, schwarz lackierte Holzkreuz über der Tür, den Kalender mit den schönsten Kirchen Deutschlands und ihren Mann, der über ihr schlief – vermutlich ordentlich auf dem Rücken, mit den Händen über dem Bauch gefaltet. Julia sah nicht mehr den 17″-Monitor vor ihrem Gesicht, sie sah einen großen, blond gelockten Mann, der vor ihr im Schneidersitz in einem kleinen Zimmer eines japanischen Teehauses saß. Die Wände waren aus leicht durchscheinendem, milchigem Papier, überzogen von einem Raster aus dünnen, hellen Holzleisten. Der Mann blickte sie eindringlich an und …

<Araki> Ich bin jetzt aufgestanden & löse langsam die Schleife meines Kimonos. Er öffnet sich & gibt den Blick frei auf mein Glied, 24 Zentimeter feinstes Männerfleisch, die sich schon auf dich freuen, Beatrice. Sie gehören dir heut Nacht. Ich streife nun den Kimono von meinen Schultern. Er gleitet langsam über meine Rückenmuskulatur ... meine Wirbelsäule entlang ... über meinen Po ... & jetzt schneller hinunter. Ich bin ganz nackt & ich kann es kaum erwarten, dich auch nackt zu sehen, Beatrice.

Sie schaltete aus.

Julia wollte sich gerade noch einmal schlaftrunken zur anderen Seite des Bettes wälzen, als Marius ihr das Frühstück brachte. Er war ein schlanker, asketischer Mann. Julias Mutter hatte ihn immer – aber nur bevor er ihre Tochter geheiratet hatte – als viel zu hager bezeichnet. Julia gefiel das an ihm, auch wie er jetzt frisch wie der junge Frühling vor ihr stand, fast kerzengerade, das Tablett fest in seinen Händen, auf deren Oberseiten sich die Adern klar abzeichneten. An seinem Körper war kein Gramm zu viel. Dafür waren auf seinem Kopf mehrere Haare zu wenig, weil diese über seine Augen gezogen waren, wo sie jetzt als feiste schwarze Raupen hingen. Der kurz gehaltene Vollbart machte seine kantigen Züge weicher. Er verbarg die Ecken.

«Morgen, Schatz! Hast du gut geschlafen?»

Julia versuchte vorsichtig, die Augen aufzubekommen, als Marius froh gelaunt die Zimmervorhänge aufriss und die ersten Sonnenstrahlen ihre Netzhaut belästigten.

«Wie viel Uhr ist es?», fragte Julia träge, noch den Geschmack der Nacht im Mund.

«Viertel vor sieben, und es ist ein ganz wunderbarer Tag! Der Himmel ist wolkenfrei, und es weht ein leichtes, erfrischendes Windchen! Es war richtig schön beim Joggen! – Geht es dir gut,

Schatz?! Du hast die ganze Nacht so komisches Zeug geredet, klang irgendwie alles asiatisch. Ich hab kaum was verstanden, außer einmal, da hast du ganz laut ‹Samurai!› gerufen. Ich hab versucht, dich zu fragen, was los ist, aber du hast dann nur wieder vor dich hin gebrummelt. Na ja, ich hoffe, es war nicht allzu schlimm!»

Julia hatte nicht gewusst, dass ihr Unterbewusstsein so heimtückisch sein konnte.

«Ich kann mich an nichts erinnern …»

«Ich dachte, ich mach dir heute mal ein schönes Frühstück, dann startest du nach der Nacht wenigstens gut in den neuen Tag!»

Er hatte an alles gedacht: Ein Ei, wie immer genau vier Minuten gekocht, zwei Scheiben Wasa Mjölk – weil es so magenfreundlich war – eine Scheibe mittelalten Holländer und etwas mageren, gekochten Schinken. Außerdem hatte er beim Joggen Gänseblümchen gesammelt und sie in ein Schnapsgläschen an den oberen rechten Rand des Tabletts gestellt. Alles war perfekt angeordnet.

«Das ist so lieb von dir, Hase!»

Marius strahlte sie mit seinem ausgeruhtesten Frühaufsteher-Lächeln an. Julia versuchte sich aufzurichten und durch ein wenig Strecken die Nacht aus den Gliedern zu bekommen. Aber diese saß zu tief in den Knochen. Julia sah ihren Mann an, wie er da vor ihr stand, das Tablett mit dem Frühstück noch in den Händen, die Stirn ein wenig feucht vom Joggen. Er gab ihr einen dicken Schmatzer auf den Mund.

Was hatte sie nur getan?

Julia traf Marius erst am späten Abend zur Chorprobe wieder, als er vor dem Eingang zur Kirche alle Gesangskünstler der Gemeinde einzeln begrüßte. Als er Julia sah, wurde sein Gesichtsausdruck wütend.

«Weißt du, was mir heute passiert ist?»

«Ich habe keine Ahnung.»

«Na, der Computer! Du kannst dir bestimmt denken, was los war!»

Julia wusste, dass sie es zugeben musste, Leugnen hätte bei ihm keinen Sinn. Marius konnte erkennen, wenn sie log, und er hasste es. Zudem predigte er ständig, Ehrlichkeit sei die Grundlage einer jeden Beziehung und keine Wahrheit könne so schlimm sein wie eine Lüge. Julia wusste nicht, wie sie ihm erklären sollte, warum sie es getan hatte. Aber vielleicht war es gut, dass er es nun wissen würde, vielleicht war es das Beste, darüber zu reden. Bestimmt war es das. Marius schaute sie verärgert an:

«Das verdammte Ding war wohl beim letzten Mal nicht richtig runtergefahren worden! Deshalb musste es erst wieder alle Laufwerke auf Viren prüfen und hat dann auch noch ein paar defekte Sektoren gefunden! Aus irgendeinem Grund funktionierte Windows dann auch nicht mehr, und ich hab zwei geschlagene Stunden gebraucht, um den Computer wieder zum Laufen zu bringen! Zwei Stunden! In der Zeit hätte ich wirklich Besseres machen können! Dir ist doch bekannt, dass man den Rechner runterfahren muss und nicht einfach nur so ausschalten!»

Er wusste also nur, dass sie gestern tagsüber am Tower gearbeitet hatte, sonst hätte er längst etwas zu ihrer Nachtaktion gesagt.

«Tut mir Leid!»

«Ist schon gut, aber achte demnächst drauf, ja? Bitte! So etwas regt mich nämlich wahnsinnig auf!»

«Ja, natürlich. Muss wohl aus Versehen passiert sein.»

«Na gut, dann lass uns mal singen gehen, es sind schon alle außer dir da.»

Sie hatte nicht darüber nachgedacht, dass dies passieren könnte. Der Computer war keine Kaffeemaschine, er war nachtragend und anscheinend verräterisch. Julia ging ein paar Schritte hinter Marius in die Kirche, damit er nicht ihre roten Wangen sehen konnte. Sie spürte deren Wärme. Draußen hatte Marius diese wahrscheinlich nicht bemerkt, weil es schon dunkel war. Das war alles zu gefährlich und die Sache nicht wert. Sie würde es beenden, und sie würde es Marius erzählen. Nur nicht jetzt.

Sie übten heute für den großen ökumenischen Gottesdienst am

Sonntag. Der 22-köpfige Chor war in züchtiger Kleidung angetreten. Bei manchen Frauen ließ sich nur erahnen, dass es sich um solche handelte. Auch Julia hatte ihren Körper hinter einem knöchellangen dunkelblauen Rock und einem hell gemusterten Norwegerpullover versteckt. Nicht wenige der Tenöre und Bässe hätten sie liebend gerne von diesen Kleidungsstücken befreit, wenn das nicht im Hause des HERRN und in Anwesenheit von Julias Ehegatten etwas unpassend gewesen wäre. Im Sommer war es ihr nicht immer möglich, all ihre wohlgeformten weiblichen Rundungen zu kaschieren, und für solche Momente hatte der HERR den Männern ein ganz besonders gutes Gedächtnis gegeben.

Als sie hinter Marius eintrat, hatten schon alle ihre Position unter dem runden, schmucklosen Kirchendach eingenommen. Sie hielten die Liedermappen unruhig in den Händen und warteten darauf, gemeinsam den HERRN so laut wie möglich zu lobpreisen. Auch Julia wollte dies. Es fühlte sich gut an, aus voller Kehle singen zu können, alles hinauszulassen, was sie bedrückte. All den Stress, der seit dieser Nacht in ihrem Leben war, einfach beiseite zu schieben. Nach einigen Aufwärmübungen begann der Chor mit dem ersten Lied. Beim Jubilieren begann Julias Brustkorb zu vibrieren. Die Welt färbte sich rosarot: Sie hatte ein so gelungenes Leben, einen liebevollen Mann, eine sie erfüllende Aufgabe als Gattin, sie hatte alles, was sich eine Frau nur wünschen konnte. Julia musste lächeln, und als sie beim Refrain von «Kleines Fünkchen Hoffnung» ankam, da musste sie einfach alles geben, musste sich mit allem, was sie hatte, in die Brust werfen, musste dem kleinen Fünkchen Feuer machen. Ihre Stimme überschlug sich und überschlug sich und überschlug sich. Der gesamte Chor begann zu lachen. Günther Drieberg, der voluminöse Bass, ein Mann, der immer wirkte, als käme er gerade von der Bärenjagd, rief ihr durch das Lachen zu: «Na, du bist ja sehr enthusiastisch heute, Julia! Mit den Überschlägen könnten wir dich bestimmt an den chinesischen Staatszirkus vermieten!» Jetzt mussten alle noch mehr lachen, bis Marianne Sallack, die Kantorin, sich wieder fasste und um Ruhe bat.

Nur Julia hatte nicht über Günthers Witz lachen können. Er hatte ihr Angst eingejagt. Wieso hatte Günther gerade den *chinesischen* Staatszirkus erwähnt? Wusste er etwas von Araki? Wusste er etwas von dem Kimono? Oder gar von den 24 Zentimetern feinstem Männerfleisch? Ein kurzer prüfender Blick auf Günthers Hosenschlitz brachte keine Aufklärung. Aber wie konnte er davon wissen? Das ging ja gar nicht. Aber er hatte sie mit merkwürdig leuchtenden Augen angeschaut, als hätte der Witz etwas zu bedeuten, als müsste ihr der chinesische Staatszirkus etwas sagen, als müsste ihr China etwas sagen und alles, was damit zusammenhing. Kimonos zum Beispiel. Aber wenn er davon wusste, dann musste *er* Araki sein! Aber er hatte weder blonde Haare, noch waren sie gelockt, und ein Ringer war er auch nicht. Aber das musste Günther ja auch gar nicht sein, im Netz war alles anders, im Netz wurden die Lahmen gehend. Jetzt schaute er wieder zu ihr herüber und lachte sie an. Wenn er wusste, dass sie Beatrice war … aber woher sollte er *das* verdammt nochmal wissen? Als Buchhändler war er zwar auf dem Laufenden, was ihre Shakespeare-Begeisterung anging, aber … Jeder konnte Araki sein. Horst Voigt, der tonal Höchstgeborene unter allen Tenören, den die Damen des Alts mit Kusshand genommen hätten, oder war Solostimme Dirk Genseke Araki? Diese Fleisch gewordene Beamtenkarikatur? Wurde er des Nachts zum asiatischen Kamasutra-Gelehrten? Christof Marx kam natürlich auch in Frage, der sein Maul gerade wieder aufriss, als wolle er ein Baguette quer essen. Auch Guido Latzke war als Nachtschwärmer denkbar, da konnte er zwar kaum in seinen nicht vorhandenen Bart brummeln, aber das störte dort ja nicht. Alle konnten Araki sein. Und diese Männer waren nicht die ersten, über die Julia an diesem Tag nachdachte. Araki hatte sich mit Seidentüchern in ihrem Kopf festgebunden. Egal wie unwahrscheinlich es war, dass er ihr über den Weg laufen würde, sein Ringerkörper konnte trotzdem in jedem Anzug stecken.

Sogar in jedem Kleid.

Sie musste diese Computersache beenden! Sofort! Sie wollte

nicht von jedem Menschen fürchten müssen, dass er Araki sei. Noch diese Nacht *musste* ein Schlussstrich gezogen werden. Sie würde es Araki erklären, sie musste es ihm sagen, konnte ja nicht einfach so wegbleiben! Er hatte geschrieben, dass er in dieser Nacht wieder da sein würde, das war ja quasi eine Verabredung. Sie musste es ihm *persönlich* mitteilen. Sie würde ihm, wer immer Araki auch war, klarmachen, dass diese Form der Kommunikation nichts für sie war. Ja, sie würde es zu Ende bringen, aber mit Anstand. Man durfte schließlich nicht auf den Gefühlen anderer herumtrampeln, egal ob man sie im Internet traf oder in der Kirche.

«Julia, wo bist du mit deinen Gedanken?!»

Marianne blickte sie an und legte ihre Stirn ein wenig in Falten.

«Eben noch hast du dich vor Enthusiasmus überschlagen, und jetzt verpasst du deinen Einsatz!»

«Entschuldigung! Ich sollte dem chinesischen Staatszirkus wohl lieber absagen. Tut mir Leid, Günther!»

Diesmal hatte sie die Lacher auf ihrer Seite. Wenn einer aus dem Chor Araki war, hatte sie ihn zumindest zum Lachen gebracht.

Auf dem Schild am Praxiseingang stand ‹Dr. Ronald Dahmen›, und einige Meter hinter der Aufschrift, in Behandlungsraum 2, hatte der Doktor seine Zahnarzthelferin genau da, wo er sie haben wollte: auf dem Stuhl, den er jetzt langsam in die Horizontale gleiten ließ. Michaela Pfeiffer, genannt Madonna, stöhnte schon mal, obwohl noch nichts passiert war. Aber sie wollte ihrer Vorstellung von knisternder erotischer Spannung gerecht werden. Dazu gehörte auch, dass sie unter ihrer weißen Arzthelferinnenbluse einen violetten Spitzen-BH trug, zu dem ein genauso violettfarbener Slip passte, der zu diesem Zeitpunkt noch unter ihrer weißen Jeans verborgen war. Ronald wusste, dass in den anderen beiden Behandlungsräumen Patienten warteten. Die entzündete Zahnwurzel und die Krone sollten sich eben noch ein wenig gedulden. Dies war nicht der richtige Ort und nicht die richtige Zeit – darum reizte es ihn auch so. Madonna begann, sich die Bluse aufzuknöpfen, während sie sich auffällig langsam mit ihrer langen Zunge über die ebenfalls violetten Lippen fuhr. Aus den unauffällig in den Ecken des Raumes angebrachten Boxen säuselten Vivaldis Vier Jahreszeiten, interpretiert von Vanessa Mae, der Geigenvirtuosin chinesischer Abstammung. Wenn seine Patienten schon etwas länger warten mussten – was häufiger geschah –, dann sollten sie dies wenigstens in angenehmer Atmosphäre tun. Madonna war mittlerweile dabei, ihre noch im BH gefangenen Brüste zu streicheln, dabei schaute sie Ronald erwartungsvoll an. Dieser sah in diesem Moment jedoch durch die Milchglastüre, wie im Gang seine andere, ungleich voluminösere Mitarbeiterin vorbeilief. Sie gab sich immer so eine Mühe, die Patienten zu beruhigen, wenn sie warten mussten. Madonna drückte ihre Brüste aus dem BH und fuhr mit ihrer Zungenspitze darüber. Ronald ließ sie gewähren, Madonna machte sich von ganz alleine heiß, man musste nur ein wenig warten können. Wie eine Katze, die man nicht füttert, wurde sie von Minute zu Minute wilder, und es würde nicht mehr lange dauern, bis sie ihre Krallen ausfuhr. Als Madonnas Finger von ihren prallen Brüsten abließen und sich über ihren flachen Bauch in Richtung Jeans bewegten, griff sich Ronald blitzschnell mit der rechten Hand den Absaugschlauch, schaltete ihn mit der linken ein und setzte ihn auf eine von Madonnas Brustwarzen. Sie kiekste vor Überraschung auf und wollte schon nach dem Schlauch schlagen, als sie bemerkte, dass der kalte Luftsog aufregend prickelte. Sie begann freudig zu kreischen. Ronald wusste, dass man dies im Nebenraum hören würde, also gab er ihr einen langen, leidenschaftlichen Kuss. Madonna, die sich in diesem Moment mehr denn je wie ihre Namensgeberin fühlte, ergriff die Chance, Ronalds Hose aufzuknöpfen und beherzt hineinzugreifen. Sie packte das Objekt ihrer Begierde mit schnellen, gekonnten Handgriffen aus und wollte es sich gerade zum Munde führen, als Ronald beschloss, die Katze noch ein wenig länger warten zu lassen, und den Absaugschlauch in ihre Hose steckte. Er wusste nicht, wie das ankommen würde, es könnte schmerzhaft werden, wenn sich der Schlauch an einem einzelnen Härchen festsaugte. Es schien auch ein wenig zu schmerzen, aber Madonna kiekste weiter und umfing noch entschlossener Ronalds ‹besten Bohrer› – wie er ihn gerne nannte, wenn er einen besonders flachen Witz machen wollte. Als sie diesmal mit ihrem Mund zuzuschnappen drohte, drückte Ronald den Knopf am Stuhl, der den Sitz noch weiter in die Horizontale gleiten ließ. Madonna fauchte auf. Jetzt musste er aufpassen. Er kannte das Spiel. Wenn er sie zu lange warten ließ, wurde sie rabiat, dann ging es ihr nur noch darum, ihn zu bekommen, und zwar schnell, und dann im Eiltempo ans Ziel zu gelangen, egal was Ronald davon hielt. Also war der unterhaltsame Teil des Nachmittags hiermit beendet. Sie schloss ihre feuchten Lippen um sein Glied und begann mit ihrer Zunge jeden Millimeter einzeln zu stimulieren, bis das Blut so heftig in ihm pulsierte, dass sie es spüren konnte.

Ronald ließ es über sich ergehen, sie machte es gut, keine Frage. So selten sie bei der Zahnsteinentfernung den richtigen Punkt traf, so zielsicher war sie hier. Aber es ging immer alles zu schnell. Es verringerte die Möglichkeiten des phantasievollen Vorspiels erheblich, dass sie ihm nach fünf Minuten den Schwanz ausreißen würde, wenn er ihn nicht freiwillig rausrückte. Ronald dachte an Araki. Heute Nacht würde er wieder in seine Haut schlüpfen. Wie hatte er gestern Abend noch ausgesehen? Blonde, leicht gelockte Haare? Was für eine Schnapsidee! Er hätte gelacht, wenn ihm in diesem Moment genug Blut für die Gesichtsmuskulatur zur Verfügung gestanden hätte. Vielleicht tauchte diese Beatrice ja heute wieder auf, schließlich hatte er es bei ihr auf die ganz galante Tour gemacht, was bei Newbies, diesen so herausfordernd unschuldigen Net-Anfängern, immer gut ankam. Er würde wieder da sein, als blond gelockter Ringer, und wenn sie in dieser Nacht wieder auftauchte, würde er sie so schnell nicht mehr gehen lassen. Er wusste schon genau, was er mit ihr machen wollte, sie würde sicherlich überrascht sein. Ronald musste nun zu Zahnwurzel und Krone zurückkehren, denn Madonna hatte es wieder einmal geschafft.

2. Kapitel

Jasper schlich schon seit einigen Minuten unruhig um den Monitor herum, wobei er mit seinem Körper immer wieder an der Bildschirmoberfläche entlangstrich. Dadurch lud sich sein orange-weiß gestreiftes Katzenfell statisch auf, was ihn wie einen Kugelfisch mit Krallen aussehen ließ. Ronald hatte weniger Spaß, er wartete, nur in seinen zitronengelben Frottee-Bademantel gehüllt, auf das Erscheinen eines ganz bestimmten Namens auf dem Bildschirm. Denn bisher hatte es die ganze Zeit nur die typischen, platten Sexgespräche bei #Adults_Only! gegeben, von denen die Chatrooms überquollen. Beatrice meldete sich nicht, aber Ronald spürte, dass sie kommen würde. Und er war vorbereitet: Er hatte sich rasiert, geduscht, parfümiert, manikürt und pedikürt. Das machte er immer für delikate Verabredungen. Obwohl keiner der anderen User ihn sehen konnte, fühlte er sich ihnen trotzdem hygienisch überlegen. Es fiel ihm zudem einfacher, seinen Körper erotisch zu beschreiben, wenn dieser gut roch.

Von draußen schlugen dicke Regentropfen gegen die Panorama-Fensterfront der Wohnung. Das große Zimmer lag im Dunkeln, die wenigen Lichtwellen, die der Monitor aussandte, wurden größtenteils vom alten Holzfußboden verschluckt. Die offene Backsteinwand wirkte bei der spärlichen Beleuchtung wie ein Verliesgemäuer. Ronald fehlten nur noch Blitz und Donner zum Glücklichsein.

Und ein bestimmter Frauenname auf seinem Monitor.

<Beatrice> Hallo Araki.

Sie war da! Eine Stunde später als verabredet, aber nun war sie da. Und Beatrice hatte ihn direkt angesprochen! Er musste gestern schwer Eindruck gemacht haben, was er nicht anders erwartet hatte. Obwohl der Chat doch ein wenig schief gelaufen war. Dies war der zweite Anlauf, und diesmal würde er ihre Keuschheitshürde überspringen. Ein unverdorbener Newbie, den er langsam in die sexuellen Tiefen des Internets einführen konnte. Das war herrlich!

Der Fisch war wieder zur Angel geschwommen. Der gestrige Köder schien ihm geschmeckt zu haben.

<Araki> Hallo Beatrice! Ich freu mich sehr, dass du wieder da bist!

*** Petra_18_Rothaarig (xxxx@543.005.33.XXX) hat sich der Unterhaltung angeschlossen.

<Veenus> Howdy Petra_18_Rothaarig! Willkommen bei ADULTS-ONLY!!!

<LickMyDick> guckt euch meinen NAMEN doch mal genauer an ...!

<CornflakeGirl> lol

<Long John> scheiß-name! fuck ol

<Veenus> größenvergleich!

<‹Beatrice> Ich muß mit dir reden, Araki, allein.

Sie wollte mit ihm allein reden? Dann wollte sie es heute also drauf ankommen lassen! So einfach hatte er es sich gar nicht vorgestellt, aber auch gut. Was immer die junge Dame – um die es sich hoffentlich handelte – wünschte.

<Araki> Gerne.

<LickMyDick> 33 cm 45grad LKW-auspuffumfang

<Long John> 33,1 cm! tja, LickMyDick, dann Lick *My* Dick!

<CornflakeGirl> es kommt ja gar nich auf die Länge an schatzies!

<Beatrice> Ich weiß nicht wie man ins Separee geht ...: -)

Das hatte er ja ganz vergessen: Die wunderbare Unschuld neuer User. Jasper rollte sich neben dem Monitor zusammen und begann, wohlig zu schnurren. Das war ein grandioses Zeichen dieses Katzen-Orakels! Ronald holte den Champagner – einen Dom Ruinard – aus dem mit Eiswürfeln gefüllten Silberkühler, der neben dem Schreibtisch stand, und öffnete die Flasche. So viel Zeit musste sein.

<LickMyDick> genaaau! sondern auf die standFESTigkeit!

<Veenus> Sondern auf den Charakter ...? Was?! rotfl

<Long John> das sagst du nur weil du meinen noch nie drin hattest! Wie wärs?:-o

<Araki> flüstert zu <Beatrice> Dann folge mir unauffällig ins Separee ...

Er nahm einen großen Schluck aus dem mundgeblasenen Riedel-Glas und spürte, wie die Kohlendioxidbläschen in seinem Mund explodierten, die leichte Säure des Champagners seinen Gaumen belebte und der Alkohol den direktesten Weg zu seinem Nervensystem einschlug. Da sollte er auch hin. Die beiden Kerzen, die er in gusseisernen Ständern links und rechts neben seinem Yakumo-Monitor aufgestellt hatte, zündete er nun weihevoll an. Aber selbst das Licht der Kerzen konnte die Dunkelheit des Raumes nicht vollends durchschneiden. Ronald wollte die intime Atmosphäre des virtuellen Stelldicheins nicht zerstören. Dies war ein Date, und Dates mit ihm waren immer stilvoll. Er legte den Bademantel ab und setzte sich im Schneidersitz, die Tastatur auf dem Schoß, in den großen, mit rotem Samt bezogenen Ohrensessel, der vor dem Monitor stand.

Beatrice sollte den kompletten Service bekommen.

<Araki> Ich bin hier, Beatrice. Ich bin hier, nur für dich!

<Beatrice> Ich wollte dringend mit dir reden, Araki!

<Araki> Das ging mir genauso, ich kann deine Worte kaum erwarten ...

<Beatrice> Ich weiß nicht, wie ich es sagen soll. Es ist eine blöde Situation.

<Araki> Dann lass mich anfangen, Beatrice. Lass meine Worte deine Haut berühren, deinen Körper umfangen & ihn wärmen. Lass mich mit meiner Zunge die Kleidung von deiner Haut lösen, damit wir uns endlich nackt gegenüberstehen. Ohne Blöße. Ohne Ängste. Voller Lust.

Ronald hatte diesen Einstimmungstext erst vor zwei Monaten entworfen, und er hatte noch nie seine Wirkung verfehlt. Intelligentere Frauen, und um eine solche schien es sich bei Beatrice zu handeln, waren oftmals verschreckt, wenn man am Beginn eines Chats zu derb wurde. Doch sie liebten es, wenn es später im Eifer des Gefechts geschah, wenn das Animalische dann die dünne Decke der gepflegten Konversation durchbrach. Ronald ließ einige Tropfen Champagner über seine leicht behaarte Brust perlen und langsam hinunterfließen. Dabei musste das edle Getränk tatsächlich über einen Waschbrettbauch. Ronald hatte in diesem Punkt nicht gelogen. Als der erste Tropfen seinen Bauchnabel erreichte, schüttelte er sich wohlig, wie ein Wildschwein in einer besonders suhligen Schlammpfütze.

Beatrice antwortete nicht.

Sie brauchte wohl noch einen kleinen Schubser.

<Araki> Du kannst mir vertrauen, Beatrice. Es passiert nur das, was du willst. Ich will, dass du dich wohl fühlst, dass du dich entspannst.

Jetzt musste es bald losgehen.

```
<Beatrice> Araki, ich wollte dir nur sagen, dass ich
  nicht mehr wiederkommen werde.
```

Was hatte sie da geschrieben? Das durfte ja wohl nicht wahr sein! Noch vorsichtiger konnte man unmöglich vorgehen! Er stellte das Champagnerglas auf den Boden.

```
<Araki> Warum?
<Beatrice> Ich liebe meinen Mann, und ich will ihn
  nicht betrügen.
```

Sie liebte ihren Mann?! Sie wollte ihn nicht betrügen?! Moral! Alarm! Moral im Internet! Das war ja schlimmer als Computerviren! Sie schrieb etwas von Betrug! Im Internet gab es keinen Betrug! Betrug gab es nur draußen in den Schlafzimmern der Spießer. Diese Welt hier war anders, sie schwebte im freien virtuellen Raum, und alles war erlaubt. Ohne schlechtes Gewissen. Das machte ja die ganze Stimmung kaputt! Ronald begann unwillkürlich, mit dem Fuß zu zappeln und überlegte, was er antworten konnte. Dann tippte er einfach los. Die Wut musste raus!

```
<Araki> Du betrügst doch niemanden! Wir reden doch
  nur miteinander! Wir reden über unsere Körper & was
  wir damit machen. Nur Worte! Dein Mann hat deinen
  Körper! Die Gedanken sind frei, oder?
```

Noch immer nichts.
Trick 17.

```
<Araki>     ***   ***   ***
           **0** **0** **0**
            ***   ***   ***
             \     I     /
             =\=   I   =/=   Lass Blumen sprechen!
               \   I   /
                 \ I /
```

Hoffentlich wirkte es. Andere konnten das besser als er, aber die Naivität dieser Zeichnung musste sie doch erweichen.

<Beatrice> Warum mache ich das hier nur, Araki?

Sie zweifelte an sich, das war gut. Sie wollte mit ihm darüber sprechen, das war besser. Sie war in dieser Nacht wieder gekommen, das war hervorragend. Offiziell, um ihm zu sagen, dass sie nicht wieder kommen würde, aber das wäre nicht nötig gewesen. Noch hatte sie sich nicht ganz vom Haken gelöst, noch war sie nicht wieder hinaus aufs Meer geschwommen.

<Araki> Was *machst* du denn? Noch machst du gar nichts! Wie wär's, *wenn* du es einfach mal machst, Beatrice? Es gibt nichts Gutes, außer man tut es. Versuch es! Vergiss die Realität da draußen! Das hier ist was anderes! Gib mir eine Chance! Eine *einzige* Chance! Wenn es dir nicht gefällt, werd ich das akzeptieren. Ohne Fragen. Aber gib mir - und gib dir - eine Chance! Nur eine!

Der Bildschirm blieb leer. Lange. Zu lange. Jasper erhob sich majestätisch, sprang vom viktorianischen Schreibtisch herunter und machte sich auf zum Katzenklo. Das war schlecht. Jasper hatte immer alle seine Sinne zusammen und wusste instinktiv, ob sich eine Situation zum Guten oder zum Schlechten wendete.

Manchmal musste er aber auch einfach nur für kleine Königstiger.

<Beatrice> Einmal.

Strike!

Langsam die Angel einholen. Der Fisch durfte gar nicht merken, dass er dranhing.

<Araki> Wie siehst du aus?

Hoffentlich begriff sie, dass die Wahrheit nicht immer die richtige Antwort war. Die Wahrheit war so wenig imaginativ.

<Beatrice> Ich bin 29 Jahre, 1,72 Meter groß, habe langes, hellbraunes Haar und große, braune Augen.

Da fehlte etwas. Er würde es auf die lustige Tour versuchen.

<Araki> Hast du vielleicht auch ... ähm ... Brüste?
<Beatrice> Ja, die habe ich natürlich auch:-)! Ich habe keine großen Brüste, aber auch keine kleinen, sie passen in eine wohlgeformte Männerhand.
<Araki> Meine ist wohlgeformt. Darf ich sie berühren?

Wieder eine Pause.

<Beatrice> Versuch es.
<Araki> Sind deine Brüste noch von Kleidung bedeckt, oder kann ich sie schon sehen?
<Beatrice> Ich bin nackt.

Sie machte es ihm einfach, aber sie hatte auch wenig Erfahrung. Er würde es ihr schon beibringen.

<Araki> Ich hab meine Hände am Kamin gewärmt, um deinen Busen nicht zu erschrecken, wenn ich ihn gleich berühre. Jetzt komm ich mit meinen sanfte Hitze ausstrahlenden Fingern näher an deine Brüste, die unbedeckt vor mir liegen ...

Es machte Spaß, vorsichtig zu sein.

<Beatrice> Sie können deine Hände spüren, und saugen das Blut aus meinem Körper, um sich zu füllen, um sich aufzurichten, um deinen warmen Händen entgegenzukommen ...

Ronald nahm wieder einen großen Schluck Champagner. Es schien, als sei er auf eine Frau gestoßen, die deutlich mehr als «Nimm mich!» schreiben konnte. Also würde er sich sprachlich nicht zurückhalten. Wofür hatte er sich schließlich mit erotischer Literatur des Morgenlandes beschäftigt?

<Araki> Ich bemerke, wie deine Brüste mir entgegenblühen. Meine Hände fangen an zu zittern obwohl das Feuer des Kamins immer noch in ihnen steckt.

<Beatrice> Meine Finger schließen sich leicht um deine Handgelenke. Ich trage lange, seidene Handschuhe, an den Enden mit Brokat besetzt. Jetzt führe ich deine zitternden Hände an meinen Busen. Bis sie ihn berühren.

<Araki> Ein Schauer fährt durch meinen Körper, als ich deine Brüste das erste Mal spüre, es ist als würden sie genau in meine Hände passen, als wären sie dafür gemacht. Deine Haut ist so seidig, so fein. Wie aus Blüten gesponnen.

<Beatrice> Mein Busen will nicht nur bewundert, er will auch liebkost werden ...

Ronald bemerkte, wie zwischen seinen Beinen etwas zum Leben erwachte.

```
<Araki> Meine Finger bewegen sich wie die Wellen des Pazifiks sanft über deine Brüste, gleiten über sie von Seite zu Seite ... jetzt drücken sie sie leicht, als wollten sie etwas Milch aus ihrer Spitze locken ... ich komme näher mit meinem Mund ... ich kann den Duft deiner Brüste riechen ... Vanille & Sandelholz ... ich öffne meinen Mund ... meine Zungenspitze tanzt deiner rechten Brust entgegen ... dort werde ich beginnen ... & dann werde ich deinen ganzen Körper mit Küssen eindecken ...
<Beatrice> Das muss reichen, Araki.
*** Beatrice (~xxxxxx@t-online.de) hat die Unterhaltung verlassen.
```

Selbst als er am nächsten Morgen das Bad betrat, hatte Ronald noch das Gefühl, es würde in seinen Handinnenflächen kribbeln. Als würde seine Haut sich an die Berührung mit Beatrices virtuellen, aber nichtsdestoweniger sanften Brüsten erinnern und unruhig darauf warten, sich wieder an sie zu schmiegen. Ronald schüttelte belustigt den Kopf bei diesem Gedanken. Er musste zugeben, dass das kurze virtuelle Tête-à-tête mit Beatrice sehr vielversprechend gewesen war. In dieser Nacht waren die Worte auf seinem Bildschirm mehr als elektronisch generierte Lichtpunkte gewesen, sie hatten Substanz angenommen, sie waren warm und geschmeidig geworden, sie hatten eine faszinierende Frau gebildet.

Das Geräusch ihres Golf GTI holte ihn zurück aus seinen Gedanken. Es war wieder so weit. Er konnte die Uhr nach ihr stellen. Jeden Morgen Punkt acht Uhr fuhr sie im Schritttempo an seiner Wohnung vorbei, in der Hoffnung, etwas zu erspähen, einen Frauenkörper am Fenster oder einen Wagen, der noch nie vor seinem Haus gestanden hatte. Ronald beobachtete sie verärgert, während er sich die Zähne putzte. Das war für seinen Beruf unerlässlich, seine Beißerchen mussten vor Gesundheit strotzen, ihr Weiß musste förmlich glühen. Madonna brachte ihren Wagen zum Stehen, sie schien ihn im Badezimmer ausgemacht zu haben. Aus Wut begann er energischer zu putzen. Diese Kontrolle hing ihm zum Hals raus, sie war weder seine Mutter noch seine ‹Lebensabschnittsgefährtin›, und wäre sie eins von beidem gewesen, er hätte es ihr trotzdem untersagt. Natürlich hätte Ronald längst mit Madonna Schluss machen können, aber sie war ein wunderbarer Fick, oder zumindest eine einfache Möglichkeit, den periodisch auftretenden Triebstau oder die morgendliche Latte loszuwerden. Sie war immer zur Stelle, wenn es drauf ankam. Migräne kam bei ihr nicht vor, Lustlosigkeit erst recht nicht, sie war sogar bereit, sich nehmen zu lassen, wenn sie ihre Tage hatte, aber Ronald sah schon genug Blut bei Zahnextraktionen.

Er ging sich ein paar Mal mit dem Kamm durch sein kurzes Haar, das reichte. Dieser Oliver-Bierhoff-Schnitt war einfach unverwüstlich. Deswegen hatte er ihn sich auch schneiden lassen. Bierhoff powerte 90 Minuten lang auf dem Platz, machte noch das eine oder andere Kopfballtor, und beim anschließenden Interview sah er jedes Mal aus wie frisch geleckt. Wenn der Mann sich diesen Haarschnitt hätte patentieren lassen, hätte ihm das bestimmt noch mehr Geld eingebracht als sein Golden Goal bei der EM 96. Als Ronald sein vorbildliches Äußeres im Jugendstil-Spiegel seines großzügig bemessenen Badezimmers betrachtete, wünschte er sich wieder, der durchschnittliche deutsche Spießer wäre nur ein kleines bisschen modisch aufgeschlossener. Ihm stand ein Dreitagebart so gut, aber das nahm ihm etwas von dem Schwiegersohn-Image, auf das seine Patientinnen so abfuhren. Er musste Kompromisse machen. Im nächsten Urlaub würde er sich wieder einen stehen lassen, im Jemen machte das keinem was aus.

Er sah Madonna in der Praxis wieder. Und sie machte mit ihrem dortigen Auftritt alles wieder gut. Sie war wie immer die Erste, auf die er traf, wenn er zur Tür reinkam. Ronald hatte die Vermutung, dass Madonna die halbe Stunde, in der er eintreffen konnte, vor dem ‹Eincheck-Terminal› der Praxis herumschlich, um dann im Moment seines Eintretens so posen zu können, dass ihm alle ihre körperlichen Stärken unausweichlich ins Auge fallen mussten. Anders gesagt: Sie wollte ihn von Anfang an heiß machen. Es passierte auch, dass sie sich so vor der milchigen Eingangstür postierte, dass sie vom Wartezimmer aus nicht zu sehen war. Dann öffnete sie ein, zwei Knöpfe ihrer Bluse, spielte daran herum und gab Ronald beim Eintreffen einen ersten Einblick in ihr Dekolleté. Heute tat sie dies nicht. Diesmal ging sie noch weiter. Als er eintraf, hatte Madonna ihren Arzthelferinnen-Kittel an, und Ronald wusste aus Erfahrung, was sie darunter trug. Oder besser: was nicht. Sie zog den Kittel weit genug hoch, dass er die ersten Millimeter ihrer Schamlippen zu sehen bekam. Dann ließ sie den Saum schnell wieder fallen und strich ihn glatt. Ihre Hüften schwingend, stolzierte Madonna zurück zum Anmeldungsbereich.

Heute wollte sie es schnell, keine Frage.

«Morgen, Michaela!»

«Guten Morgen, Chef!»

Ronald beschloss, auf ihr Spiel einzugehen.

«Sehr heiß heute!»

«Oh, ja. Ich würde mir am liebsten …», Madonna schlug theatralisch die Augen zu Boden und hauchte, ihre Lippen zu einem Kussmund geformt: «… die Kleider vom Leib reißen.»

Aber zuerst wollte Ronald wenigstens ein paar Minuten zur Entspannung haben und im Mund von anderen Menschen verbringen.

«Das muss noch etwas Zeit haben. – Womit fangen wir heute an?»

Madonna stöhnte enttäuscht.

«Kontrolltermin von Frau Schnadtke in der 1. In der 2 sitzt Herr Liebenwein. Er sagt, er hat Schmerzen.»

Herr Liebenwein hatte immer Schmerzen, vor allem an jenen Zähnen, die er nicht mehr besaß.

Ronald begann mit Frau Schnadtke, die überaus regelmäßig zur Untersuchung kam. Jeden Monat. Hypochondrie war auch im Dentalbereich weit verbreitet. Die alte Frau lag wie ein müdes Krokodil auf dem Behandlungsstuhl und hielt ihren Mund mit stoischer Ruhe geöffnet. Nachdem Ronald die stets vorhandenen Speisereste aus ihrem Mund herausgepult hatte, nahm er, mit einem Mundschutz nur spärlich gegen die entsteigenden Dämpfe geschützt, das silbrige Kraterfeld in Augenschein. Für eine Frau ihres Alters hatte sie noch erstaunlich viele Zähne, auch wenn die meisten davon mit Amalgam gefüllt waren oder die Nerven abgetötet. Es war nichts Behandlungswürdiges zu finden. Die kleine kariöse Stelle an 1.6 würde er nächsten Monat machen, noch lohnte der Aufwand nicht. Also verschrieb er ihr eine Flasche Chlorhexamed, damit sie sich sauberer fühlen konnte. Er hatte schnell begriffen, dass seine älteren Patienten seine ärztliche Kompetenz danach bewerteten, wie viel Zeit er in ihren Mundraum investierte, oder was er ihnen verschrieb. Obwohl Zahnärzte nicht dazu neigten, überhaupt etwas zu verschreiben, war er mit der Zeit großzügig geworden. Und schaden konnten Mundwasser und Zahnseide eh nicht. Als er in Behandlungsraum 2 zu Herrn Liebenwein, einer beständig zeternden Hans-Moser-Parodie, kam, füllte Madonna gerade einen Plastikbecher per Knopfdruck mit Wasser. Sie streckte dabei ihren Arsch heraus. ‹Weit› wäre untertrieben gewesen. Also zwickte Ronald ihn. Sie richtete sich empört auf und revanchierte sich, indem sie genüsslich in seinen kniff. Als Madonna das Zimmer verließ, teilte sie Ronald vollkommen unverfänglich mit, dass sie Behandlungsraum 1 nun vorbereiten würde. Herrn Liebenwein sagte dieser Ausdruck natürlich nichts, er war auch viel zu sehr damit beschäftigt, seine Phantomschmerzen detailliert zu beschreiben. Ronald hingegen wusste, worin die Vorbereitung bestand. Die sprichwörtlich unersättlichen Lenden dieser Frau wollten anscheinend nicht mal die Mittagspause abwarten. Er beeilte sich bei Liebenwein, ließ ihn eine Spülung machen und sprühte ihm ein Oberflächenanästhetikum auf den schmerzenden Bereich. Zusätzlich verschrieb er ihm noch eine Packung Tabletten, Dolomo, die waren so stark, dass er vollkommen vergessen würde, dass er überhaupt Zähne hatte.

Madonna saß, die langen Beine übereinander geschlagen, auf dem gepolsterten Arzthocker neben dem Behandlungsstuhl. Angezogen. Noch. Ronald spürte das Bedürfnis, sich heute ausgiebig ihren Brüsten zu widmen. Als er näher trat und wortlos begann, den obersten Knopf ihres Kittels zu öffnen, ergriff sie seine Hände.

«Das hast du nur gedacht! Es läuft gar nix, bevor wir nicht miteinander geredet haben!»

«Ich wüsste nicht, worüber ...»

Ronald versuchte wieder den obersten Knopf zu öffnen, um seine Hände endlich auf ihre Brüste legen zu können, die, wie er vermutete, seine Finger schon spüren konnten und Blut aus Madonnas übrigem Körper saugten, um sich zu füllen, um sich aufzurichten, damit sie seinen wärmespendenden Händen entgegenkommen konnten ...

«Ich kann so nicht weitermachen!»

Nicht das schon wieder, dachte Ronald, nicht jetzt.

«Ich hab wirklich keine Zeit für eine Diskussion, Michaela! Es gibt Patienten, die auf mich warten!»

Wichtiger waren allerdings die prallen Brüste, die unter dem steifen Leinen des Kittels auf ihn warteten.

Statt sich jedoch zu entblößen, stand Madonna auf und verschränkte die Arme vor ihrem Busen.

«Ach, die Patienten! Die sind dir doch sonst so scheißegal, wenn du mit mir deinen Spaß hast! Plötzlich hat's der Herr Doktor ganz eilig! *Du nimmst dir jetzt gefälligst die Zeit für mich, oder du hast bald keine Patienten mehr!*»

Sie wurde laut, also musste er leise werden. Die Glastüren schluckten viel Lärm, aber eine empörte Frauenstimme konnte selbst Panzerglas durchdringen.

«Okay, lass uns reden. Aber setz dich bitte wieder, dann können wir in Ruhe miteinander sprechen.»

Es nahm ihr immer den Wind aus den Segeln, wenn sie sitzen musste. Sie ging darauf ein, ließ es sich jedoch auch in dieser Position nicht nehmen, eine empörte, starr aufgerichtete Haltung einzunehmen. Dadurch spannte sich der Kittel über ihren Brüsten, und deren Konturen traten deutlich hervor.

«Okay, Michaela, dann sag mir jetzt bitte, worüber du mit mir reden möchtest!»

«Worüber ich mit dir reden möchte?! Was fragst du für 'n blödes Zeug! Dass du mit deiner beschissenen Schlampe von Freundin immer noch zusammen bist, mein ich! Du hast mir schon vor 'nem Jahr versprochen, du würdest mit ihr Schluss machen!»

«Leider geht das nicht so schnell, wie du denkst.»

Schon in dem Moment, als er es sagte, wusste Ronald, dass er den Bogen überspannt hatte.

Madonna sprang empört auf.

«Das ist ja nicht zu glauben! Klar geht das schnell! Ich lass mich doch von dir nicht verarschen! Du magst ja von mir aus Doktor sein, das heißt aber nicht, dass du klüger bist als ich! Du kannst mich nicht einfach bumsen, wenn's dir gefällt, und das isses dann!»

Doch, das hatte bisher ganz prima geklappt, dachte Ronald. Im Gespräch hieß es jetzt, zum Gegenschlag ausholen. Auf die Tränendrüse drücken.

Madonna stand mit dem Rücken zu ihm und begann, nervös mit der chirurgischen Schere zu hantieren.

«Du weißt doch, dass ich Martina im Moment nicht verlassen kann, das würde sie einfach nicht verkraften! Durch die Verletzung kann sie seit Monaten nicht arbeiten und ist sowieso an einem sehr schwierigen Punkt ihres Lebens angekommen –»

«Ich auch! Ich auch, Herr Doktor! Und sie ist ja nicht deine Frau! Du bist ihr nichts schuldig! Sie ist nichts weiter als deine Freundin! Hätte sie dich halt heiraten sollen! Sie ist es doch selber schuld! Du kannst nicht zwei Frauen gleichzeitig haben!»

Das hatte er auch nicht. Aber eine vorzutäuschen schützte ihn davor, diese hier die ganze Zeit am Hals zu haben. Ronald musste Madonnas großes Herz ansprechen, das sich unter ihrem ebenfalls großen Busen verbarg. Also noch eine Schippe Mitleid.

«Und dann noch diese Geschichte mit ihrem Vater! Wie würde es dir gefallen, wenn sie deinen Vater wegen Steuerbetrug ins Gefängnis bringen?! An dem du so wahnsinnig hängst? Der immer alles für dich getan hat? Den du immer auf einen Sockel gestellt hast? Und plötzlich sind alle Zeitungen voll von dem Skandal, und alle gucken dich schief an! Und keiner traut dir mehr! Und du weißt nicht, wem du noch trauen kannst! Und genau *jetzt* soll ich Martina verlassen?! Wo sowieso schon alle gegen sie sind?! Ich weiß nicht, was sie *dann* macht, Michaela ...»

Er ging näher auf Madonna zu, wollte sie von hinten in die Arme schließen. Und später vielleicht ihre Brüste berühren. Bevor er seinen Plan in die Tat umsetzen konnte, drehte sie sich jedoch ruckartig um und hielt die Schere wie ein Messer an die Pulsader ihrer linken Hand.

Sie neigte ein wenig zur Melodramatik.

«Ich kann mich auch umbringen! Kein Problem! Dann bringe ich mich halt um!»

Sie schloss die Augen und biss die Zähne zusammen. Pause. Ronald wusste, dass sie aufgehalten werden wollte, also griff er nach ihrer Hand und nahm ihr die Schere ab. Sie begann zu weinen.

«Sieht sie besser aus als ich? Ist sie besser im Bett? Ich versteh dich nicht!»

«So 'n Quatsch, Michaela! Sie sieht nicht besser aus als du! Sie hat eine viel zu große Nase», aber schöne Beine, dachte Ronald bei sich, «und gut im Bett ist sie auch nicht!», vermutete er zumindest. «Mit dir ist es viel besser, Michaela! Mit dir ist es immer unglaublich gut! Das weißt du doch!»

Dies war der Moment, wo er sie in die Arme nehmen, sie fest an sich drücken – und zumindest mit seiner Brust ihren Busen spüren konnte. Sie weinte immer noch ein bisschen.

«Und sie hat wirklich eine große Nase …?»

«Gewaltig! Eine gewaltige Nase! Damit kann sie Dosen öffnen!»

Madonna musste lachen.

«Du musst sie verlassen! Ich halt das nicht mehr aus!»

«Ich werd sie verlassen, sobald es ihr besser geht! Ich versprech's dir! Sie will bald wieder spielen, dann mach ich Schluss!»

Madonna befreite sich aus der Umarmung und hörte auf zu weinen.

«Sie will wieder *spielen*?! Was soll *das* denn heißen?!»

Manchmal führte die Wahl seiner imaginären Freundin zu sprachlichen Unfällen. Aber ansonsten war Steffi Graf perfekt. Ronald war davon ausgegangen, dass er sich nicht in Widersprüche verwickeln würde, wenn er eine tatsächlich vorhandene Frau wählte, deren Leben er kannte. Fast täglich wurde über ihren Gemütszustand, auf- oder absteigende Formkurven und Steffis Vater berichtet, der seinen vorherigen Beruf als Gebrauchtwagenhändler wohl noch nicht komplett hatte abstreifen können. Nur ihren Namen hatte er in Martina Kohde geändert, damit es nicht ganz so auffällig war.

«Sie will wieder arbeiten, sie nennt das immer ein Spiel. Mal gewinnt man, mal verliert man. Sie ist komisch, weißt du. Ganz anders als du …»

Es war eine schwammige Erklärung, und selbst Madonna hätte diese nicht wortlos akzeptiert, aber Ronald küsste sie in diesem Moment. Er konnte noch das Salz ihrer Tränen schmecken, die bis zu ihrem Mund geflossen waren. Madonna begann, an seinen Lippen zu knabbern, stärker als sonst, ein wenig verzweifelt. Ronald wusste, als er ihr den Kittel aufknöpfte, dass er sie ausnutzte, aber er half sich über diese moralische Klippe, indem er sich einredete, wenn er es nicht tat, würde es jemand machen, der sie bedeutend schlechter behandelte. Als er ihr den weißen Stoff vollends vom Körper gestreift hatte, brauchte er keine Gründe mehr, um sein Gewissen zu beruhigen. Er hob ihren Körper auf die graue Arbeitsplatte. Madonna lachte ihn an und nahm seinen Kopf in beide

Hände. Dann küsste sie ihn so lange, bis Ronald keine Luft mehr bekam und sich befreien musste, indem er mit seiner Hand zwischen ihre Beine fuhr und sie vorsichtig kitzelte. Er spürte unmissverständlich, dass sie bereit war. Mit einer Kraft, die man ihrem Körper gar nicht zutraute, presste Madonna sich an Ronald und umklammerte ihn mit ihren Beinen. Langsam lehnte sie sich zurück, krümmte sich, bis sie mit ihren Haaren die Arbeitsplatte berührte, ihr ganzer Körper war angespannt, eine Steinschleuder, die nur darauf wartete, dass endlich jemand den Mut hatte, loszulassen. Ronald begann ihren Busen zu massieren und zog leicht an ihren Brustwarzen. Madonna bog sich noch mehr in die Brücke, als wäre sie keine leidlich sportliche Vorstadtschönheit mit Hauptschulabschluss, sondern eine jahrelang ausgebildete chinesische Akrobatin. Sie begann, mit den Händen durch ihre Schamhaare zu fahren, sich dabei windend, eine sich häutende Schlange. Ronald spürte, wie der Druck auf seine Seiten sich verstärkte. Madonna begann, sich rhythmisch an ihn zu reiben. Sein Schwanz bekam Platzangst. Ronald hatte es schon nach dem nächtlichen Besuch bei #Adults_Only! kaum mehr geschafft, ruhig einzuschlafen. Schnell zog er die Latex-Handschuhe aus seiner Brusttasche und streifte sie sich über. Das machte Madonna immer geil. Mit dem feuchten, kühlen Stoff an seinen Fingern griff er zwischen ihre Beine, um die Arbeitstemperatur zu prüfen. Alles bestens. Nur noch einen Augenblick. Ein wenig warten, bis sich ihre Schamlippen vollends entfaltet hatten. Madonna begann, an ihrem Zeigefinger zu saugen, nahm den Mittelfinger hinzu, dann den Ringfinger. Ronald spürte, wie das Latex fast widerstandslos über ihre Scham glitt, die rot und geil auf ihn wartete. Er schob seine Hose herunter und drang in sie ein. Madonna schoss aus der Brückenlage hervor und umklammerte ihn, schwer atmend, mit den Armen. Ronald griff sich ihren Hintern, um sie noch näher an sich pressen zu können, ihre Hitze vollends zu spüren. Als sie anfing, laut zu stöhnen, drückte er ihr seine Schulter auf den Mund, sie biss hinein, kraftvoll, der Schmerz zog gleichzeitig mit dem Adrenalin durch seinen

Körper. Siedendes Öl. Mit jedem Stoß von ihm verbiss Madonna sich tiefer und tiefer, bis Ronald dachte, sie hätte sein Hemd mit ihren Zähnen zerfetzt.

Pascal Reisewitz sortierte gerade die neu hereingekommenen chilenischen Regenstäbe in eines der großen Holzregale, als Julia den Laden betrat.

«Und, sind Sie schon ins Netz gegangen?»

«Ja. Klappt alles ganz wunderbar! Ich dank dir nochmal dafür, Pascal.»

«Das ist doch klar! Hab ich doch gern gemacht! Wo sind Sie denn gewesen?»

Julia ereilte ein plötzlicher Gedächtnisschwund.

«Ich weiß gar nicht mehr, wie der Chatroom hieß ...»

«Das kenn ich! Das geht mir auch oft so, vor allem wenn ich zwischen verschiedenen hin und her zappe. Aber Sie können ja mal darauf achten, wo Sie sind, dann komm ich auch mal vorbei!»

Keine gute Idee, dachte Julia. Themenwechsel.

«Was hast du denn da gerade ausgepackt?»

«Regenmacher! Passen Sie mal auf!»

Pascal nahm sich eines der armdicken Rohre und drehte es herum. In ihm begann es heftig zu regnen.

«Ist aus einem Kaktus gemacht, Frau Heide-Kyll! Die werden getrocknet, und dann werden die Nadeln nach innen geschlagen. Zum Schluss füllt man die dann mit Reis oder so was. Klingt toll, nicht?!»

«Mach doch nochmal!»

Er drehte ihn wieder herum, und das Rauschen des in Chile so oft herbeigesehnten Regens erklang.

«Hat es Ihnen im Net denn Spaß gemacht?»

«Ja. – Was kostet so ein Regending?»

«Die kleinen kosten nur 17 Mark, die großen dahinten in der Ecke – da haben wir aber auch nur zwei von – kommen auf 62 Mark pro Stück.»

«So viel …»

«Das sind sie aber wert! – Ich war gestern Abend übrigens auch wieder im Net! Und da war einer, der kam wohl gerade von einem dieser … ähm … dieser Erotik-Chatrooms. Die sind Ihnen bestimmt aufgefallen, die haben so Namen, also, da weiß man dann halt direkt Bescheid, was einen erwartet.»

Er schaute Julia an und schien auf eine Antwort zu warten.

«Ist mir nicht aufgefallen, aber die wird's wohl geben, wenn du das sagst.»

«Ja klar gibt's die! Und wahnsinnig viele! Am Anfang bin ich mal in einem drin gewesen, nur um es mal auszuprobieren … Aber das gefiel mir nicht.»

Julia wurde neugierig und löste ihren Blick von den Regenstäben.

«Wieso denn?»

«Ach, das war irgendwie so, tja, so derbe, ich weiß auch nicht, irgendwie ging's da nur … na ja … hat mir Halt keinen Spaß gemacht. Aber dieser Typ, den ich da gestern kennen gelernt hab, ja, der hat die irrsten Sachen erzählt», Pascal lachte nervös, «das wollen Sie bestimmt nicht hören!»

«Doch, doch, erzähl ruhig. Ich könnte da ja mal aus Versehen hineingeraten …»

«Er meinte, die hatten sich da live ausgepeitscht und sich … halt mit Fäkalien, überall, irgendwie auch verteilt, und dann damit wohl rumgeschmissen, also *geschrieben* sie würden. Er meinte, es war total eklig!»

«Das ist ja widerlich!»

Das Türglöckchen kündigte neue Kundschaft an.

«Ja, nicht!? Er hatte sich wohl als Frau ausgegeben, das geht ja alles beim IRC, und hatte dann –»

Plötzlich stand Marius neben Julia.

«Wer hat sich hier als Frau ausgegeben?»

Ein Ablenkungsmanöver musste her. Um jeden Preis. Auch wenn dieser Logik hieß.

«Also wenn ich dich so ansehe, *du* auf jeden Fall nicht.»

Und direkt ansatzlos weiter, Marius' Verstand nur keine Möglichkeit zum Verarbeiten geben.

«Hast du eigentlich schon diese Regenstäbe gesehen? Die klingen *wirklich* wie Regen, wenn man sie umdreht. Das musst du *unbedingt* ausprobieren!»

Pascal nickte, enthusiastisch zustimmend.

«Na, wenn ihr beide das meint, dann muss ich das wohl machen. Und lasst euch von mir nicht stören. Ich hab euch ja eben mitten im Gespräch unterbrochen. Tut so, als wär ich gar nicht da!»

Pascal schien die Aufforderung tatsächlich wörtlich zu nehmen.

«Wir haben gerade über's Chatten gesprochen und die ersten Erfahrungen Ihrer Frau damit.»

Jetzt hätte man einen einzelnen Regentropfen im chilenischen Ödland fallen hören können.

«Du hast Erfahrungen … womit?»

Pascal war hilfsbereit: «Mit Chatten, also über's Telefon mit dem Computer im Internet mit anderen Leuten sprechen, also nicht sprechen, sondern schreiben, aber es ist wie sprechen.»

«Und *das* machst du!?»

Julia fragte sich, ob sie es leugnen sollte. Aber Pascal war ja da. Keine Chance.

«Ich hab's mal ausprobiert.»

«Das ist doch bestimmt teuer!»

Pascal war wieder einmal überaus hilfreich: «Nicht wenn man es nachts macht! Nach eins wird's billiger.»

«Du gehst nachts an den Computer?!»

Ein bisschen Leugnen musste drin sein.

«Nein, ich hab das gestern tagsüber gemacht, nur ein Viertelstündchen, aber das ist nichts für mich. Ich werd das nicht mehr machen.»

«Das würde sich bestimmt auch kostenmäßig zusammenläppern. Wie sollte ich dann die Telefonrechnung dem Presbyterium erklären?»

Pascal war sichtlich enttäuscht von Julias Entschluss.

«Aber Frau Heide-Kyll! Da kann man doch so fantastische Sachen machen! Man kann sein, wer man will, jemand ganz anderes, und noch andere Sachen, und ... es ist einfach toll!»

Marius schien das Thema nicht weiter für diskussionswürdig zu halten:

«Das ist ja alles gut und schön, aber was sind das für Leute, die so was nötig haben? Wir haben doch alle einen Mund zum Sprechen, also sollten wir ihn auch benutzen! Und ich möchte meinem Gegenüber auch in die Augen blicken können, wenn ich mit ihm rede. Also, als normaler Mensch will man das doch gar nicht, so miteinander reden, so anonym, das sind Leute mit Problemen, denen was in ihrem Leben fehlt. Ich dämpfe ungern deine Begeisterung, Pascal, aber das Ganze ist eine traurige Sache und gar nicht toll.»

Treffer. Versenkt. Pascal war geschockt. Er konnte es noch nicht fassen. Er war soeben zu einem Menschen mit Problemen erklärt worden.

3. Kapitel

Sie hasste ihre Machtlosigkeit. Sie hasste ihre Schwäche. Sie hasste sich. Julia stand vor dem großen Spiegel in der Diele. Ansonsten gab es im Haus keinen, in dem man sich von Kopf bis Fuß betrachten konnte. Sie schaltete die Deckenlampe, eine Neonröhre, an. Jeder Zentimeter des Raumes wurde von kaltem Licht überzogen. Julia schaute sich an, wie sie da stand, in ihrem viel zu großen, blau gemusterten Männer-Pyjama, den sie vor Jahren in einem Second-Hand-Laden gekauft hatte. An den Füßen trug sie dicke, grau melierte Wintersocken. Sie wollte diese Nacht nicht frieren. Es könnte länger dauern. Hoffentlich. Denn Marius' Telefonrechnung würde dadurch steigen. Julias Blick wanderte über ihren Körper, sie betrachtete das Paisley-Muster des weiten Pyjamas, der ihre Konturen verschlang und sich nur an den Brüsten ein wenig hob, nahm ihre Arme wahr, die schlaff herunterhingen. Eine Marionette, deren Fäden niemand zog. Leblos. Jede Pore ihres Gesichts wurde vom Neonlicht ausgeleuchtet. Sie sah blass aus, ein wenig müde, ihre Augen noch schlafverquollen, von der Zeit, die sie neben Marius im Bett verbracht hatte, bis er eingeschlafen war. Ihre Pupillen hatten sich eng zusammengezogen. Das Neonlicht versuchte, tiefer in die Augen zu dringen.

Das war sie. In voller Lebensgröße. Julia Heide-Kyll, 29 Jahre, 1,72 Meter, 58 Kilo. Pfarrersfrau. Magister in Anglistik. Thema der Abschlussarbeit: Kurzgeschichtenzyklen von Hemingway und Salinger. Früher wollte sie Übersetzerin werden, jetzt leitete sie Konfirmandengruppen.

Julia legte ihre Hände auf den Bauch, fühlte ihren Bauchnabel, fuhr mit den Fingern höher über den glatten Pyjama-Stoff, spürte ihre Rippen, die fein gezeichnet unter der Haut lagen. Sie tastete sich langsam von einer zur anderen vor, bis an den Punkt, wo sich ihre Brüste in sanftem Schwung hervorwölbten. Julia glitt mit den Fingerspitzen darüber und weiter über ihre Schlüsselbeine, ihren Hals, strich über ihr Kinn und berührte vorsichtig ihre Lippen. Sie blickte noch einmal in ihre braunen Augen, in jede Iris war eine grüne Blüte eingebettet. Dann schloss sie die Lider, und ihre Hände wanderten weiter. Die Wimpern fühlten sich wie Käferbeine an, dann die Stirn empor, bis sie in ihre langen, braunen Haare greifen konnte. Ihr feines Haar glitt unmerklich zwischen den Fingern hindurch. Sie öffnete wieder die Augen.

Das war sie.

In diesem alten Pyjama.

Er war praktisch und hielt sie warm.

Sie zog ihn aus.

Julia streifte sich das Oberteil über den Kopf und ließ es auf den Boden fallen. Ihre Brustwarzen richteten sich auf, als die kalte Luft an sie drang. Sie betrachtete sich. Ihr Bauch war flach. Die Neonröhre bestrich ihre Brüste mit weißem Licht, was ihre kleinen, dunkelroten Brustwarzen stärker hervortreten ließ. Julia hielt ihren Busen für zu klein. Sie mochte es nicht, dass er so vehement fähig war, den Gesetzen der Schwerkraft zu trotzen. Sie wollte immer einen größeren haben, einen schwereren, Körbchengröße D oder mehr und vollere Brustwarzen. Sie hatte bis vor wenigen Jahren gehofft, dass ihre Brüste noch einmal anfangen würden zu wachsen und auf natürliche Art und Weise die Form von Sophia Lorens in jungen Jahren erreichen würden. Ein sinnlicher Busen. Keiner hatte sie je überzeugen können, dass Gott großartige Arbeit mit ihren Brüsten geleistet hatte. Sie strich nun darüber, umfing sie mit ihren schlanken Händen, spürte ihr Gewicht in den Handinnenflächen. Wenn sie ihren Busen doch nur aufgehen lassen könnte, wie Hefeteig.

Julia blickte an sich hinab. Dann fuhr sie von hinten mit den Händen unter die Pyjama-Hose, spürte die sanfte Rundung ihres Pos und strich das Bündchen herunter. Mit einem Bein nach dem anderen stieg sie daraus empor. Jetzt war sie nackt. Bekleidet nur noch mit den Socken, die zu Wülsten über ihren Knöcheln heruntergerollt waren. Sie fixierte im Spiegel ihr kleines Geheimnis, das auf der Innenseite ihres linken Oberschenkels prangte. Es verströmte immer noch den Hauch von Abenteuer. Während der Uni-Zeit hatte sie sich von einer Kommilitonin dazu überreden lassen. Es hatte einige Zeit gedauert, bis sie sich dazu entschließen konnte. Aber schließlich war sie nur einmal jung, hatte sie damals gedacht, und wer würde es schon sehen? Marius war der Erste gewesen, und er war sehr überrascht, ein wenig geschockt, als er die Distelblüte entdeckte. Er hatte ihr damals erklärt, dass er nichts davon halte, sich den Körper, wie er es nannte, zu verstümmeln. Sein Purismus war chronischer Natur. Das Blau der Blüte leuchtete auf ihren langen blassen Beinen. Julia merkte, dass ihr kalt wurde, spürte ihre Haut, bemerkte die leichten Luftströme an Armen und Beinen. Sie spürte ihren Körper. Das, was sie da im Spiegel sah, war *ihr* Körper. Er würde es immer sein. Aus diesem Gefängnis gab es keinen Ausweg.

Das war sie.

Nackt vor dem Dielenspiegel.

Julias Blick fiel auf ihren Busen.

Das war ihr Busen.

Sie schloss die Augen.

Und holte Luft.

Dann spürte sie, wie ihre Brüste aufgingen, wie die Hefe zu wirken begann, das Gewebe auseinander driftete, die Zellen wuchsen, sich teilten, vermehrten. Gleichmäßig dehnte sich ihr Busen nach allen Seiten aus. Die Brustwarzen schwammen auf der Haut, rote Inseln. Auch sie wuchsen in gleichem Maße mit, bis der Busen prall gefüllt war. Julias Haare begannen sich zu drehen, zu rotieren, sich in kleine Kreise zu legen und die Farbe zu verändern, bis sie schwarz und in Korkenzieherlocken über ihren nackten Rücken fielen. Gleichzeitig merkte Julia, wie sich ihre Muskeln härteten, gierig das umliegende Fettgewebe auffraßen. Ihr ganzer Körper wurde gestreckt, die Haut fühlte sich an wie neu gespannt. Ihre Wangenknochen hoben sich. Ihre Lippen schwollen an. Julia spürte plötzlich, wie der kleine Fleck an der Innenseite ihres Oberschenkels, wo die Distel ihre Blüte öffnete, zu glühen begann. Die Hitze fuhr ihr Bein herunter, schlang sich um die Kniekehle und entfaltete heiße Ausläufer bis hinunter zum Knöchel. Feine Spitzen brannten sich in ihr Fleisch, das Bein umschlingend. Dort, wo die blasse Haut verbrannte, verwandelte sie sich in ein sattes Grün, das die Luft des schottischen Hochlands zu atmen schien. Die Distelblüte kroch zwischen ihren Beinen empor und öffnete sich um ihr Geschlecht.

Sie sah sich an.

Das war sie.

Heute Nacht.

Für sich.

Für Araki.

Sie konnte sein, wer sie wollte.

Diese Frau im Spiegel.

Sie schien einem Mann mit bloßen Händen das Herz aus der Brust reißen zu können.

Sie lächelte.

Das war sie.

Mit ihrem neuen Körper setzte sich Julia vor den Computer und stieg ins Internet. Araki war schon da. Er würde überrascht sein. Heute war sie nicht Beatrice. Beatrice war nett gewesen. Brav. Zurückhaltend. Julia war Beatrice. Heute war sie düster. Heute war sie bestimmend. Heute war sie Lady MacBeth.

Jetzt sagte *sie*, wo es langging.

Und sie brauchte jemanden, an dem sie ihre Wut auslassen konnte. Aber sie würde zivilisiert quälen. Mit Erniedrigung. Mit körperlichen Schmerzen. Nicht so subtil, wie Marius es bei ihr tat.

So subtil, dass sie ihn deswegen nicht moralisch belangen konnte. Alles einwandfrei. Er lud keine Schuld auf sich. Er ließ Julia einfach nur warten und ließ die Ungewissheit ihr Werk vollbringen. Quälende Sekunden, die sie wie Zecken malträtierten. Immer dieses Alleinlassen, dieses auf ihn warten müssen, bis er endlich wieder nach Hause kam. Wie heute, weil er wieder bei der Kantorin vorbei gefahren war, der armen, armen Frau, die ja wieder so verzweifelte, so alleine in dem großen, großen Haus. Und sie hatte nicht gewusst, was sie machen sollte. Also muss der Herr Pfarrer natürlich hingehen und sie trösten, ihr gut zusprechen, bis um halb zwölf, und der eigenen Frau noch nicht mal Bescheid sagen, dass es spät wird, und dann direkt ins Bett gehen und kein Wort darüber reden wollen, nur sagen, dass man ganz erschöpft sei und glaube, diese Frau brauche auch in Zukunft weiterhin viel persönlichen Zuspruch. Öfters. Und als sie ihn darauf hingewiesen hatte, dass in seinem eigenen Haus auch eine Frau war, die Zuwendung braucht, hatte er gesagt, er sei nun mal Pfarrer, damit hätte sie rechnen müssen, als sie ihn geheiratet habe. Sie müsste halt manchmal zurückstecken. Ihre Zeit würde auch wieder kommen. Er sei vor allem ein Diener der Gemeinde. Und nicht nur *ihr* Ehemann, sondern auch Seelsorger, Freund, Schulter zum Ausweinen.

Julia hatte daraufhin nichts mehr gesagt. Sie hatte das Licht ausgemacht und sich weggedreht.

Das konnte er haben.

Er war nicht der Einzige, der mehrere Seiten hatte.

Auch sie war nicht nur die liebe, brave Hausfrau und Gattin, die sich gut herzeigen ließ. Wenn *sie* schon bei der Hochzeit damit hätte rechnen müssen, dass er später abends Kantorinnen trösten würde, dann hätte *er* halt auch wissen müssen, dass sie sich vor den Computer setzen würde. Julia Heide-Kyll konnte auch anders.

Zum Beispiel genoss sie es neuerdings, nackt vor dem Computer zu sitzen. Sollte Marius doch ruhig reinkommen und sehen, was Sie machte. Das dürfte ihn ja eigentlich nicht überraschen. Und wenn er dann erkennen würde, dass sie einen Mann im Internet quälte, wäre dies kein Grund zur Aufregung. Das war ja abzusehen gewesen! Irgendwie hatte die Domina ja schon bei der Hochzeit in ihr gesteckt …

*** DarkLady (xxx@721.568.66.XXX) hat sich der Unterhaltung angeschlossen.

<Veenus> Howdy DarkLady! Willkommen bei ADULTS-ONLY!!!

<Long John> jetzt war diese eine tusse aus der lindenstraße im playboy! titten voll in die kamera! (o)(o)

<Sissi> an meine Haut lass ich nur wasser + blaublütige ... PROLET!

<ArthurDent> hasts wohl nötig sowas zu lesen?

<Petra_18_Rothaarig> Geile Fotos/unrasiert/wer tauscht?

<Araki> Ich les das ja nur wegen der interessanten Reportagen ...:-)

<Long John> GEILE fotos immer! hab auch UNrasierte!

<Araki> Biete asiatische Fotos. Xtra Hot!

<Sissi> deswegen lesen auch so viele BILD ...:->

<DarkLady> Araki! Bring mich ins Separee! Sofort!

Es fühlte sich gut an. Julia räkelte sich auf dem blanken Holzstuhl. Sie zog ihre dicken Socken aus und führte die Knie an ihren nackten Oberkörper. Die Heizung hatte sie hochgedreht. Sollte es doch ruhig heiß werden in dem Zimmer. Wenn sie schon unerlaubt Marius' Telefonrechnung belastete, kam es auf die Heizkostenrechnung auch nicht mehr an.

<Petra_18_Rothaarig> lass deine stecken Long John/Araki her damit!

>ArthurDent> blaues blut? augenblick ... ich trink mal n kräftign schluck fürst metternich

<Araki> Ich entscheide selbst, wen ich ins Separee bringe.:-p

Araki wollte also nicht spuren. Er kannte Julia ja bisher auch nur in Gestalt von Beatrice und nicht in ihrer neuen, gefährlicheren Ausführung. Sie musste ihm wohl oder übel einen Tipp geben.

<DarkLady> Araki! Meine Brüste wollen deine Zunge wieder spüren! Ihnen ist kalt! Beeil dich!

Wer war das? Ronald starrte auf den Bildschirm. Auch ein fragender Blick in Jaspers Richtung brachte keine Klärung. Er schlief. Seine Katzenweisheit war im Moment nicht erkennbar. Die Ägypter hatten sich die falschen Götter ausgesucht. Kein Stehvermögen, diese Tiere. Ronald sah sich die letzten Sätze von DarkLady nochmal an. Sie schien darauf anzuspielen, dass sie schon mal etwas zusammen gehabt hätten. Und scheinbar war der Chat hinsichtlich ihres Busens erinnerungswürdig gewesen. So weit, so gut. Ronald widmete sich aber häufig ausgiebig den Brüsten. Das war seine Spezialität. Ein paar mehr Hinweise mussten schon noch kommen.

<Araki> DarkLady, meine Zunge ist wählerisch ...
<Veenus> Adlige riechen immer so phantastisch!
<Long John> DarkLady! soll ICH dich ins separee mitnehmen? dann siehst du mal die längste PRALINE der welt!!!!!!!
<Sissi> Veenus! Komm an meine frisch rasierten achseln + riech die weite welt!
* *Long John packt seinen Riegel aus 3 ====>*
<DarkLady> Vanille und Sandelholz stehen bereit ...

Vanille und Sandelholz? Jasper hob seinen müden Katzenkopf und riss das Maul auf, um zu gähnen.

Bei Ronald fiel der Groschen.

<Araki> Dem kann ich nicht widerstehen!

Er öffnete ein zusätzliches Fenster im Computer. Das Separee stand bereit.

<Araki> Hallo Beatrice! Ich hab dich gar nicht erkannt.

<DarkLady> Beatrice gibt es nicht mehr! Was machst du?

Was wollte sie jetzt hören? Dass er nackt vor seinem Computer saß? Nein, dachte Ronald, das könnte sie womöglich aus der seifigen Bahn der Illusion werfen. Auch die Kaminszene schien DarkLady nicht wiederholen zu wollen, wenn sie sich schon einen anderen Namen gab. Aber ihre Brüste wollten seine Zunge spüren. Ihnen war kalt. Also würde er seine Zunge entsprechend präparieren.

<Araki> Ich streiche meine Zungenspitze mit Löwensenf ein. Xtra scharf! Xtra heiß!

<DarkLady> Ich schiebe sie dir wieder in den Mund. So weit ist es noch nicht.

Womit wollte sie dann anfangen?

<Araki> Was soll ich tun?

Eine kurze Pause.

<DarkLady> Knie dich hin!

Das war eine Überraschung. Gelinde gesagt. Wo war die poetische Sprache der gestrigen Nacht geblieben? Ronald verglich DarkLadys Internetadresse mit der von Beatrice. Sie waren identisch. Es war die gleiche Frau. Vor kurzem hatte sie ihm eine Chance gegeben, also hatte sie nun auch eine Chance verdient.

<Araki> Ich knie mich hin & senke meinen Kopf zu deinen Füßen. Ich zieh dir deine High-Heels aus & beginne an dem kleinen Zeh deines rechten Fußes zu lutschen ... langsam umfange ich ihn mit meiner Zunge & sauge an ihm ... gleite herauf und herunter ...

<DarkLady> Geh weg von meinem Zeh! Und zieh mir meine Schuhe wieder an! Außerdem sind es Stiefel. Und du wirst sie ablecken und mit deinen Haaren trocken reiben! Los!

Araki fehlten die Worte. S/M. Nicht sein Ding. Erst recht nicht in dieser Rollenverteilung. Er nahm einen großen Schluck Laphroaig, ein besonders kantiger Islay-Whisky, sein liebstes Mundwasser. Er schmeckte, wie Mullbinde roch. Ein perverses Vergnügen, dachte Ronald, also passte es hervorragend zu diesem Chat.

<Araki> Ich kann es nicht abwarten, dich endlich zu berühren, deshalb leck ich hastig über deine schwarzen Lackstiefel & presse meine Zungenspitze fest drauf, weil ich hoffe, deine Schenkel darunter zu spüren. - Siehst du? Alles ist sauber, porentief. Ich senke meinen Kopf weiter, damit meine blonden, gelockten Haare den Lack berühren können & streiche mit ihnen über deine Stiefel. Sie glänzen jetzt. Wie nie zuvor! Belohne mich, Herrin!

Dafür dass er keine Erfahrungen mit S/M hatte, war Ronald ganz zufrieden mit seinen ersten Zeilen auf Stiefelniveau.

<DarkLady> Das hat alles viel zu lange gedauert! Mit meiner neunschwänzigen Katze schlage ich auf deinen Hintern ein, bis du rote Striemen hast. Und jetzt leg dich flach auf den Boden! Sofort!

Araki würde heute Nacht herausfinden, wozu DarkLady imstande war.

<Araki> Entschuldige! Meine Zunge ist nicht würdig, deine Stiefel zu lecken! Aber ich gebe mein Bestes! Ich lege mich auf den gefliesten Boden. Er ist eiskalt, aber ich presse mein Becken runter, zwinge mich, die Kälte zu ertragen, weil du es sagst! Was soll ich jetzt machen? Befehle es mir!

Er sollte gar nichts machen. Sie war dran. Er sollte nur leiden. Und da dies das Internet war, konnte sie alles tun, ohne auch nur eine einzige Spur zu hinterlassen.

<DarkLady> Rühr dich nicht! Ich will keinen Mucks von dir hören! Ansonsten schlage ich dich wieder! Ich steige langsam auf deinen Rücken, und meine spitzen Absätze bohren sich tief in dein Fleisch hinein. Wehe, du wagst es, etwas zu sagen, Araki! Du hast gar nichts zu sagen! DU bleibst da unten solange wie ich es will! Und jetzt SPRINGE ICH!

Julia musste lachen. Das machte richtig Spaß. Einfach mal alle Klischees rauszulassen.

<Araki> Mmmmmpffffffffffffffffffffffffffffffffffffffmmmmmpffffffffffffffffffffffffffffff.....
* *Araki beißt sich in die eigene Hand, bis diese beginnt zu bluten*

Araki war tapfer. Julia fuhr sich durch die Haare. Sie musste den armen Kerl dafür belohnen und seinen geschundenen Rücken ein wenig pflegen.

<DarkLady> Brav, Araki! Das hast du gut gemacht! Ich steige wieder herunter von dir. Beweg dich bloß nicht! Ich beuge mich zu dir und streife den Latex-BH von meinen Brüsten, damit ich mit ihnen über deinen Rücken streicheln kann. In die Stellen, wo meine Absätze eingedrungen sind, lege ich meine großen Brustwarzen ... Das gefällt dir, was?

Durfte er jetzt wieder etwas sagen? Das war eigentlich egal, dachte Ronald, wenn nicht, konnte sie auch nicht mehr machen als ihn noch einmal auspeitschen. Und so schlimm war das ja gar nicht gewesen …

<Araki> Oh, ja! Das gefällt mir sehr! Darf ich mich jetzt umdrehen & sie mit meiner Zunge berühren? Nur ganz vorsichtig? Dann darfst du mich auch gerne anpinkeln! Soll ich das dann trinken? Alles, was du willst!

Also wenn sie es schon auf diese Weise wollte, dann auch die ganze Nummer. Ronald nahm noch einen gehörigen Schluck des medizinisch schmeckenden Whiskys. Das war gut für seine Wunden. Er lehnte sich zurück. Mal gucken, ob sie darauf einging.

<DarkLady> Das ist unhygienisch, Araki! Und außerdem finde ich so etwas widerlich! Das ist unter meiner Würde! Ich möchte, daß du singst! Im Sopran! Und wenn du nicht hoch genug singst, dann werde ich dafür sorgen! Und sing schön, jeder soll dich bewundern, du hast die beste Stimme von allen! Du bist

allen anderen überlegen! Du hast eine lange und teure Ausbildung hinter dir! Nur an den besten Schulen! Und jeder soll das wissen! Also sing jetzt endlich!

Das war nicht die übliche Domina-Prozedur, dachte Ronald. Singen fand dabei nur unfreiwillig statt und wurde für gewöhnlich als Schreien bezeichnet. Aber es war vollkommen egal, wie sie auf diese Idee gekommen war, sie war durchaus unterhaltsam, also würde er ihr Folge leisten.

Auf seine Weise.

* *Araki quetscht seine Familienjuwelen und summt sich zwei Oktaven höher ein ...*

<Araki> Ich will keine Schokolade/Ich will lieber einen Mann ...

<Araki> Ich will einen der mich küssen/& um den Finger wickeln kann ...

<DarkLady> Stop! Etwas Klassischeres! Berühmtes deutsches Liedgut! Sing jetzt vernünftig!

Ronald kam ins Grübeln. Er merkte sich nie Liedtexte. Nur einmal hatte er für den Abschlussball seines Abiturjahrgangs ein Lied vorbereiten müssen. Er hatte es dann passend verkleidet auf der Bühne der Schulaula vorgetragen. Ein großer Erfolg. Auf seine Art war das Lied schon mehr als klassisch.

<Araki> Marleen! – Eine von uns beiden muss nun gehen,

<Araki> Marleen! – Drum bitt ich dich geh du Marleen!

<DarkLady> Stop!

<Araki> ... Dein Haar glänzt wie ein Sternenfeld ...

<DarkLady> Aufhören! SOFORT!

<Araki> ... Dein Mund ist die Versuchung selbst ...

<DarkLady> Willst du meine Peitsche spüren?!

<Araki> ... Ahaaa ...

<DarkLady> Ich schlage dich auf deinen ungezogenen Po!

<Araki> ... Dein Teint ist wie aus einem Magazin ...

<DarkLady> Ein Kirchenlied! Ave Maria!

<Araki> ... Wie Blumenduft ist jedes Wort, das über deine Lippen kam ...

<DarkLady> Hör auf, oder ich uriniere wirklich auf dich!

* *Araki streckt seinen Arsch empor, damit DarkLady ihn besser treffen kann*

<Araki> ... Ahaaa ...

<DarkLady> Du hast gewonnen, Araki!

<DarkLady> ... Begehrt er dich ...

<Araki> Zu zweit klingt es direkt viel besser! - ... So kann ich das verstehen ...

<DarkLady> Maaaarleeeeeeeeeeeeeeeeeeeeeeeeeeeeeeen!

Er hatte DarkLady zum Singen gebracht! Na, wenn das kein gutes Zeichen war, dann wusste er es auch nicht. Vielleicht würde sie ja jetzt ihre dunkle Hülle ablegen und sich ihm als WhiteLady hingeben? Ronald zumindest sah den Zeitpunkt für gekommen, sich auszuziehen. Er pfefferte den gelben Bademantel gegen die Wand und bellte Jasper an. Wie viel Spaß singen doch machen konnte!

<Araki> Darf ich jetzt wieder aufstehen & mich schöneren Dingen widmen? Deinem Körper zum Beispiel?

Julia presste sich die Hände auf den Mund, als ihr bewusst wurde, dass Marius ihr Lachen bestimmt durch die Decke hören könnte. Aber das half nicht wirklich. Sie klang jetzt mehr wie ein Yeti mit Verdauungsproblemen. Auch das konnte Marius um den Schlaf bringen. Julia rannte ins Gästeklo und spritzte sich Wasser ins Gesicht. Das half. Sie hielt inne und lauschte nach oben. Nichts. Aber das musste er doch gehört haben! Kein Laut. Keine Schritte. Keine Stimme. Julia stahl sich die Treppe hoch, zum Schlafzimmer. Während sie die Türklinke langsam herunterdrückte, zog sie die Tür zu sich, damit auch ja kein Laut ertönte. Marius lag wie ein Baby im Bett und schmatzte. Er hatte gerade eine seiner raren Tiefschlafphasen.

Julia atmete durch. Glück gehabt. Dann fuhr sie zusammen: Sie hatte Araki vergessen! Leise schloss sie die Tür und versuchte dann gleichzeitig schnell und lautlos die Treppe herunterzugehen. Beides gelang ihr teilweise. Als sie im Arbeitszimmer ankam, hatte sich auf dem Monitor eine ganze Menge Botschaften angesammelt.

<Araki> Warum sagst du nichts mehr? Du bist doch noch da!?

<Araki> Oder willst du mich weiter quälen? Ist auch kein Problem, auch wenn ich lieber andere Sachen machen würde ...

<Araki> Erde an DarkLady! piep-piep-pieeeep! Erde an DarkLady!

* *Araki sucht DarkLady im gesamten Zimmer*

<Araki> Hast du keine Lust mehr?

<Araki> Ich bin jetzt gleich weg, wenn du nichts mehr sagst ...!

Sie musste schnell etwas eintippen, bevor er sich ausloggte.

<DarkLady> Ich bin noch da!

<Araki> Da bin ich aber froh!

<DarkLady> Ich hatte nur gerade was zu tun.

<Araki> Schreib doch beim nächsten Mal einfach brb – das heißt be right back, dann weiß ich Bescheid.

<DarkLady> Mach ich!

<Araki> Erinnerst du dich noch an meine Frage nach deinem wundervollen Körper ...?

Eigentlich hatte Julias Puls gerade begonnen, zu seinem normalen Rhythmus zurückzukehren, entschied sich nun aber doch dafür, wieder an Tempo zuzulegen. Ihr Nebennierenmark lieferte dazu passend eine Gratis-Ausschüttung Adrenalin. Im Zimmer war es jetzt bullig heiß, und obwohl Julia nackt war, begann sie leicht zu schwitzen.

<DarkLady> Willst du wissen, wie ich heute aussehe ...?;-)

<Araki> Erzähl es mir! Ich kann es nicht erwarten, zu erfahren, wie du eingepackt bist!

Julia überlegte, was zu ihrem neuen Körper passen würde, womit die langen Korkenzieherlocken harmonierten, was die großen Brüste zur Geltung bringen würde. Leider waren die meisten Kleidungsstücke schon genannt worden, also blieb ihr wenig Spielraum. Gute Dominas, dachte Julia, hatten bestimmt richtig perverse Kleidung und machten bei Latex und Leder noch lange nicht Halt. Sie würden Dinge tragen, die Männern wirklich Angst machten.

Zumindest an Frauenkörpern.

<DarkLady> Meine Stiefel hast du ja schon bemerkt, und meinen Latex-BH auch. Eigentlich bin ich ansonsten nackt. Nur um meine Hüften spannt sich noch eine Feinripp-Unterhose mit Eingriff. Modell Karl-Heinz von Schiesser.

Die trug Marius auch immer.

<Araki> Eine sehr eigenwillige Kombination ... ICH ERTRAGE SIE NICHT! Deshalb zerreiße ich deine Unterhose mit der puren Kraft meiner gierigen Finger!

* *Araki hält triumphierend das Stück feingerippten Stoff in seinen Händen*

<DarkLady> Mir ist plötzlich so kühl zwischen den Beinen ...

Julia spürte, wie ihr Geschlecht anschwoll. Sie legte behutsam ihre Hand darauf und fühlte die aufsteigende Feuchtigkeit. Ein angenehmer Druck im Unterleib machte ihr klar, dass ihr Körper in dieser Nacht noch einiges vorhatte. Und zwar schnell. Ihr Geschlecht war ein festlich gedeckter Tisch, der nur darauf wartete, dass sich der avisierte Gast endlich einfand, um zu speisen. Der Duft des Essens erfüllte den ganzen Raum. Die Kronleuchter brannten schon.

<Araki> Ich lege meine Zunge auf deine Schamlippen, um sie zu wärmen. Ich verharre dort ein wenig, bis ich anfange, über die Seiten zu lecken, ich umrunde sie langsam, befeuchte sie, obwohl ich spüre, dass das gar nicht nötig ist ...

Julia presste die Hand fester auf die saftige Nektarine zwischen ihren Beinen und begann, die Finger kreisend zu bewegen.

<DarkLady> Ich habe immer noch eine kalte Stelle ...
* *Araki vergräbt seinen Kopf tiefer zwischen DarkLadys prachtvollen Beinen*
<Araki> Meine Zungenspitze giert danach, die Furche in deiner Mitte entlang zu fahren ... Sie zuckt, als ich es mache & das erste Mal den süßen Akazien-Honig deines Venushügels koste. Ich will mehr! MEHR!

Julia hielt es nicht mehr länger in ihrer Haltung aus und setzte sich breitbeinig auf den Stuhl. Sie wollte berührt werden, wollte Haut auf Haut spüren, wollte, dass Arakis Zunge aus dem Bildschirm schoss und zwischen ihre Beine glitt. Ihre Hände versuchten, in jeder Sekunde jede Stelle ihres Körpers zu liebkosen. Es waren nun Arakis Hände. Und Julia ließ sie gewähren.

<DarkLady> Du kannst dir nehmen, was du willst!

<Araki> Ich tauche meine Zunge tiefer in dich ein & ertaste die ganze Pracht deines Reiches. Ich möchte jeden Winkel schmecken, jede Rundung fühlen. Es ist so wundervoll! Ich trinke dich! Ich trinke dich aus bis zum letzten köstlichen Tropfen!

<DarkLady> Ich bäume mich auf! Ich halte es nicht mehr aus! Komm ganz nah zu mir! Komm! Komm! Jetzt!

<Araki> Ich komme ...

Julia schloss die Augen. Wellen des Glücks rasten über ihren Körper, und es war, als würde sich ihre Scheide in einen großen Champagnerkelch verwandeln, erfüllt von Tausenden kleiner Perlen, die an der Oberfläche explodierten.

Aber es war nicht DarkLady, die einen Orgasmus bekam.

Es war Julia.

4. Kapitel

Es sollte in Japan sein. Meji-Periode. Herbst. Im gepflegten Garten eines ehrenwerten Shogun. Zwei Männer stehen sich gegenüber. Ohne sich zu berühren. Jeder wartet auf eine Bewegung des Gegners. Die Kirschblüten fallen lautlos auf den fein geharkten Kiesweg. Es geht um Leben und Tod. Natürlich. Nur ein Augenblick der Unaufmerksamkeit hätte den sofortigen Tod zur Folge. Jeder Kämpfer existiert genau dort, wo er steht, genau in diesem Moment. Das Gefühl der absoluten Gegenwart. Die Blicke des schlankeren Kämpfers bleiben einen Augenblick an einer kunstvollen steinernen Buddha-Statue haften. Einen Moment zu lange.

Christophs Shinai trifft Ronald an der linken Seite seiner Gesichtsmaske. Obwohl sie den Schlag abdämpft, gelangt doch genug Wucht an den Kopf, um Schmerz zu erzeugen. Mit langsamen, gleitenden Schritten bewegt Ronald sich seitlich, seinen Gegner ständig fixierend.

Christoph war nicht sonderlich schnell, der Ein Meter neunzig Mann konzentrierte sich deshalb immer auf grobe Deckungsfehler des Gegners. Seine Augen erkannte man hinter der Gitterstruktur der Maske nicht, doch Ronald wusste, dass sie ständig in Bewegung waren.

Ronald blieb abrupt stehen und holte mit dem beidhändig gefassten Bambusstock aus, um Christoph am Handgelenk zu treffen. Doch dieser parierte, glitt im gleichen Moment mit einem beherzten Schritt vorwärts und schlug Ronald horizontal auf den Schädel. Schmerz.

Ronald hatte noch keinen einzigen Punkt gemacht. Er konnte sich einfach nicht konzentrieren, und was war beim Kendo unerlässlich war. Die nächtliche Chatsitzung saß ihm immer noch in den Knochen. Die Frau trieb Spielchen mit ihm. Sie lockte ihn aus der Reserve. Sie überraschte ihn. Sie faszinierte ihn. Sie war erst so kurz dabei, und schon sprengte sie Grenzen. Diese Frau war etwas Besonderes, eine Frau, die das Leben wirklich lebte.

Christoph traf ihn wieder, diesmal war er seitlich vorbeigeglitten und hatte ihn frontal auf der Brustplatte erwischt. Ronald war der Senpo, der erste Kämpfer der Mannschaft, und es wurde allmählich peinlich für ihn. Am besten würde er nach dem Kampf eine leichte Grippe vortäuschen. Oder jetzt noch ein paar gekonnte Angriffe starten, Christophs Langsamkeit konsequent ausnutzen. Ronald ging rechts vorbei und begann, ihn zu umrunden. Als Christoph versuchte, sich um die eigene Achse zu drehen, um Ronald zu folgen, war seine linke Schulter kurz ungedeckt, und Ronald schlug zu. Treffer. Jetzt ging er schnell daran, den nächsten Punkt zu machen. Ronald täuschte einen Angriff auf den Kopf an, wechselte dann jedoch die Schlagrichtung und traf auf das Handgelenk. Punkt. Na also, es ging doch! Er hatte es noch nicht verlernt! Ja, so sollte sich Kendo anfühlen! Er hörte den Holzboden der alten Sporthalle nur kurz knarren, als Christoph ihm entgegentrat und zu seinem nächsten Schlag ansetzte. Der Hüne hielt sein Shinai wie eine Streitaxt seitlich auf Hüfthöhe und rammte es Ronald nun mit aller Wucht in die Seite.

Wären sie wirklich in Japan, würden die Kirschblüten jetzt auf den leblosen Körper eines in der Mitte durchtrennten Samurai fallen, während der siegreiche Kämpfer sich auf den Weg zu einer nahe gelegenen Gaststätte machte, um ein gut gezapftes Pils zu trinken.

Die Kneipe hieß sinnigerweise «An der Sporthalle», und versprühte den Charme einer Bundeskegelbahn. Die Pokale in den Vitrinen stammten allerdings vom lokalen Skatverein. Es war der einzige Ausschank in der Nähe, und das Bier war frisch. Mehr konnte man nicht erwarten. Das Ambiente war gutbürgerlich. Der stetige Rauch hatte die billige Holzverkleidung durchtränkt, und die tiefhängenden Kupferlampen ließen die Gesichter der Gäste dort, wo sie gut aufgehoben waren – im Dunkeln. Die Bedienung war herzlich, zu Christoph sogar ganz besonders. Die feiste Frau mit dem einladenden Dekolleté hatte sich bei seiner Bestellung ganz besonders tief herunter gebeugt. Sie schien es zudem für aufreizend zu halten, ihm ab und an unauffällig zuzublinzeln.

Christoph trank befriedigt an seinem Pils und nickte Ronald zu.

«Das war heute nicht dein Tag, Burschi, was? Lässt den guten Chrissie so über dich herfallen! Wenn ich das den anderen erzähle! Ich hab ja fast schon ein schlechtes Gewissen bekommen! Aber auch nur fast! Diese Abreibung war lange fällig gewesen, großer Senpo!»

Er gab sein lautes, bollerndes Lachen von sich, das immer aus einer Felsenhöhle zu kommen schien.

Ronald prostete ihm zu.

«Beim nächsten Mal werde ich dafür deinen Men zertrümmern! So was passiert mir nie wieder, verlass dich drauf!»

«Nu gib mal Butter bei die Fische, du alter Schwerenöter! Was ist los?!»

Christoph lehnte sich zurück und ergriff mit beiden Händen das um seinen Nacken hängende Handtuch.

«Erzähl schon! Sonst erzähl ich dir von Ursula! Na?!»

Ursula war Christophs Frau und sah sich als moderner Hiob. Zudem hielt sie nichts davon, ihr Elend schweigend zu ertragen.

«Ich hab im Net jemand kennen gelernt. Und ... na ja ...»

«Sach bloß was Ernstes? Was wird Steffi Graf nur dazu sagen?»

«Die weiß noch nichts davon. Ne, ganz im Ernst, ich bin mir nicht sicher, was ich davon halten soll, aber die Frau hat was.»

«Lass mich raten: Ihre strahlend blauen Pixel-Augen haben dich gefangen genommen! Ihr bezauberndes digitales Lächeln hat dir den Kopf verdreht!»

«Quatschkopf!»

«Oder nein, viel besser: Es ist wahre Liebe, der Computer läuft schon vor Scham rot an, wenn ihr beiden turtelt ...»

«Ne, es ist was rein Körperliches.»

«Im Computer?! Was rein Körperliches?! Jaja, ihr treibt es wie die Karnickel, aber habt noch kein einziges Mal miteinander gesprochen ...»

«Du bist echt so blöd, wie du lang bist! Durch die Frau hab ich wieder Schmetterlinge im Bauch! Oder, ehrlich gesagt, fliegen die eine Etage tiefer ...»

«Nur: Wie lange noch? Wir wissen doch beide, wie der Hase läuft ...»

«Kann ja alles sein, aber momentan, da läuft er halt noch. Und wie!»

«Wollt ihr euch sehen?»

Ronald blickte ihn überrascht an.

«Was redest du?!»

«Na ja, wieso nicht?»

«Keine Ahnung, aber ... kein Interesse.»

«Das wird schneller kommen, als dir lieb ist! Wart's nur ab, Kleiner! Wenn die Frau dich schon so beschäftigt, dass du dich beim Kendo von mir abschlachten lässt ...!»

«Ach was ...!»

Die Bedienung hatte Christoph nicht aus ihren Kuhaugen gelassen und gerade erspäht, dass sein Pils leer war. Ein willkommener Anlass für Small-Talk. Sie kam herübergedackelt, den Notizblock lasziv in ihren aderigen Händen haltend.

«Soll ich Ihnen noch ein schönes Pils zapfen, der Herr?»

«Aber immer! Danke.»

«Wenn man sich beim Sport so richtig verausgaben tut, dann gibt es doch nichts Schöneres!»

«So isses.»

«Wissen Sie was, ich mach Ihnen direkt noch 'n Kurzen dazu, damit Sie wieder auf die Beine kommen. Auf Kosten des Hauses!»

«Oh, das ist aber nett! Da werd ich ja gleich herumspringen können wie ein junges Reh!»

Wie ein Sack Murmeln giggelnd, zog sie wieder ab.

Christoph sah Ronald sichtlich vergnügt an.

«Da wird Madonna sich aber schön wundern, wenn plötzlich eine neue Herzdame auftaucht.»

«Hör mir bloß mit der auf! Mann, Chrissie, du glaubst ja nicht, wie die mir momentan auf die Socken steigt, von wegen Beziehung und so. Die gute alte Steffi hat bald nicht mehr genug Unglück im Leben, um Madonnas Herz zu erweichen.»

«Stoß sie ab! Also: Madonna.»

Christoph war ein Mann der klaren Entscheidungen, er fackelte nie lange. So gab es weltweit wohl niemanden, der in einem Restaurant schneller auswählte als er.

Ronald schüttelte den Kopf.

«Wenn das so einfach wär!»

«Isses aber! Nur du bequemes, kleines Schweinchen willst nicht! Madonna ist einfach zu praktisch, was? Tja, dann darfst du dich aber auch nicht über den Stress beschweren!»

«Weißt du, sie müsste einfach nur mal *sehen*, wie schlecht es Steffi geht, damit sie wieder Ruhe gibt.»

«Dann mach das doch!»

«Klar!»

Ronald ahmte mit seiner Hand einen Telefonhörer nach und hielt ihn sich ans Ohr:

«Hallo, Auskunft, ich hätte gern die Telefonnummer von Steffi Graf ... die private bitte ... so viele? ... ach, geben Sie mir gleich alle 34 Anschlüsse durch!»

Er blickte Christoph mit hochgezogenen Augenbrauen an.

«Logisch, Chrissie, so läuft das!»

«Muss ja nicht die echte sein! Du willst deinen Kopf frei haben für die Internet-Tante, also mach ihn dir frei! Miet dir eine Steffi Graf! Arbeitslose Schauspielerinnen – sogar mit extragroßen Nasen – findste doch an jeder Ecke!»

Christoph musste es wissen, er war Schauspieler.

«Das würden die machen?»

«Wenn der gute Onkel Christoph sie bittet und der liebe Papa

Ronald ihnen ein paar Scheinchen in den Strumpfhalter steckt – na freilich! Was für ein Spaß!»

Und wieder rollte Christophs Lachen wie eine Steinlawine über Ronalds Ohren.

«Dann schreib du mir ein Drehbuch!»

Christoph fasste sich langsam wieder. Aber nur kurz.

«Ich bin Schauspieler, kein Tintenkleckser! Also büttö, Hörr Dr. Dahmen, beloidügen Sü müch nücht!»

Er begann wieder zu lachen, schaffte es jedoch gerade noch weiterzusprechen.

«Aber auch dafür kenne ich jemanden! Du könntest ihm als Bezahlung ja einen Satz neue Zähne verpassen!»

Eine zweite Lawine überholte die erste. Die Bedienung schloss sich aus der Entfernung dem Lachen an.

«Und wenn du willst, spiel ich dir den Vater Graf!»

Jetzt kam der ganze Berg herunter, und Ronald konnte dem dicken Brocken nicht mehr ausweichen, er musste einfach mitlachen. Was für eine Schnapsidee!

Am Abend hielt Ronald es nicht lange an seinem selbst importierten Addams-Family-Flipper aus. Er hatte nur wenige Spinnen getroffen und auch den Hausdrachen nicht zum Feuerspucken gebracht. Im Internet gab es ein viel spannenderes Spiel. Aber es war noch zu früh. Jetzt, um elf Uhr, würde sie noch nicht da sein. Ronald musste warten, sich beschäftigen. Also löffelte er etwas Fressen in den Katzennapf, Sheba mit Gänseleber, ganz was Feines, um den vollschlanken Kater anzulocken. Es beruhigte Ronald immer, wenn er ihm beim Fressen zusehen konnte. Jasper ließ auch nicht lange auf sich warten und erschien, kurz nachdem der Feinschmeckerfraß im Plastiknapf gelandet war. Er schnüffelte daran, schaute Ronald verwundert an, kehrte den lukullischen Genüssen seinen flauschigen Katzenarsch zu und trottete wieder ins Schlafzimmer, um weiterzuschlummern.

Na prima!, dachte Ronald, selbst die Katze hatte keinen Bock, ihn abzulenken. Na gut, sie hatte auch erst vor einer knappen Stunde Fresschen bekommen, aber er war davon ausgegangen, dass Jasper so lange weiterfressen würde, bis er durch den Boden brach. Die Katze brachte es also auch nicht. Was konnte er tun? Selber noch was essen! Er hatte zwar keinen Hunger, aber es würde bestimmt noch eine lange Nacht werden. Also kramte er sich eine Käfer-Pizza «Vier Jahreszeiten» aus dem Energiespar-Gefrierschrank und heizte den Umluftofen vor.

Jetzt hieß es warten.

Aber er konnte die Pizza ja noch verfeinern!

Ronald öffnete den Kühlschrank. Der Cheddar würde bestimmt gut passen, und ein bisschen Stilton konnte auch nicht falsch sein. Warum nicht gleich noch etwas Edamer und ein Stück vom Harzer Roller drauf? Vier Jahreszeiten mit vier Käsen, das *musste* doch passen! Ronald schnitt sich von jedem Stück Scheiben ab und platzierte sie in einem geometrischen Muster auf die gefrorene Pizza.

Aber irgendwas fehlte noch. Der letzte Pepp.

Hatte er nicht eben ein Glas mit Pepperoni im obersten Fach des Kühlschranks stehen sehen? Das war doch ideal! Also fischte er sich vier große Schoten heraus, schnitt sie klein und verteilte sie in von innen nach außen laufenden Linien über den Käse. Das war gut. Ronald betrachtete stolz sein Werk. Es war visuell ansprechend, aber kulinarisch gesehen fehlte noch die spezielle Ronald-Note, die sensorische Überraschung. Ein geschmackliches Gegensatzpaar musste her, zwei Dinge, die man nicht zusammen auf einer Pizza erwartete.

Die Pfälzer Leberwurst war doch eh schon seit Tagen offen und musste weg!

Ronald schnitt den Naturdarm längs auf und schaffte es, die Fleischmasse in ansehnliche Scheiben zu teilen. Die acht großen Stücke verteilte er symmetrisch auf der Pizza, holte zudem mit einem Löffel den Rest aus dem Endstück heraus und platzierte einen Klecks Leberwurst auf der Pizzamitte.

Jetzt fehlte nur noch das geschmackliche Gegenstück! Ronald nahm etwas von der selbst gemachten Brombeermarmelade seiner Mutter und strich sie dünn auf die Leberwurststücke. Aber das reichte noch nicht. Es musste gewagter sein, extremer! Er holte sich acht Maraschinokirschen aus ihrem Glas und drückte sie leicht in die Leberwurstscheiben. Jeweils genau mittig.

Er besah sich sein Werk und befand, dass es gut war.

Acht abstrakte Brüste lagen auf der Pizza, mit gewaltigen, alkoholischen Nippeln.

Der Backofen war so weit.

Ronald bugsierte sein Werk vorsichtig auf das mittlere Backblech. Jetzt hieß es warten. Und dann: genießen!

Er verbrachte die Backzeit im Schneidersitz vor dem Ofen und sah zu, wie der Käse zerlief und auf dem Blech anbrannte, wie die Wurststücke sich krümmten und verformten, als würden sie um ihr Leben kämpfen, während die Kirschen auf ihnen hockten und rabenschwarz wurden.

Das Zuschauen hatte ihn abgelenkt.

Dann war die Pizza fertig.

Er aß sie.

Ganz.

Es war nicht einfach. Der erste Bissen in den Leberwurstteil war noch interessant. Überraschend. Dann trafen die autonomen Geschmacksstoffe aufeinander und begaben sich kurz entschlossen auf einen Kreuzzug um die Vorherrschaft in Ronalds Mundraum. Sie spuckten Gift und Galle. Sie würgten alles Appetitliche aus den Inhaltsstoffen der anderen raus. Und schließlich ekelten sie sich nur noch an. Ein grausamer Kampf.

Er dauerte an.

Wenn auch auf dem Klo. Aber wenigstens dachte Ronald in diesem Moment nicht an Beatrice / DarkLady. Er dachte nur darüber nach, ob es jemals aufhören würde zu brennen. Die verschiedenen Käsesorten hatten die Erhitzung unterschiedlich gut vertragen. Der

Harzer Roller hatte nur geschwitzt, während der Cheddar sich still und leise verflüssigt hatte. In Ronalds Magen waren sie alle aufeinander getroffen, und die Pepperoni hatte ihnen ein bisschen Dampf gemacht. Von der Leberwurst und den Maraschinokirschen ganz zu schweigen. Aber Ronald hatte die komplette Pizza gegessen, in der steten Hoffnung, irgendwann auf den Geschmack zu kommen. So konnte man sich täuschen.

Er war noch nie so glücklich gewesen, vierlagiges-Klopapier zu besitzen.

Seine Versuche, Jasper davon zu überreden, auch von der Pizza zu kosten, waren nicht von Erfolg gekrönt.

Katzen hielten sich instinktiv von Gefahren fern. Jasper schlief friedlich in einem warmen Winkel der Wohnung, während Ronald im Badezimmer vor sich hin knallte.

Nachdem der Darm sich von den giftigsten Substanzen befreit hatte, beschloss Ronald, ein Wohlfühlbad zu nehmen. Als sein Körper sich langsam erwärmte, dachte Ronald wieder an seine Chatpartnerin. An das gemeinsame Singen, die Spielchen mit ihren Brüsten, die Erkundungsreisen zwischen vollen Schamlippen. Er erinnerte sich sehr genau daran, sehr plastisch, weshalb sein Körper das serienmäßig eingebaute Periskop ausfuhr. Ronald blickte auf die Uhr. Es waren nur noch wenige Minuten bis eins. Er sprang aus der Wanne, schlang den gelben Bademantel um sich und tropfte den Weg zum Computer voll. Das Periskop prangte ebenso horizontal wie steif geradeaus. Volle Fahrt.

In #Adults_Only! waren einige alte Bekannte, aber Beatrice / DarkLady war nicht dabei.

Oder vielleicht doch? Unter neuem Nickname? Einige User hatte er hier noch nie zuvor gesehen.

```
<LickMyDick> s war schoooisslich! pamelaaAAHH ander-
  son sucks!
<CornflakeGirl> ich hab dich gewarnt!
```

<grabowski> viel zu wenig von ihren bällen zu sehen ...
<Playstation!> es ist eine dokumentation! über das leben der reichen! + schönen!
<grabowski> viel zu schlecht aufgepumpt ...
<CornflakeGirl> es gibt eins vom playboy über sie das ist viel besser!!!!!!!!!!!!!!!!!!!!!!!!!!!!! schaaaf!:-)8
<LickMyDick> aber wo waren die SCHÖNEN?! wo? + dann die sache mit der boothupe! AAAARRRGHGHHH!
* *LickMyDick übergibt sich auf playstation!*
<Titania> Ich finde die Frau sowieso nicht attraktiv, sie ist so künstlich.
* *Playstation! schmiert LickMyDick mit seiner kotze ein*
<CornflakeGirl> aber das ist ja grad das tolle an pam sie ist künstlich! ne echte cybertussi!
<LickMyDick> thanx playstation! die frau selber ist klasse die tattoos schön rasiert immer spitz ABER DER FILM!!!
<Titania> Aber Sex ist doch Natürlichkeit, ansonsten könnte man sich ja direkt eine Gummipuppe nehmen!
<Playstation!> außerdem erhöhts die vorfreude wenn man lang auf die heißen szenen warten muss! vorspiel babys vorspiel!

Ronald hatte keinen Bock, über das Pamela-Anderson- und Tommy-Lee-Hochzeitsvideo zu reden. Die Zeitungen waren voll davon, das Net noch mehr. Er hoffte stattdessen, den Geruch von Vanille wieder in die Nase zu bekommen …

<Araki> Hat hier jemand eine schöne Vanilleschote für mich?
<LickMyDick> über eine Stunde BLÖDsinniges vorspiel?! da PLATZT mir ja die Eichel! AAAAH!

<CornflakeGirl> schwachsinn Titania! überleg ma wie viel geld in den körper dieser frau gesteckt worden ist! das ist HIGH-TECH-schönheit! das absolut beste was die heutige wissenschaft leisten kann! wenn du es mit der treibst isses als wenn du zum mond fliegst!

<grabowski> RUSS MEYER! das waren noch filme! das waren noch MÖPSE! + alles echt!

<Playstation!> schade für dich LickMyDick!! kaputt is kaputt ...:-)))))))))))

<Araki> ODER VANILLE-EIS!!! HAUPTSACHE V A N I L L E!!!

Wenn sie da war, musste sie es sehen.

<LickMyDick> meiner ist auch ohne eichel noch laaaaang genug!

<Titania> Aber ich muss zugeben, ihr Mund ist die Versuchung selbst ...

<grabowski> alles in Ordnung bei dir araki?:-/

Grabowski? Sollte sie sich diesmal hinter dem Namen eines Fußballspielers verstecken? Hinter Jürgen Grabowski von Eintracht Frankfurt, der 1974 mit der deutschen Mannschaft Weltmeister wurde und im Endspiel statt Günther Netzer gespielt hatte? Dieser Grabowski? Was hatte die Frau bloß mit Fußball zu tun?

Ronald merkte, wie sein Magen erneut anfing zu rumoren. Sein Dickdarm hatte wohl noch nicht alle gasförmigen Giftstoffe ausgesondert. Doch jetzt ging es um Grabowski. War er die Maske?

<Araki> Klar, grabowski Stehst *du* denn auf Vanilleeis? Oder Sandelholz?

<Titania> Und ihr Teint ist wie aus einem Magazin ...

<CornflakeGirl> russ meyer?! much too much! eklig

animalisch! da kann ich mir auch wasserbüffel beim vögeln angucken!
<grabowski> pfff vanilleeis ist schon nicht schlecht auch wenn ich lieber bananeneis mag aber sandelholz? was solln das sein?!

Konnte sie sich so verstellen? Oder es vergessen haben? War Grabowski diejenige welche? Ronald blickte, immer stärker den Druck in seinem Bauch verspürend, zu Jasper. Der kratzte sich hinterm Ohr und schüttelte den Kopf. War das ein Nein? Wie auch immer, er würde Grabowski die alles entscheidende Frage stellen:

<Araki> Darf ich von deinem Akazienhonig kosten ...
<Playstation!> schick mir ein foto LickMyDick!
<Veenus> So, da bin ich wieder!
<Titania> Ihr Haar glänzt wie ein Sternenfeld ...
<grabowski> araki ich glaub du stehst auf der wärmeren seite des spielfelds. NO WAY! gelbrote karte!!!!!! RUNTER!!!!

Also Grabowski war es nicht, wenn Beatrice / DarkLady schon da war, konnte sie nur Playstation sein. Oder Titania. Jasper putzte sich mit seiner rauen Katzenzunge die linke Pfote. Es sah aus, als würde er nicken. Ronald schaute auf die letzten Aussagen der Anwesenden. Er musste lachen.

<Araki> Drum bitt ich dich ... komm mit Titania! ;-)
<Titania> Na endlich! Marleen! - Eine von uns beiden ... stand auf der gaaaaaaaanz langen Leitung!

Ronald öffnete das Separee-Fenster. Und auch das Fenster seines Wohnzimmers würde er bald öffnen müssen, denn sein Darm gab unentwegt Rauchsignale von sich. Lautstark. Wie gut, dass er nicht mit einem Spracherkennungsprogramm arbeitete.

<Araki> Wieso der Name Titania?

<Titania> Das solltest du schon von alleine herausfinden. Stört er dich?

<Araki> Nein. Er klingt ... imposant!

<Titania> Das sollte er auch ...

Seine schlimmsten Befürchtungen waren bestätigt: Er würde wohl heute wieder Schuhe lecken müssen. Das war zwar ganz unterhaltsam, aber auf lange Sicht würde seine Zunge das nicht mitmachen.

<Araki> Heißt das, ich muss mich heute wieder auf dem geheiligten Boden vor dir niederlassen ...?!

<Titania> Oh, nein! Wir werden uns heute - aber noch nicht jetzt - auf feuchtem Moos niederlassen. Um uns herum Fackeln, damit wir einander in die Augen blicken können. Momentan hörst du aber nur meine schnellen Schritte auf dem Waldboden und mein helles Lachen, das sich von dir fortbewegt ...

Das klang ja schon viel besser! Ronald stand schnell auf, um sein tönernes Duftöfchen aus dem großen Wohnzimmerregal zu holen. Er träufelte ein paar Tropfen Tannenzapfenöl hinein und entzündete das Teelicht.

<Araki> Erzähl mir mehr!

<Titania> Wir haben eine schwüle Sommernacht. Die Glühwürmchen sind heute ganz aufgekratzt und paaren sich wild zwischen den Sternen. Ich trage Blumen im Haar und auf meinem Körper, wo ich sie mit Harz festgeklebt habe. Du kannst es riechen ...

Ronald schloss die Augen und atmete den Duft des langsam verdampfenden Tannenzapfenöls ein. Er war also im Wald. Mit einer Frau, die nichts als beste Floristenkunst am Leib hatte.

Was trug er dann bloß?

<Araki> Ich folge dir! Den Geruch des Harzes mit meinen Nüstern einsammelnd, hechte ich über herumliegende Baumstümpfe & schlage mit meinen Händen Äste fort, die zwischen uns liegen. Meine grüne Wildlederhose liegt an den Beinen wie eine zweite Haut, die Lodenweste flattert über meiner blanken Brust. Ich renne immer schneller, der Wald verwischt zu einer Orgie aus Grün. Im Laufen schnappe ich mir ein Glühwürmchenpaar, das gerade übereinander herfällt & hüte es in meiner Hand. Als ich dich endlich erreiche, halte ich es an dein Gesicht, um dich in deiner ganzen Pracht sehen zu können ...

Gut, dass er als Kind bei jeder sich bietenden Gelegenheit Robin-Hood-Filme mit Errol Flynn gesehen hatte. Er spürte förmlich Bruder Tuck hinter einer besonders massiven Eiche lauern und Little John in einem Baumwipfel hocken. Wegen der delikaten Art der hoffentlich bald stattfindenden Handlungen zählte er darauf, dass sie genau dort blieben, wo sie waren, und in die andere Richtung schauten.

<Titania> Du kannst das Glänzen in meinen Augen sehen! Meinen hellgrün strahlenden Augen, die in dieser Nacht in dem unschuldigen Gesicht eines jungen Mädchens ruhen, vielleicht gerade 16, 17 Jahre alt. An meinem schelmischen Blick merkst du, dass ich dich zu diesem Platz gelockt habe. Die Fackeln prasseln leise, während sie abbrennen. Schüchtern senke ich meinen Blick und lasse mich langsam auf dem moosüberwucherten Boden nieder, eine Blume löst sich und entblößt meine rechte, knospende Brust ...

Diese Frau war wandlungsfähig! Sie tauschte die Peitsche schneller mit dem Gänseblümchenkranz, als er eine vernünftige Pizza backen konnte.

<Araki> Dann bist du ja jetzt nackter als ich! Damit es wieder ausgeglichen ist, lasse ich die Weste über meine Schultern gleiten & mich selbst neben dich aufs Moos. Ich führe die beiden Glühwürmchen näher an deine entblößte Brust & lecke das Harz ab, denn es könnte doch deiner Haut schaden!

<Titania> Entlasse die Glühwürmchen in die Freiheit! Ich möchte, dass wir ungestört sind ...

<Araki> Ich öffne meine Hand & sie schweben empor, miteinander turtelnd. Ein Käuzchen stößt erschreckt einen Schrei hervor, so plötzlich geblendet.

Vielleicht trug er ein bisschen zu dick auf, dachte Ronald, aber ein guter Schmunzler wirkte immer entspannend, er nahm die Distanz.

<Titania> Ich krieche zur großen Eiche, die mächtig aus dem Moos emporragt, um mich an ihn zu winden. Sanft führe ich meinen schlanken, feingliedrigen Körper an der Rinde entlang und streife so mein Kleid aus Blüten ab. Es liegt jetzt zu meinen Füßen, und ich rage wie eine Venus aus ihm empor ...

* *Araki heißt nun Errol*

<Errol> Ich reiße mit meinen Händen Moos aus der Erde & streiche es über deinen Körper, benetze deine blasse Haut mit dem mitternächtlichen Tau, bis sich der Mond in ihr spiegeln kann. Wie ich dich dort so stehen sehe, packt mich die Lust! Ich streife mir wie wild die Hose ab & wälze mich vor dir im Moos,

bis ich selber von den Haarspitzen bis zu den Fußsohlen mit einer dünnen Schicht Tau überzogen bin.

<Titania> Das war ein schönes Schauspiel! Ich klatsche begeistert in die Hände und beginne zu tanzen, strecke dir wie eine Ente meinen Po entgegen und wie ein Pfau meine Brüste. Ich drehe mich im Kreis, bis meine Haare wie ein blonder Pilz auf meinem Kopf werden. Es geht immer schneller und schneller und schneller bis ich erschöpft auf den Waldboden falle, alle viere von mir gestreckt. Meine Augen leuchten dich an ...

<Errol> Sag, Titania, wie wäre es, wenn du wieder zum Baum kriechst, dich dort aufrichtest und mit dem Rücken zu mir wendest ...?

Es klingelte an der Tür. Um diese Uhrzeit konnte das nur Christoph sein, den ein essentielles, sprich eheliches Problem quälte. Oder er hatte schon die Schauspielerin mit der imposanten Nase gefunden und wollte sie ihm direkt vorstellen. Wie auch immer: Er störte.

<Errol> brb

Ronald ging schnell zur Tür, um Christoph abzuwimmeln. Es klingelte wieder. Er drückte hastig den Knopf, der unten entriegelte, und öffnete seine Wohnungstür. Ronald musste ihn schnell wieder loswerden. Also würde er ihm eine Flasche Whisky in die Hand drücken und bitten, erst mal für eine Stunde oder so auf dem Sofa zu warten. Im Wald wartete schließlich eine junge Frau auf Ronald, die vom vielen Tanzen bestimmt zu erschöpft war, um sich gegen seine gierigen Attacken zur Wehr setzen zu können.

Auf der Treppe erschien jedoch eine junge Frau, die so aussah, als könne sie sich sehr gut zur Wehr setzen, vielmehr, als würde Ronald das selbst bald nötig haben. Madonnas Gesicht war zwar verheult und ihre Augen so verquollen, als hätten sie stundenlang in Wasser gelegen. Aber sie stampfte entschlossen auf ihn zu, die hohen Absätze wie Speere in die Treppenstufen treibend. Ronald traute sich nicht, die Tür vor ihr zu verschließen. Also drang Madonna ein, schlug sie hinter sich zu und baute sich vor ihm auf. Ronald sah ihr Gesicht nun genau, die Enttäuschung, die Verzweiflung, die Wut. Madonna schüttelte den Kopf, zuerst langsam, kraftlos, doch zunehmend schneller werdend, sich in Rage bringend, bis die Bewegung des Kopfes nicht mehr ausreichte, bis sie mit den Fäusten auf Ronalds Oberkörper eintrommeln musste, um nicht an den eigenen Gefühlen zu ersticken. Sie heulte und erbrach den Satz gleichzeitig: «So geht es nicht weiter!»

Ronald nahm sie in den Arm. Sie war noch nie zuvor in seine Wohnung gekommen, und auch eine solche Szene hatte sie ihm noch nie gemacht. Es war ernst, ihre Gefühle schienen echt. Dies war keine Bühnenshow, kein Glamourauftritt. Madonnas Make-up war verlaufen. Als sie sich an Ronalds Brust ausheulte, drang es in den weichen Stoff seines Bademantels ein.

Es dauerte einige Zeit, bis er sie auf das Rattan-Sofa im Wohnzimmer bugsiert hatte. Als er aus der Küche mit einem starken Kaffee zurückkam, schaute sie ihn nicht mehr mit einem Ausdruck der Verzweiflung an. Sie schien stattdessen irritiert.

«Sag mal, stinkt das hier wirklich wie Sau, oder bild ich mir das nur ein?!»

Es begann als kleine Bewegung im Zwerchfell und ließ dann seinen muskulösen Bauch beben. Bis zu diesem Moment war es noch gar nicht hörbar. Als es jedoch seine Brust in Zuckungen versetzte und im Hals ankam, war es nicht mehr zu halten. Ronald lachte schallend. Waren es eben noch Madonnas Tränen gewesen, die seinen Bademantel getränkt hatten, so perlten jetzt seine eigenen in den gelben Frottee-Stoff.

Madonna war geschockt.

Sie hatte all ihren Mut zusammengenommen, um hierher zu kommen.

Ronald konnte nicht aufhören, er fand die Situation einfach zu komisch. Da saß Madonna, gerade noch mit dem Leben hadernd. Sie hatte das erste Mal – zur unglaublichsten Uhrzeit – den Weg in die Höhle des Löwen gewagt, vermutlich um Martina zur Rede zu stellen, sie anzuschreien, möglicherweise zu schlagen. Und dann wurde ihr Geruchssinn das Opfer einer missglückten Pizza.

Madonna blieb der humoristische Aspekt der Situation vollkommen verborgen. Sie fühlte sich nur ausgelacht. Und angestachelt. Dafür war sie gefährlich ruhig, als sie langsam vom Sofa aufstand.

«Du lachst mich aus? Du *wagst* es, mich auszulachen? Ja?!»

Madonna ließ Ronald keinen Moment Zeit für eine Antwort. Die war auch gar nicht nötig.

«Hier lebst du also, Doktor?», sie machte eine ausholende Bewegung mit beiden Armen.

«Und das da ist bestimmt der teure Flipper, den du extra aus Amerika eingeflogen hast!»

Sie ging langsam und bedächtig darauf zu, als wollte sie der Maschine suggerieren, dass alles in Ordnung war. Keine Gefahr. Sie streichelte die kühle Glasplatte über dem Spielfeld zärtlich, bevor sie blitzartig mit beiden Händen unter den Flipper griff und ihn umwarf. Er selbst blieb heil, aber eine zu nahe stehende chinesische Jade-Vase zerbrach. Jasper machte einen Katzenbuckel, fauchte und verzog sich ins Schlafzimmer.

Ronald wollte wieder an den Schreibtisch, die Tastatur auf seinen Schenkeln spüren und Titania in seinem Kopf. Er musste Madonna beruhigen und rausbugsieren. Sie vertrösten. Ihr Versprechungen machen. Egal was nötig war.

«Das hast du falsch verstanden! Ich habe gar nicht über dich gelacht. Es war nur einfach …»

Was? Dass er Blähungen hatte, gegen die Senfgas wie Chanel No. 5 roch? Das würde ihn in keinem positiven Licht erscheinen lassen.

Madonna fuhr ihren Laufsteg in Richtung eines anderen von Ronalds Lieblingsstücken aus und bewegte sich wie magnetisch angezogen darauf zu.

«Und das muss die lebensgroße John-Wayne-Figur aus Pappe sein?! Mhm? Pappe ist ja nicht so stabil ...»

Ihre Stimme war immer noch so sanft, als wäre ihr ganzer Mundraum mit Samt ausgelegt. Das war aber auch nötig, weil ihre Zähne scharf wie Diamanten funkelten. Sie gab dem alten Cowboy einen Kuss und durchbohrte mit den Daumen seine Augenhöhlen.

«Madonna, Liebes, lass uns zusammen essen gehen! Morgen, ich lad dich ein, zum Nobelitaliener, Campi, da wolltest du doch immer mal hin?! Und dann reden wir in aller Ruhe. Wir finden eine Lösung! Ich verspreche es dir! Hoch und heilig! Du bist mir doch so wichtig! Aber jetzt sind wir beide nicht in der Lage, in aller Ruhe miteinander zu reden!»

Sie schnitt mit dem Nagel ihres rechten Zeigefingers ein großes Kreuz über den Schritt von John Wayne.

«Ach ja, ich bin dir wichtig?! Und dann lachst du mich aus, wenn ich hier heulend reinkomme?! *So* gehst du mit Menschen um, die dir *wichtig* sind ...»

Ronald überdachte die Situation noch einmal. Es würde ihn zwar in einem peinlichen Licht erscheinen lassen, wenn er die Wahrheit sagte, aber das war immer noch besser, als eine durch Frauenhand verwüstete Wohnung der Versicherung erklären zu müssen.

Außerdem wartete Titania darauf, rhythmisch zwischen Baum und Araki gepresst zu werden, bis die Sonne über dem Sherwood Forest wieder aufging.

«Ich habe ganz schlimme Blähungen und fand es einfach irgendwie komisch, dass du sowieso schon mit den Nerven fertig bist und dann auch das noch riechen musst!»

Madonna zeigte keine Reaktion.

«*Das* findest du lustig?! Soso ... schade, dass Martina heute nicht da ist, die fände das bestimmt auch lustig, dann könntet ihr zusammen über mich lachen!»

Sie war jetzt an seinem Schreibtisch angekommen. Gott sei Dank, dachte Ronald, hatte der Computer den Bildschirmschoner geladen und flog jetzt mit Warp 9 durch die unendlichen Weiten des Universums.

Hoffentlich wartete Titania. Er würde sie belohnen.

«Komisch nur, dass hier überhaupt keine Fotos von ihr sind. Du hast doch gesagt, sie ist in der Werbung?! Für Barilla und irgend so ein Deo?! Ganz tolle Plakate macht die, hast du gesagt, richtige Kunst. Aber hier ist keins. Wollteste die nicht aufhängen, Ronald?! Das find ich gar nicht nett von dir, wo sie doch schon mit ihrem Vater genug Probleme hat, *die Arme*!»

Madonna legte ihre Stirn in Falten.

«Lass mich raten: Du mieses Schwein hast ihr sicher nicht erlaubt, ihre Zahnbürste hier zu lassen oder ein paar Tampons für den Notfall! Dahinten geht's bestimmt zum Bad, nicht wahr, Ronald?»

Daran hatte er nicht gedacht. Natürlich nicht, wer konnte ahnen, dass Madonna es wagen würde, hierher zu kommen. Ronald beschloss, sie einfach machen zu lassen. Jedes Eingreifen seinerseits würde die Situation nur verschlimmern. Es würde schon nichts Schreckliches passieren. Ein paar kaputte Sachen. Bestimmt nichts, was sich nicht wieder kitten oder neu kaufen ließ.

Er hörte das Klirren von Glas und bemerkte kurz darauf den penetranten Geruch seiner gesamten, jetzt über dem marmornen Badezimmerboden verschütteten Parfums. Madonna erschien süffisant lächelnd in der Tür.

«Oder habe ich dich etwa falsch eingeschätzt? Vielleicht ist die Martina ja so eine tolle Frau, dass sie dir nicht zumutet, ihre Sachen in deinem Badezimmer stehen haben zu müssen! Das ist ja so lieb von ihr!»

Sie schlenderte wieder durch die Wohnung, sich genüsslich das nächste Opfer auswählend. Wie gelähmt stand Ronald an der Sitzecke. Er konnte nur warten und hoffen, dass der Sturm sich schnell legte, dass keine weiteren Einrichtungsgegenstände demoliert wurden und er wieder zurückkonnte in den so friedlichen, schwülen Wald.

Madonna näherte sich dem Schreibtisch und schwenkte auffällig ihren Hintern dabei.

«So geht sie bestimmt durch deine Wohnung, was, Schnucki? Mit ihren tollen Beinen und so. Und sie hat ja auch einen ganz wahnsinnig sportlichen Körper ... Aber sie tut ja auch was dafür!»

Ihr Blick fiel in die falsche Richtung.

Auf den Computerbildschirm.

«Oh, habe ich dich bei der Arbeit gestört? Woran arbeitet denn der fleißige Onkel Doktor?»

Sie bewegte die Maus.

Sie las.

Sie schrieb.

<Errol> Was bist denn du für ne Schlampe?

Julia hatte lange darauf gewartet, dass Errol wieder etwas schreiben würde. Sie hatte sich, nachdem sie einige Minuten nichts von ihm gehört hatte, ein Gläschen Cognac geholt und sich beim Trinken den Wald weiter ausgemalt, ihn bevölkert, mit Rehen, die mit scheuen Augen zwischen Sträuchern hervorlugten, Bären, die selig in ihren Höhlen schlummerten, oder großen Weiden, die ihre schweren Äste weit herunterhängen ließen. Und sie hatte sich Araki vorgestellt, seinen Körper, zusammen mit ihrem, und all die Sachen, die er sagen würde. Sie war schon viele Worte weiter, als es der Bildschirm vermuten ließ. Sie wollte Araki. Jetzt. Schlampe hatte sie noch nie jemand genannt, aber vielleicht war dies nur eine kurze Wendung im Liebesspiel. Julia überwand sich. Die Hitze zwischen ihren Lenden war zu groß, um wählerisch zu sein.

<Titania> Ich bin deine kleine Wald-Schlampe!

<Errol> Und das gibt dir natürlich das Recht jeden Mann anzubaggern, du altes Flittchen!?

Julia war jetzt wohl ein gefallenes Mädchen. Eine ungewohnte Rolle. Sonst spielte sie immer die brave Pfarrersfrau.

<Titania> Ja, das Recht habe ich. Und heute habe ich dich ausgewählt. Du hast Glück gehabt! Nimm mich! Ich stehe schon am Baum bereit und wackele dir mit meinem süßen kleinen Po zu!

<Errol> Du bist ja vielleicht widerlich! Was denkst du dir eigentlich dabei?!

<Titania> Ich hab momentan überhaupt keine Lust zu denken ...

<Errol> Wie lang geht das schon mit euch zweien?

Wenn er so blöd weitermachte, würde sie aufhören. Aber sie hatte doch solch wahnsinnige Lust.

<Titania> Wieso zwei? Bisher waren es doch schon drei? Beatrice, DarkLady und Titania. Und wer weiß, wer alles noch auftauchen wird ... aber lass uns davon aufhören! Ich warte immer noch am Baum auf dich, meine Finger sind in Erwartung schon tief in die Rinde gekrallt. Ich bin bereit, dich zu spüren. Und nicht nur der Waldboden ist feucht ...

<Errol> Zu dritt? Tja, so was hat er mit mir noch nie gemacht, Martina! O ja, ich weiß, wer du bist! Und ich weiß auch, was du bist! Soll ich's dir sagen? Du bist Abschaum! Du dreckige Fotze! Ronald gehört mir! Ist das klar?!

Das war kein neues Spiel.

Das war ernst.

Und es war auch keine neue Rolle. Es war eine andere Person. Erst jetzt begriff Julia, dass sich unter dem vertrauten Gesicht Arakis eine fremde Seele verbarg, dass die Worte zwar vom selben

Mund geformt, aber von einem anderen Geist erdacht waren. Die letzten Sätze Arakis machten ihr schlagartig klar, dass ihr Chatpartner nur eine Rolle war, die jeder übernehmen konnte. Sie hatte seit ihren ersten Schritten im Internet nicht mehr darüber nachgedacht, wer Araki wirklich war und ob er ihr im Gottesdienst, beim Einkaufen oder am Postschalter begegnen konnte. Araki war Araki. Ihr erotisches PC-Tamagotchi.

Bis jetzt.

Nun war er kein Individuum mehr, das nur im Net und nur für sie existierte. Er war real. Genau wie sie selbst. Er hatte einen echten Namen: Ronald. Und er hatte eine Partnerin. Oder zwei, zumindest war Julia nicht Martina. Dieser Name kam in keinem von Shakespeares Stücken vor. Königinnen hießen anders.

Es war so weit.

Das Spiel war aus.

<Titania> Ronald gehört Ihnen, ich wollte ihn niemandem wegnehmen! Ich wusste nicht, dass Sie existieren. Es tut mir Leid!

Julia war geschockt und enttäuscht. Das war ein schlechtes Ende. Zu schlecht. Ein letzter Satz musste doch erlaubt sein.

<Titania> Darf ich mich von ihm verabschieden?

Die Pause fraß das kleine Arbeitszimmer auf wie ein schwarzes Loch. Nur der Bildschirm blieb übrig. Und darauf ein Cursor, der sich nicht bewegen wollte.

<Errol> Ja. Ich hole ihn. Und Sie besorgen sich einen eigenen Typen für Ihre perversen Sexspielchen! Dass das klar ist!

Sie hatte ja schon einen eigenen. Nur für perverse Sexspielchen war dieser schlecht zu gebrauchen.

```
<Errol> Das war's dann wohl. Schade, dass es en-
   det. Jetzt können wir uns nicht mehr nachts um 1 Uhr
   hier treffen. Mach's gut, Verwandlungskünstlerin!
*** Errol (~xxxxxx@medi-net.de) hat die Unterhaltung
   verlassen.
```

Trotz dieser enttäuschenden Wendung weigerte sich Julias Libido, ihre Forderungen einzustellen. Und die andere Frau hatte ja Recht: Julia hatte schließlich einen eigenen ‹Typen›, und der lag oben im ehelichen Bett. Immer noch unter leichtem Schock stehend, stieg sie die Treppe hinauf und legte sich neben Marius unter die kuschelige Decke. Er gab keinen Laut von sich und lag wie ein aufgebahrter Leichnam im Bett, die Hände über dem Bauch verschränkt.

Er strahlte Wärme aus.

Über Araki wollte Julia jetzt nicht nachdenken, sie wollte nicht in Betracht ziehen, dass dies wirklich das Ende war, dass er nie wieder auftauchen und sie mit seinen Worten berühren würde. Es war alles so verschwommen. Klar und scharf war in diesem Moment nur ihre Lust. Julia legte ihr Bein angewinkelt auf Marius' blank liegendes Geschlecht und bewegte es vorsichtig rauf und runter. Mit ihrem Arm umschlang sie seine Brust und küsste ihn auf die Wange.

Marius erwachte.

Er brachte einige Worte zwischen seinen noch schlafenden Lippen hervor.

«Was ist los? – Warum küsst du mich?»

«Ich will dich! Jetzt!»

«Was redest du?»

«Lass uns Liebe machen! Komm!»

Julia glitt mit ihrer Hand unter Marius' T-Shirt und streichelte seine unbehaarte Brust.

«Sag mal: Geht's dir gut? Ist alles in Ordnung mit dir?»

«Ja, natürlich. Ich möchte nur ganz nah bei dir sein ...!»

Bevor Julia ihre Hand auf Marius' Glied legen konnte, richtete er sich im Bett auf und knipste die Nachttischlampe an.

Er sah auf die Uhr.

«Das kann doch nicht dein Ernst sein, oder? Es ist nach zwei Uhr früh, und du willst mit mir schlafen? Also ... so kenne ich dich ja gar nicht! Hast du etwas getrunken?»

«Nein, ich brauche keinen Alkohol, um Lust auf dich zu bekommen ... und wir haben doch schon so lange nicht mehr!»

Julia kroch höher, um sich wieder an Marius schmiegen zu können.

«Das ist ja alles schön und gut, aber dann lass uns das morgen machen, ja?!»

«Meine Distel steht in Flammen!»

«Also, Julia! Wo sind wir denn hier?!»

«Sträub dich doch nicht so, wenn deine Frau dich begehrt! Es wird bestimmt ganz toll, ich versprech's dir!»

Sie bekam seinen Penis zu packen.

«Jetzt muss ich dich aber wirklich bitten!»

Er drückte ihre Hand weg.

«Ich lass mich doch von dir hier nicht mitten in der Nacht, na, wie soll ich sagen, vergewaltigen. Wirklich, Julia! Alles hat seinen Ort und seine Zeit! Wir erledigen das morgen! Versprochen! Ich versuch schnell aus der Presbyteriumssitzung rauszukommen, und du kochst uns was Schönes! Und jetzt werd mal wieder normal und schlaf ein!»

5. Kapitel

Günther Drieberg sog genüsslich den Duft des Tees ein, bevor er ihn in kleinen Schlucken schlürfte. Er hielt die grobe Keramiktasse wie einen Goldschatz in seinen Händen.

«Dieser ‹La Cucu› ist wirklich vorzüglich! Vorzüglich, wirklich! Du musst mir unbedingt verraten, wo du den herhast! Vorzüglich!»

«Ich schreib dir gleich die Adresse auf!»

Julia stand an der Arbeitsplatte der geräumigen Küche und putzte den grünen Spargel. Die Garnelen waren schon geköpft, ausgebrochen, gewaschen und trocken getupft. Sie musste nur noch die Därme entsorgen.

Ganz in den Tee versunken, schüttelte Günther ungläubig den Kopf.

«Das passiert mir immer wieder, dass ich vergesse, wann der Chor ausfällt! Presbyteriumssitzung! Natürlich! Hat Marius letzte Woche ja noch gesagt! – Na ja, wir zwei können ja auch so was singen. Wie man das früher immer beim Arbeiten gemacht hat!» Er lachte in Julias Richtung. «Na, komm! Wir beide als Duo infernale!»

«Na, dank dir! Nachher schneid ich mir dabei noch in die Finger!»

«Nicht du auch noch! Die Marianne hat sich letztens auch beim Kochen geschnitten. Ganz schön tiefe Wunde, richtig durchgegangen das Messer!»

Günther stand auf und kam mit seinem Tee in der Hand zu Julia, um ihr über die Schulter zu gucken.

«Ach, die Arme, da kommt ja alles auf einmal!»

«Wie meinst du das, Julia?»

«Na ja, die Sache mit ihrem Mann halt, das steckt ihr bestimmt noch tief in den Knochen.»

Sie schnitt die Spargelenden gerade ab und teilte die Stangen in daumenlange Stücke.

«Ach was! Der Marianne geht es doch wieder prächtig! So gut gelaunt wie in letzter Zeit hab ich sie noch nie erlebt! Zuerst ging's ihr sehr schlecht, das stimmt schon. Aber die ist richtig aufgeblüht, du! – Das sieht übrigens ganz phantastisch aus, was du da kochst! Wirklich!»

«Danke. Aber nochmal zu Marianne, ich glaub, da täuschst du dich: Im Chor gibt sie sich natürlich Mühe, dass wir nichts merken, aber privat hat sie das noch lange nicht verschmerzt! Marius muss sich nämlich noch sehr um sie kümmern!»

Günther stellte die Teetasse ab, um die Hände frei zum Gestikulieren zu haben. Er redete gerne mit vollem Körpereinsatz. Jetzt hob er mit großer Geste den Zeigefinger.

«Nein, also Julia, da muss ich dir entschieden widersprechen! Aber die Marianne ist in letzter Zeit öfters bei mir im Laden und kauft sich Bücher, die so gar nicht zu einem traurigen Menschen passen wollen. *Aber so gar nicht!* Außer ganz teuren Kochbüchern auch eins über *Fitness*! Sie hatte letztens sogar einen Jogginganzug gekauft, so einen lavendelfarbenen, richtig schick! Und dann kam vor kurzem so ein neuer Ratgeber raus für Frauen nach der Trennung, du weißt schon, diese optimistischen ‹die Trennung als Chance begreifen›, so in der Art. Den hab ich ihr natürlich ans Herz gelegt! Und sie meinte dann ganz keck, das hätte sie nicht mehr nötig! Also, *so* spricht doch keine traurige Frau!»

Julia ließ den klein geschnittenen Thai-Knoblauch nachdenklich in das siedende Öl fallen.

Als Marius kam, verabschiedete sich Günther rasch und verneinte entschieden Julias Angebot, doch mitzuessen. Mit einem gewinnenden Lächeln sagte er, dass er es nicht verantworten könne, den beiden auch nur das kleinste Itzelchen des, wie er betonte, fabulösen Mahles wegzuessen. Julia fand es zwar ein wenig schade, dass er schon ging, aber es musste sein. Sie wollte auch schon das Vorspiel ungestört genießen. Während Marius nach oben ging, um aus seinem Anzug zu schlüpfen, drapierte Julia einige Teelichter auf den Esstisch und legte ein paar Feigen als Dekoration um die Teller. Sie sahen saftig aus.

Als Marius die Treppe herunterkam, stellte sie gerade das Essen auf den Tisch.

«Das sieht ja nach einem wirklich festlichen Bankett aus, Liebes! Ich bin auch schon ganz hungrig, muss ich zugeben, die Sitzungen sind so furchtbar trocken. Aber was muss, das muss!»

Er setzte sich und schaute interessiert die im Wok liegenden Kostbarkeiten an.

«Darf ich fragen, was du da gekocht hast?»

«Nein, das musst du schon selbst herausfinden, so viel Spannung muss sein!»

Er nickte.

«Dann lass uns beten!»

Beide senkten den Kopf und falteten die Hände. Marius sprach ein kurzes Dankgebet. Danach füllte Julia ihm seinen Teller. Er stocherte zunächst etwas unentschlossen im Essen herum, bis er sich entschloss, erst einmal das zu probieren, was wie Gemüse aussah.

«Also das hier schmeckt schon mal sehr gut. Schön scharf, Schatz!»

«Das Essen ist heute *extra* scharf! Aus gegebenem Anlass ...»

Sie schaute ihren Ehemann an und fuhr sich leicht mit der Zungenspitze über die Oberlippe. Er beachtete sie nicht, sondern machte sich zögerlich daran, die Krabben zu probieren. Es war ihm anzumerken, dass diese Meeresfrucht nicht auf seiner Top Ten stand. Gespielt tapfer sagte er:

«Wie steht es doch so passend bei Moses: ‹Alles, was sich regt und lebt, das sei eure Speise!›»

Er spießte eine Garnele auf, schob sie in den Mund und kaute langsam. Julia sah ihn belustigt an und konterte sein kleines Bibelquiz:

«Das erste Buch Moses. Aber ich weiß nicht, ob damals Thai-Krabben schon auf dem Speiseplan standen …?»

Marius schluckte schnell.

«Wen interessiert's, wenn sie so lecker schmecken!»

Julia hatte keinen großen Hunger, denn beim Kochen musste sie immer wieder abschmecken. Dafür verspürte sie in anderer Hinsicht großes Verlangen. Wenn Araki nun nicht mehr da war, musste eben Marius ihre erotischen Träume erfüllen. Das war ja schließlich auch seine Aufgabe als Ehemann. Sie nahm ein Stück grünen Spargel auf ihre Gabel, aber anstatt es in den Mund zu führen, saugte sie es langsam ein. Ihre Lippen über die warme Fläche gleiten lassend, auf ihrer Zungenmitte die Spargelspitze spürend.

Marius aß konzentriert weiter, beruhigt vom angenehmen Geschmack des Essens, während Julia begann, mit einer geöffneten Feige zu spielen, mit dem Zeigefinger langsam über die Spalte der Frucht fahrend. Hoch und runter.

«Ich glaube, das ist mit Abstand mein Lieblingsobst …!»

Marius schaute nicht auf.

«Willst du dazu ein Bibelzitat hören?»

«Nein, *das* ist es nicht, was ich will!»

«Also, ich muss schon sagen, zuerst war ich ja etwas skeptisch wegen dem Essen, aber die Chili-Sauce passt ungemein gut zu den Garnelen, und dieses Gemüse ist faszinierend. Ist das asiatisch?»

«Das ist grüner *Spargel*!»

«Ach so, das hätte ich jetzt gar nicht erkannt! Sag mal, wo hast du denn dieses tolle Rezept her?»

Julia stieß einen kleinen Seufzer aus. Aber auch diesen Hinweis bekam Marius nicht mit.

«Das ist aus der Kochsendung vom Biolek, die Gila von Weitershausen war mal da und hat das vorgestellt. Bisher hatte ich noch nicht den richtigen Anlass, es zu kochen. Aber *heute*, dachte ich, würde es gut passen …»

«Das kannst du ruhig öfter machen! Köstlich!»

Julia beschloss, doch etwas zu essen, um ihr Bedürfnis nach körperlicher Vereinigung zumindest erst einmal mit den Garnelen zu befriedigen. Sie schob die Spitzen ihrer Gabel langsam in einen der warmen, rosig gebackenen Körper hinein und begann, ihn in kleinen Stücken abzubeißen. Immer tiefer ins Fleisch hinein. Den salzigen Geschmack mehr und mehr im Mund wahrnehmend.

Marius machte eine Essenspause und fixierte Julia.

«Ich habe übrigens den ganzen Tag daran denken müssen, was wir gestern im Bett besprochen haben ... Ich war einfach zu müde, aber ich hätte schon gerne – manchmal geht's halt nicht.»

Er nahm wieder einen großen Bissen und aß mit sichtlicher Freude.

«Es war wirklich schwer, mich bei der Sitzung zu konzentrieren, das kann ich dir sagen! In Gedanken war ich die ganze Zeit bei dir! Ich find's so schade, dass wir in letzter Zeit so wenig dazu gekommen sind, uns ganz nah zu sein. Ich hab das sehr vermisst!»

Er lächelte sie an.

«Und der Spargel wäre gar nicht nötig gewesen! Bei einer so wundervollen Frau wie dir sind keine Aphrodisiaka nötig, Schatz!»

Er hatte es also doch bemerkt, aber Julia war noch nicht vollends besänftigt.

«Heißt das etwa, dir schmeckt es nicht?»

«O doch! Es ist nur schwer, sich darauf zu konzentrieren, wenn man einer so bezaubernden Frau wie dir gegenübersitzt!»

«Dann würde ich vorschlagen, dass wir den Nachtisch auf später verschieben ...»

«Was steht denn auf dem Speiseplan?»

«Passionsfrucht-Soufflee mit echter Bourbon-Vanille.»

«Das klingt köstlich, aber ich glaube, ein anderer Nachtisch ist mir momentan bedeutend lieber ...!»

Marius zog sich im Bad aus. Als er nackt das Schlafzimmer betrat, löschte er das Licht. Julia lag bereits unter der Decke und wartete. Wer würde sie jetzt sein? Beatrice? DarkLady? Titania?

«Ach, Julia!», sagte Marius, als er sich zu ihr unter die Decke kuschelte.

«Wenn es eine Sache in meinem Leben gibt, von der ich hundertprozentig überzeugt bin, dann die, dass du die richtige Frau für mich bist! Du bist die Beste!»

Er tastete im Dunkeln nach ihrem Kopf, drehte ihn zärtlich zu sich und gab ihr einen langen, leidenschaftlichen Kuss.

Julia stellte sich vor, sie läge auf feuchtem Moos.

«Deine Brüste sind so wundervoll warm und weich, Schatz! Weißt du, dein Busen ist genau richtig! Einfach perfekt ...»

Er streichelte liebevoll über die Rundungen ihres Busens, immer von außen kommend in Richtung ihrer Brustwarzen, ohne diese jedoch zu berühren, jedes Mal kurz vorher innehaltend und von neuem beginnend.

Julia räkelte sich genüsslich und fuhr mit der Hand durch sein Haar, seinen Kopf ein wenig mehr an ihre Wange drückend. Er küsste sie leicht auf den Hals. Die plötzliche Feuchtigkeit und der Lufthauch von Marius' Atem kitzelten. Ein kleiner Schauer floss ihr Rückgrat entlang, um sich in ihrem Po mit einem Prickeln aufzulösen. Sie spürte, wie Marius sich mit kleinen Küssen den Hals empor ihrem Mund näherte. Julias Fingerspitzen fuhren über Marius' Rücken, dann über seine Seite, immer wieder in die Vertiefungen zwischen den Rippen gleitend. Seine Haut war straff und hart, sie wirkte sicher, unverwundbar.

Marius' Zunge glitt sanft über Julias, streichelte sie behutsam in ihrer Mitte, fuhr dann an den Seiten entlang und begann, sachte zu vibrieren. Julia spürte, wie Marius leicht von ihrem Körper zurückwich und sie behutsam an der Schulter drückte, ihr andeutend, dass sie sich auf die Seite legen sollte. Dann küsste er ihren Po, genüsslich jede Backe einmal, und streichelte ihn lange und bedächtig, bevor er wieder näher an sie heranrückte, sich wie ein Löffel an sie pressend, sein Glied zwischen ihre Beine geklemmt, sodass es von unten ihre Scheide berührte. Marius gurrte dabei wie eine brünftige Taube, ein Signal, das Julia verzückt zusammenfahren ließ. Er begann sich vorsichtig zu bewegen. Julia mochte es, wenn es langsam begann, wenn sie Marius' Körper zuerst nur als Schleier auf ihrem eigenen wahrnahm und er dann immer näher kam. Sie mochte es, wie er ihre Haut an die feinen Berührungen gewöhnte, um sie dann ganz plötzlich mit einer großen Welle Haut und Körperwärme zu überrollen, und sie liebte es, wie sich die Zeit dehnte, vom vorsichtigen rhythmischen Gleiten bis zum heftigen Stoßen.

Doch jetzt wollte sie mehr. Julia packte mit ihrer Hand hinter sich, um Marius' Hintern zu greifen, dieses durchtrainierte, stramme Stück Fleisch. Unter der Haut konnte sie seine Muskeln spüren, wie sie sich zusammenzogen, wenn Marius sich an sie presste, und entspannten, wenn er zurückglitt. Und es erregte sie, dass zwischen ihren Schenkeln Marius' Glied pulsierte und damit die Versuchung so nah war, als würde es jeden Augenblick passieren, als würde er jeden Moment in sie eindringen und ganz bei ihr sein, aber es dann doch nicht passierte und wieder passieren konnte, und wieder nicht passierte. Mit jedem Mal wurde ihr Verlangen größer. Aber nicht nur ihre Lenden gierten nach Erfüllung, auch ihre Brüste, die Marius mit der Hand zart knetete, prickelten vor schneller fließendem Blut, und ihre Hüften, ihre Beine, über die er mit seiner Hand mal langsam, mal schneller glitt, machten Julia ihren ganzen erregten Leib in diesem Augenblick bewusst. Dann stahl sich ein süßer Schmerz in ihr lusterfülltes Universum, er strömte aus dem Nacken, in den Marius seinen Kopf versenkt hatte und wo er in die immer roter werdende Haut biss. Fast automatisch wurde Julias Griff in Marius' Po fester, und sie zerrte ihn förmlich, sein Becken stärker an ihres zu pressen. Marius flüsterte ihr ins Ohr: «Du bist so wundervoll! Du fühlst dich so gut an!» Seine rechte Hand ließ nun von ihrem Bein ab und glitt von vorne zwischen ihre Schenkel, die Schamhaare durchfahrend, die saftigen Lippen drückend, die prall zwischen ihren Beinen glänzten. Er ließ die Finger Wellen über ihre Schamlippen treiben, sie immer fester liebkosend, bis sich sein Mittelfinger aus der geschlossenen Hand löste und sie langsam öffnete. Durch die Feuchtigkeit war es fast, als würde er hineingesogen, es gab keinen Widerstand, nur eine Richtung, aber Marius drang nicht ein, er hielt dagegen, tauchte wieder auf und strich den warmen Saft auf ihren Kitzler, massierte ihn in die dunkel gelockten Haare ein. Immer wieder tauchte er den feuchten Finger ein, dann nahm er zwei, schließlich drei. Julia stöhnte und drückte mit ihrem Po stärker gegen Marius' Becken, als dieser blitzartig die Hand zurückzog und Julia auf den Rücken drehte. Sie streckte ihre Beine auseinander, wie ein Pfau sein Rad schlagend.

«Komm! Komm endlich!», stieß sie hervor, seine Schultern fassend und den Körper auf sich ziehend. Ihre Bewegungen ein einziges Flehen. Marius zögerte keinen Augenblick mehr, drang in sie ein und glitt rhythmisch auf dem dünnen Film heißer Flüssigkeit, der zwischen ihnen lag. Ein Delphin in der Brandung des kochenden Meeres. Julia schlang die Arme um seinen Hals, zog Marius wieder zu sich, wollte ihn überall spüren, seinen Schweiß mit ihrem vermischen, das schwere Atmen ganz laut in ihrem Ohr hören. Er sollte alles sein in diesem Moment, nur er um sie.

Marius hielt einen Moment inne.

Dann lief sein Motor wieder langsam an, und er begann, mit dem Becken zu kreisen. Julia spürte, wie der Drang in ihr aufstieg, den Unterkörper emporzupressen. Sie bäumte sich auf und riss Marius' Kopf an den Haaren hinunter, zwischen ihren Busen. Jetzt blieb er hier! Die beiden drückten sich so fest aneinander, bis der letzte Rest Luft zwischen ihnen herausgepresst wurde. Marius' Hüfte bewegte sich immer schneller, aber immer taktgenau, wie ein Dieselmotor.

Dann kam die Flut und stürzte über ihrem glühenden Körper zusammen. Es war ein großes, ein mächtiges Gefühl. Um sich darin nicht zu verlieren, nicht unterzugehen, der Wucht standzuhalten, verkrampfte sich Julia und riss Marius so stark an sich, dass er für einen kurzen Moment Angst hatte, keine Luft mehr zu bekommen. Als sie sich nach einigen Sekunden wieder entspannte, fraß Marius gierig einen großen Bissen Sauerstoff und sank nach einigen tiefen, festen Stößen neben ihr ins Bett.

Julia schmiegte sich an ihn, und er nahm sie in den Arm, mit seinem Daumen über ihre Schulter streichelnd.

Es war sehr schön gewesen.

Erfüllend.

Aber es war wie immer.

Der Ablauf hatte sich in den letzten zwei Jahren nicht mehr verändert.

Die Lust ebbte langsam in Julia ab und wich einer körperlichen Befriedigung. Sie wollte darin baden, sich dem warmen Schaum des verbliebenen Adrenalins hingeben, aber in die Entspannung hinein bohrte sich die seit dem frühen Abend unterdrückte Frage: Was war mit Marianne Sallack?

«Ist vielleicht komisch, aber ich musste gerade an Marianne denken, wie sie jetzt alleine in ihrem Bett liegt, keinen so wundervollen Mann wie dich neben sich.»

Marius knipste das Licht an und blickte mit blinzelnden Augen zu Julia.

«Wie kommst du denn jetzt auf Marianne?»

«Nur so, ich weiß auch nicht. Vielleicht weil ich gerade so glücklich bin und an die weniger Glücklichen denken musste. Meinst du, sie kommt langsam damit klar?»

Marius zog sein T-Shirt an, das er nachts trug.

«Na ja, das ist schwer zu sagen. Manchmal geht's ihr gut, und dann hat sie wieder so Rückfälle.»

«Vielleicht müsste sie sich nur wieder mit was beschäftigen, unter Leute kommen, was unternehmen, Sport oder so?»

«So einfach, wie du dir das denkst, ist es nicht. Das braucht Zeit.»

«Ich finde, sie sollte wieder lernen, sich an den kleinen Dingen des Lebens zu freuen, wie gutem Essen zum Beispiel. Dazu solltest du sie mal ermutigen!»

«Aber Julia: Für *wen* soll sie denn kochen? Das würde ja alles nur wieder hochbringen! Sie soll sich also große Mühe mit einem festlichen Essen machen und isst dann alleine?! Da reißen die Wunden doch nur wieder auf!»

«Dann iss du doch mal bei ihr. Das würde ihr bestimmt helfen!»

Marius stutzte einen Augenblick, bevor er etwas erwidern konnte.

«Ich glaube nicht, dass Marianne der Typ fürs Kochen ist. Sie ist nicht so häuslich wie du.»

Julia zog die Bettdecke tiefer, sodass ihre Brüste zum Vorschein kamen. Sie strich mit ihren Händen lasziv darüber.

«Ach so, ich bin also das typische, kleine Hausmuttchen?!»

«Nein, natürlich nicht. Du weißt, wie ich es gemeint habe. Du hast eben viele Qualitäten.»

«Günther hat mir heute erzählt, sie hätte ganz teure Kochbücher bei ihm gekauft ...»

«Tatsächlich? – Ja, jetzt wo du es sagst ... stimmt. Sie hat mir mal davon erzählt. Da habe ich jetzt gar nicht mehr dran gedacht.»

«Vielleicht hat sie ja einen neuen Mann gefunden, den sie bekocht?»

Marius sah sie mit einem verblüfften Gesichtsausdruck an, dann nickte er zustimmend.

«Das wäre natürlich das Beste, das ist ja klar. Oder siehst du das etwa anders?»

«Nein, Schatz. Vor allem müsstest du dann nicht mehr so oft zu ihr! Also, Günther hat gesagt, sie könne jetzt wieder auf eigenen Füßen stehen! Ich freu mich da sehr fur sie – und auch fur uns!»

«Jaja, aber ich sehe das ein bisschen anders als der Günther. Ich kann mich meinen Verpflichtungen noch nicht entziehen, so gern ich das auch täte. Die Kirche muss in solchen Situationen so lange bei den Menschen bleiben, bis sie wieder festen Boden unter den Füßen haben. Ich wünschte mir wirklich, dass Marianne so weit wäre, aber ich glaube nicht, dass sie schon alles hinter sich gelassen hat.»

«Günther erzählte mir auch, sie hätte sich einen Jogginganzug gekauft.»

Julia beschloss noch einen Schritt weiterzugehen und einen Schuss ins Blaue abzufeuern:

«Ach ja, und er hätte euch schon mal zusammen joggen sehen. – Warum erzählst du mir so was nicht?!»

«Ich hab das einfach nicht für so wichtig gehalten!»

So billig sollte er nicht davonkommen! Julia setzte sich wütend im Bett auf. Jetzt würde sie lauter werden!

«Das ist also *nicht* wichtig! Ich erzähle Günther, dass es Marianne immer noch schlecht geht und du dich ständig um sie kümmern musst, und er erzählt mir, dass es ihr wieder ganz hervorragend geht, sie jetzt sogar angefangen hat, toll zu kochen, und dass mein Mann ihr nicht nur seelischen Beistand leistet, sondern mit ihr joggt! Ich habe dagestanden wie ein Idiot! Mein eigener Mann erzählt mir nicht, was los ist! Du machst mich vor allen Leuten zum Gespött!»

«Julia, bitte! Der Ton ist jetzt aber unangemessen! Ich weiß gar nicht, warum du dich so aufregst!? Ich habe momentan so viel zu tun, dass ich eben manchmal vergesse, dir jede Kleinigkeit zu erzählen!»

«Jede *Kleinigkeit*?! Du bist fast jeden zweiten Abend bei Marianne! Das ist schon keine Kleinigkeit mehr, das ist ein Full-Time-Job! Langsam bin ich mehr die Verlassene als sie!»

«Ich bin nun mal Seelsorger, das wusstest –»

«Nun komm mir bloß nicht wieder mit diesem Totschlagargument! Du bist Mariannes Seelsorger und nicht ihr Ersatzmann! *Verdammt nochmal!*»

In die drückende Stille schnitt Marius' Schlucken wie ein Schuldeingeständnis. Nach einiger Zeit warf er sich ins Bett und wendete Julia den Rücken zu. Er redete nun einige Dezibel lauter.

«Wenn du dieses Argument nicht akzeptieren kannst, brauchen wir nicht weiterzureden. Soll der Günther doch erzählen, was er will, ich weiß am besten, wie es Marianne geht und was sie jetzt braucht! Und sie braucht mich, so einfach ist das! Und sie ist ja auch nicht irgendwer! Sie ist unsere Kantorin! Wenn wir uns nicht einmal um unsere engsten Gemeindemitglieder kümmern können, um wen dann, bitte schön?! Sie ist am Boden zerstört, und ich werde ihr helfen aufzustehen, und wenn ich dafür mit ihr joggen und ihre neuen Rezepte ausprobieren muss! Wenn es sein muss, auch jeden zweiten Tag! Und von dir hätte ich mehr Verständnis erwartet! Überhaupt, ich weiß nicht, warum du jetzt unbedingt diesen Abend kaputtmachen musstest. Gute Nacht!»

Marius machte das Licht aus.

Julia wartete, bis er eingeschlafen war, dann stand sie leise auf und ging zur Tür.

Er bemerkte es.

«Wo willst du denn hin? Leg dich doch wieder ins Bett, bitte!»

Julia hielt inne.

«Es tut mir Leid, dass ich mich eben so aufgeregt habe. Aber meine Arbeit ist eben eine Herzenssache. Die Kirche und alles, was dazugehört, ist mir heilig! Ich war vielleicht etwas zu emotional, aber die Kirche ist halt mein Ein und Alles … Komm wieder her zu mir!»

Julia nickte, mehr zu sich selbst, denn im Dunkeln konnte Marius es nicht sehen.

«Ich geh nur eine Tasse Tee trinken, meine Nerven beruhigen. Schlaf ruhig schon ein! Bis der Tee gezogen ist und so, das dauert ja immer. Ich komm dann danach. Gute Nacht!»

«Dir auch eine gute Nacht!»

Die würde sie haben.

Julia war wieder im Arbeitszimmer. Nackt saß sie vor dem flimmernden Monitor. Für Marius war also die Kirche sein Ein und Alles. Wie schön für ihn. In diese kam man jedoch nicht nur durch die Vordertür hinein …

Araki war bei #Adults_Only! eingeloggt und chattete.

Er war also wieder da.

Hoffentlich.

Sie musste ihn testen. Vorsichtig. Deshalb hatte sie einen neuen Nickname gewählt. Diesmal blieb Shakespeare in der Schublade. Heute war bedeutendere Literatur angesagt. Wenn hinter Araki wieder dessen Freundin steckte, würde sie bei diesem Namen nicht begreifen, dass es sich um die ‹Schlampe› handelte, die ihr angeblich den Mann ausspannen wollte.

<Magdalena> Ich suche ein Glühwürmchen!
<Toxic> Xtra fucking analschmonzette PENNER! :-(
<London> es gibt immer 1en weg
<Janine_91-66-82> ich bin offen für alles ...!
<London> TOXIC du alte arschkrampe!
<Araki> Ich hab eins. Mit deutlich mehr als 100 Watt ...

Er war da. Araki. Oder genauer: Ronald.

<Magdalena> Aber heute ist nicht der Zeitpunkt für Glühwürmchen. Heute ist die Nacht der Fackel!
<Sissi> + hygiene?
<Janine_91-66-82> genau! der duschkopf ist die nachspeise!
<Veenus> Anal, rektal, genital - banal! Freunde, alles banal!
<Toxic> london! dir wünsch ich einen apokalyptischen ROSETTENBRAND samt düüüüünnschiss!
<Janine_91-66-82> bananal!!!!!!!!!!
<Araki> Das lässt sich einrichten. Sorry wegen gestern. Bin überrascht worden. Es ist nichts Ernstes mit ihr. Jetzt ist die Haustür gut verriegelt. Schön, dass du mir nicht geglaubt hast ...;-)

Julia wollte keine Entschuldigungen, keine Erklärungen und keine Hintergründe. Sie wollte jetzt nur an einen ganz speziellen, besonders verruchten Ort.

<Magdalena> Es ist mir völlig egal, ob es was Ernstes ist oder nicht. Bring mich jetzt bitte ins Separee!

Das digitale Fenster öffnete sich. Julia stieg entschlossenen Schrittes hindurch. Dieser Raum gehörte ihr. Sie erschuf diese Welt, formte, was hier kreuchte und fleuchte. Sie machte das Licht an und aus. Hier war sie selbst der Schöpfer. Was brauchte sie da noch einen Seelsorger?

<Magdalena> Wir sind in einer Kirche. Einer evangelischen, deshalb sind die Wände auch aus Stahlbeton. Schmucklos. Über dem Altar hängt frei schwebend ein großes, gusseisernes Kreuz. Der Raum ist rund. In zwei großen Rechtecken bestuhlt. Durch die Fenster, die mit abstrakten Mustern verziert sind, fällt kaum buntes Licht, denn es ist Nacht. Kein Geräusch ist zu hören. Ich hocke auf dem Altar, genauer: auf der Bibel. Du kommst gerade herein, stehst jetzt im Eingangsbereich nahe dem Taufbecken ...

Sie war jetzt drüben, nur ein paar Schritte weiter in der Kirche. Marius' Kirche. Und ihrer. Sie hatte sich mit diesem neuen, digitalen Schlüssel hineingestohlen, unbemerkt. Und gleich würde sie dort in den höchsten Tönen jubilieren. Eine Sondervorstellung für ausgewähltes Publikum.

<Araki> Ich kann dich nicht richtig erkennen, höre aber dein schweres Atmen. Hast du etwas an, oder sitzt du mit deinem nackten Arsch auf dem Buch? Ja, ich glaube sogar, es sind schon ein paar Tropfen Nektar zwischen deinen Beinen heruntergelaufen & haben die Seiten benetzt, ich kann es riechen! Delikat! Ich hoffe, wenn der Herr Pfarrer seinen nächsten Gottesdienst liest, wird noch etwas davon in der Luft liegen ...

<Magdalena> Das fände ich auch passend! Ich will dir

sagen, was dich auf dem Altar erwartet: Ich sitze zwar mit blankem Po auf der Bibel, habe aber einen Talar an. Er riecht nach Weihrauch. Das macht mich geil! Ein erster feuchter Schleier hat sich schon gebildet, das Buch unter meinen Backen habe ich jedoch noch nicht befeuchtet, aber ich würde es sehr gerne ...

<Araki> Dein Wunsch ist mir Befehl! Ich schließe die Augen & folge deinem Geruch ... dieser erotisierenden Mischung aus Weihrauch & den ersten Tropfen Vorfreude, die wie ein rotes Leuchtfeuer in meine Nase dringt. In ihrer ganzen wunderbaren Pracht streckt sie mich zu Boden, zwingt mich auf die Knie, aber das ist richtig so, denn schließlich nähert man sich auf diese Weise passend seiner Angebeteten. Also krieche ich den Mittelgang auf dich zu, den Geruch immer stärker wahrnehmend. Nur damit du gewarnt bist, was gleich mit dir passieren wird, ruf ich dir zu, dass ich dich gleich auf dem Altar entweihen werde & zwar nach allen Regeln der kirchlichen Kunst! Wir werden eine Orgie feiern, wie im goldenen Zeitalter der Kirche, als die sieben Todsünden noch ausgiebig genutzt wurden ...

<Magdalena> Worte sind Schall und Rauch! Du willst diesen heiligen Ort beschmutzen? Du willst mich opfern? Dann hör endlich auf zu kriechen! Wenn du meine Lust riechen kannst, wie schaffst du es dann noch, dich zurückzuhalten?!

* *Araki springt auf & rennt zum Altar*

<Araki> DA BIN ICH! Ich reiß deinen Talar hoch & lecke dich! Ja, komm göttliches Gesöff, fließ heraus & ergieß dich in meinen Mund ...

<Magdalena> O ja! Ich gebe dir gerne zu trinken! Aber auch ich bin durstig! Hol mir den Abendmahlswein!

* _Araki reißt sich schweren Herzens von Magdalenas kochendem Geschlecht los_

<Araki> Jaaaaa, ich greif mir in der Sakristei den Kelch & gleich noch die Hostien, mal gucken was man damit alles anstellen kann ...

* _Araki rennt mit Opferkelch und Hostienschale zurück zum Altar_

<Araki> Überraschung!

* _Araki schüttet den Wein auf Magdalenas Talar_

<Magdalena> Du kleines Schwein!

<Araki> Es dringt schnell durch zur Haut, nicht? Oh, da ist ja noch etwas im Kelch! Ich schiebe den Talar hoch & träufele den kühlen Wein zielgenau auf deine Pussy. Tropfen für Tropfen Qualität!

<Magdalena> Ich zucke zusammen, denn mir läuft ein eiskalter Schauer den Rücken runter. Aber der Wein fühlt sich gut auf meiner Haut an, er macht mich überall feucht und meine Brustwarzen sprießen, wie Krokusse im Schnee! Das ist

Sollte sie es wirklich schreiben? Bisher hatte sie es nur im Fernsehen gehört und fand es widerlich. Es war so anzüglich und billig. Aber Julia musste nicht lange überlegen: Natürlich würde sie es schreiben! Ihr übliches Vokabular reichte sowieso nicht mehr aus! Eine neue Sprache musste her! Verlogener als die alte konnte sie auch nicht sein.

geil. Es ist unglaublich geil! Ich fühle mich schmutzig und das ist gut!

<Araki> Ich bin so durstig, dass ich den Wein von deinen Beinen lecken muss, aber es reicht noch nicht, deshalb schiebe ich den Talar höher, trinke aus deinem Bauchnabel, von deinen Brüsten & komme dann zurück zum größten Depot: Ich schlürfe all das, was

sich in deiner Muschi gesammelt hat, wie aus einer großen, frischen Auster! Es mundet exquisit!

<Magdalena> Jetzt bin ich dran! Ich zerschneide mit meinen Fingernägeln dein Hemd, knöpfe schnell deine Hose auf und streife sie hinab. Du hast es eben nicht gesehen, aber da war noch etwas Wein im Kelch! Ich greife ihn mir und schütte ihn über deinen Kopf ... und gegen deinen Penis! Als ich sehe, dass er jetzt ganz nass ist, ziehe ich meinen Talar aus und tupfe ihn damit zärtlich trocken, dabei erhebt er sich langsam und baut sich vor mir auf ...

<Araki> Ich ziehe die schon ganz durchgeweichte Bibel unter deinem Hintern weg & drücke dich flach auf den Altar. Du spürst den kalten Stein unter dir & auf dir meine warmen Hände! Jetzt hattest du den Wein, aber bevor du nicht auch die Hostien bekommen hast, ist das Abendmahl nicht komplett!

<Magdalena> Ich schmiere meinen ganzen Körper mit Wein ein, bis ich mich glatt wie eine Schlange auf dem Altar winden kann ...

<Araki> Du geiles Tier! Ich kippe den Kelch um & es fließt wieder Wein aus ihm, mehr & immer mehr bis ein ganzer Fluss roter Flüssigkeit über den Altar rauscht, sich den Weg zwischen deinen Pobacken bahnend, um hindurchzuströmen & deine Muschi zu umspülen, heftig tosend wirft er dich vom einen Ende des Altars zum anderen & wieder zurück! Alles bewegt sich!

Sollte sie noch weiter gehen? Sollte sie noch mehr Wörter in den Mund nehmen, bei denen sie sich bisher immer nur geschüttelt hatte? Aber jetzt war sie sowieso schon *geil* geworden!

<Magdalena> Der Strom reißt mich mit sich! Ich muss mich an deinem Schwanz festhalten! An deinem langen, festen Schwaaaaaanz! Ich bin ein böses Mädchen! Grrrrrrrrrrr! Es fühlt sich guuuuuuuuuuuuuuuuuuuuuuuuuuuuuuuut an!!

Es war ein tolles Gefühl, den Finger so lange auf dem «u» zu lassen und zu sehen, wie die Buchstaben in rasendem Tempo auf dem Bildschirm erschienen, ein lang gezogener Glücksschrei. Die alte Grammatik hatte nicht halb so viel Spaß gemacht!

<Magdalena> Und ich bin jetzt noch geiiiiiiiiiiiiiiiiiiiiiiiiiiiiiiiiiiiiiiiiiiiiiiiiiiiiiiiiiiiiiiiiler! ArrrraaaaaaaaAAAAAAAAAAA-aaaaaaaaAAAAAAAAaaaaaaaaaaaaaaaaaaaaaaaaaaaki! Der Wein dringt durch die Haut in meinen Körper ein, und ich fühl mich, als wär ich betrunken ... Das solltest du ausnutzen.....!!!!!

Julia drehte ihren Stuhl um, sodass die Lehne jetzt vorne war, und setzte sich breitbeinig darauf, ihre Brüste gegen die oberste Querstrebe gepresst. Sie wackelte mit dem Oberkörper und stieß einen hellen Kiekser aus. Es war fast wie im Schullandheim, nur dass sie damals bloß über die Sachen geredet hatte, die sie jetzt tat. Das heißt, über ähnliche, denn so weit war ihre pubertierende Phantasie nicht gegangen.

<Araki> Wir zwei sollten es öfters in der Kirche treiben! Du wirst ja richtig hemmungslos, Magdalena! Das macht mich nur noch geiler! - Ich habe jetzt die Hostien in der Hand. Siehst du? Ich lege sie von innen auf deine Schamlippen, eine nach der anderen, sie saugen sich sofort voll & haften fest, ich leg sie überall auf deine wollüstige Muschi ...

<Magdalena> Die Hostien sind mit einem kleinen Lamm verziert! Määääääääääääääääääääääääähhhhhhhhh!
<Araki> Dann wandern die Lämmer jetzt tiefer in die Höhle ... & ich bekomm plötzlich einen Riesenhunger!
<Magdalena> WARTE! Ich bin auch hungrig! Und ich will jetzt, was mir und keiner anderen zusteht! Du wirst dich meiner heißesten Stelle nicht mit deinem Mund nähern! Denn ich halte die Hände schützend darüber! Komm ganz oder verlasse sofort die Kirche! Hier ist nur Platz für richtige Männer!
* *Araki kämpft gegen den Strom des Weines an & zieht Magdalena an den Beinen zum Rand des Altars*
<Araki> Das kannst du haben, du geiles Stück! Ich krieg dich kaum zu packen, so glitschig ist es hier, aber ich schaffe es, greif mir deine glitschigen Unterschenkel & strecke sie in die Höhe! Jetzt zieh ich sie zu mir ran & presse dich fest an mich! Als ich in dich eindringe, zerreißen die Hostien unter der Wucht! Der Wein umspült meine Eier, als trieben wir's im Meer!
<Magdalena> VOLLE KRAFT VORAUS, KAPITÄN!!!!!!
<Araki> Mein Blick ist nur auf deinen heißen, begehrenswerten Körper gerichtet, der meinen Lenden so köstlich schmeckt! Aber aus meinen Augenwinkeln seh ich, dass schon die ganze Kirche mit Wein gefüllt ist! Ein rotes Meer, in dem die Stühle und Gebetbücher schwimmen. Es steigt höher & höher & droht uns bald zu verschlingen! Aber wir beide haben noch etwas Zeit & die werden wir nutzen, so wie es dem Herrn recht wäre! Ich nehme dich, Magdalena! Mit meinem großen, festen Stück Männerfleisch stoß ich in dich, tauche in die Hitze deiner Muschi & spüre, wie sie voller & voller wird! Ich besorg's

dir!! Jaaaaa, ich werd dir den besten Fick geben, den diese Kirche je gesehen hat!!!! Bevor die Flut uns erreicht, wirst du im siebten Himmel schweben! SPÜRST DU MICH? SPÜRST DU MICH GANZ TIEF IN DIR?

Julia las schnell den Text. Sie war gerade in die Küche gerast und hatte sich eine Flasche Wein geholt. Abendmahlswein. Noch während sie versuchte ihn zu entkorken, war sie zurückgerannt, hatte es auf halbem Weg geschafft und direkt einen großen Schluck genommen. Jetzt konnte sie endlich weiter lesen. Als sie fertig war, nahm sie noch einen großen Schluck und goss sich dann den restlichen Inhalt über den Kopf. Es prickelte überall auf ihrem nackten Körper und fühlte sich tatsächlich so an, wie sie es beschrieben hatte: geil. Julia berührte ihren ‹geilen› Körper und schmierte den Wein überall dorthin, wo er alleine nicht hinkam. Sie wollte die Hände gar nicht mehr von sich nehmen, aber sie musste Araki doch antworten, also riss sie sich los und hackte hastig einige Sätze mit ihren feuchten Fingern in die Computer-Tastatur.

<Magdalena> Ja ich spüre dich und ich will dich noch tiefer spüren und fester! Nimm mich wie ein wildes Tier! Ich kralle mich mit den Fingern im Altar fest und stoße immer tiefer in den Stein hinein mit meinen spitzen Krallen bis ich festen Halt habe und deinen starken Stößen standhalten kann. Der Wein brandet über mein Gesicht und ich trinke und trinke mit meinem Mund und meinem anderen Mund. Spürst du, wie ich mich zusammenziehe und dich festhalte! Es gibt kein Zurück mehr!

* *Araki lässt Magdalenas Beine los & schiebt sich auf den Tisch um ganz auf ihr zu liegen*

<Araki> Ich bin dein Hohepriester der Lust! Der direkte Weg zu Gott! Die Flut leckt schon an unseren

Körpern & sie wird uns gleich verschlingen, aber das ist egal! Jetzt rasen meine Hände über deinen feuchten Körper, zerzausen deine Haare & pressen deine Brüste, bis die Milch aus ihnen schießt, hoch, höher, bis auf das große Kreuz, bis an die Fenster, bis an die Kirchendecke & jetzt segne ich dich! Ich segne dich!!!! & segne dich wieder & wieder & wieder & wieder & WIEDER & WIEDER & WIEDER UND WIEDER!!!!!!!!!!!!! Es ist so wundervoll!!!!!!! Jetzt kann uns die Flut verschlingen!!!!!!!!!!!

Julia warf sich unter Krämpfen der Lust auf den nassen Parkettboden und schloss die Augen. Jetzt war sie mit Haut und Haaren auf dem Altar, und Araki war ganz tief in ihr.

Die Welt implodierte.

Ronald wartete. Gleich würde es passieren. Er hatte mit Christoph alles abgesprochen, der sofort von der Idee begeistert war. Heute Morgen hatte Ronald ihn abgeholt und ihm die rote Chevignon-Jacke gegeben, die er selbst sonst immer trug. Wie verabredet hatte Christoph schon eine weiße Hose an. Kurz nach dem Aussteigen hatte Ronald ihm zudem seinen hellbraunen Aktenkoffer gegeben. Christoph war zwar einen guten Kopf größer als Ronald, aber wenn er beim Öffnen der aus Milchglas bestehenden Eingangstür nicht zu nah an dieser stehen würde, hätte Madonna keine Chance, das zu bemerken.

Ein eisiger Wind wehte über die Straße vor der Praxis. Ronald konnte es kaum erwarten, den Startschuss zu geben, und das nicht nur, weil ihm langsam kalt wurde. Er freute sich auf diesen Augenblick seit der Nacht, als Madonna ihm die Tour mit Titania versaut hatte. Das schrie geradezu nach Rache! Er hatte sie damals noch besänftigen und davon überzeugen können, dass Titania nicht Martina war, sondern nur eine Art Computerspiel. Sie hatte es geschluckt, weil sie es schlucken wollte. Von einer Frau ausgestochen zu werden, die ein Mann weder sehen noch berühren konnte, war nicht sehr schmeichelhaft. Und bevor Madonna Gelegenheit bekam, ihren Vermutungen über die Nichtexistenz Martinas nachzugehen, hatte Ronald sie schon ins Schlafzimmer bugsiert. Er hatte sich dort sehr viel Mühe gegeben. Danach hatten sie sich wieder versöhnt. Offiziell.

Aber John Wayne und eine teure chinesische Jade-Vase waren hin.

Rache musste sein. Wenn er Madonna ihren Auftritt in seiner Wohnung einfach so durchgehen ließ, würde sie es wieder machen. Sie hatte brutal eine Grenze durchbrochen, jetzt würde sie die Rechnung dafür bekommen.

In diesem Moment wartete Madonna hinter der Tür auf ihn. Ronald hatte sie darum gebeten. Er hatte sie gestern Abend extra heiß gemacht, ihr gesagt, dass er am Morgen alles sehen wolle, alles, wozu sie den Mut habe, und wenn es ging, ein bisschen mehr. Dafür hatte er versprochen, mit ihr das Wochenende zu verbringen. Zwei Tage Berlin, in einem exquisiten Hotel. Inklusive Hin- und Rückflug sowie Einkaufsbummel am Samstag.

Aber nur, wenn sie gut war.

Christoph wurde unruhig, weniger aus Lampenfieber, sondern weil er Madonna seit jeher scharf fand und der Gedanke, sie gleich nackt zu sehen, seine Geduld arg strapazierte.

Ronald rannte über die dicht befahrene Straße auf die gegenüberliegende Seite, packte sein Fernglas aus und bezog Position vor der Eisdiele. Christoph stand nur noch wenige Meter von der Eingangstür entfernt.

Als Ronald abschätzen konnte, dass in den nächsten Sekunden keine Autos die Sicht behindern würden, hob er den Arm, und Christoph setzte sich in Bewegung, nahm den Schlüsselbund aus der Jackentasche und machte sich daran, die Tür zu öffnen.

Er wartete einen Augenblick, damit Madonna ihre geplante Position einnehmen konnte.

Dann öffnete er die Tür, zog sie wie verabredet komplett auf und stellte sich so an die rechte Seite, dass auch Ronald mit seinem Fernglas alles sehen konnte.

Dafür war Ronald dankbar.

Es kam auch kein Wagen vorbei.

Der Schrei klang so unmenschlich, als stamme er aus dem Zeitalter der Saurier.

Madonnas Kittel lag zu ihren Füßen, die in hochhackigen weißen Stiefeletten steckten. Sie hatte ebenfalls weiße Strapse an. Ronald hatte ihr einmal erzählt, dass er darauf stand, aber sie hatte erwidert, dass so was nur Nutten trügen. Jetzt trug sie welche, formvollendet am Strumpfhalter angebracht. Darunter keinen Slip. Auch ansonsten war sie nackt, bis auf eine weiße Perlenkette um den Hals. Sie wirkte sehr mondän. Es hatte wirklich Stil.

Doch das war noch nicht alles.

Wenn es nur ihre Nacktheit gewesen wäre, hätte sie diesen Moment nicht halb so beschämend empfunden, wie sie es tat.

Ein Detail war besonders delikat.

Mit den gespreizten Fingern ihrer rechten Hand hielt sie ihre Schamlippen so weit geöffnet, dass das Rot ihres Fleisches deutlich zu sehen war. Mit der anderen Hand führte sie eine Banane in ihre Scheide ein. Sie war schon halb in ihr verschwunden.

Ronald sah durch sein Fernglas, dass Madonna wie festgefroren verharrte.

Doch als der erste Patient aus dem Wartezimmer kam, um nachzuschauen, was passiert war, griff sie sich panikartig ihren Kittel und stürzte in die neben der Eingangstür gelegene Toilette.

Ronald rannte über die Straße.

Christoph krümmte sich vor Lachen.

«Mann, Ronald! *Mannomann!* Das hat sich wirklich gelohnt! Für *diesen* Augenblick werd ich dir ewig dankbar sein, alter Junge! Gott, war das schön! Ich mach mich dann jetzt mal vom Acker und geh was frühstücken! Ich glaub, *Bananen*!»

Unter schallendem Gelächter drückte er Ronald dessen Jacke

und Aktenkoffer in die Hand und verschwand, immer wieder von neuen Lachanfällen geschüttelt, in Richtung U-Bahn-Haltestelle.

Als Ronald die Praxis betrat, stürzte Madonna gerade aus der Toilette. Sie sah ihn, und blieb ruckartig stehen. Hinter ihr im Gang standen die Patienten und blickten gespannt auf die Szene.

In Madonnas Augen war keine Träne zu sehen, nur Hass, der ihre Pupillen weit aufgerissen und ihre Augenränder rot gefärbt hatte.

«Das wirst du mir büßen, das schwöre ich dir! Diesen Tag wirst du ewig bereuen, du verficktes Arschloch!»

Madonna griff sich unter den Kittel, zwischen die Beine, und fingerte etwas Bananenmus hervor, das bei der Aktion herausgequetscht worden war. Sie schmierte es Ronald ins Gesicht.

Dann stakste sie hinaus.

Es war ein böser Scherz gewesen, das wusste Ronald. Vielleicht war er auch einen Schritt zu weit gegangen, doch diese Reaktion fand er übertrieben. Seine Internet-Gespielin hätte über diese Aktion nur müde gelächelt. Aber sie war ja auch eine Frau ganz anderen Kalibers. Sie war eine Frau, mit der er seine Phantasien würde leben können.

Eine intelligente Frau, der nichts heilig war.

Endlich hatte er sie gefunden.

Ronald kramte ein Tempotuch aus der Jackentasche, wischte sich die Bananenpampe aus dem Gesicht und begann, den geschockten Patienten eine glaubwürdige und moralisch einwandfreie Erklärung für das Spektakel zu geben. Es sollte all sein Imaginationsvermögen erfordern.

6. Kapitel

Was hatte sie getan!? Julia fuhr mit den Fingern über die auf dem Altar liegende Bibel. Knochentrocken. Natürlich.

Es war nichts passiert.

Als wollte sie die virtuellen Wunden schließen, strich sie die Seite glatt, das grobe Papier schabte über ihre Haut. Dabei hatte sie das merkwürdige Gefühl, beobachtet zu werden. Als würde jemand ihre Bewegungen studieren, um zu ergründen, was in ihr vorging. Dieser Blick ignorierte ihren Pullover, drang durch den BH, sondierte die Haut, maß den Pulsschlag, ermittelte die Atemfrequenz und drang widerstandslos in ihr Herz ein. Julia bemerkte eine Bewegung hinter ihrem Rücken und drehte sich um, mit ihren Augen den Ort fixierend, von dem sie kommen musste.

Doch da war nichts.

Nur das große Altarkreuz.

Julia erschrak.

Die Sehnen in ihrem Körper gaben nach und ließen sie auf den kalten Boden sinken, die eisigen Platten froren sich durch die Jeans, krochen durch den Strickpullover. Allein. Jetzt und hier war sie wirklich allein. Und die große, leere Kirche stürzte auf sie ein, stürzte auf ihren Glauben, stürzte auf ihre Schuld, wie ein Habicht, der einen verletzten Hasen gesichtet hat.

Julia begann zu weinen. Ihr Schluchzen und Heulen wurde von den kargen Wänden reflektiert und wieder auf die Mitte zurückgeworfen, wo sie zusammengekauert lag. Es war, als würde die ganze Kirche mit ihr leiden. Julia ließ den Kopf auf den Boden fallen, hart, schlug mit der Stirn auf die glatte Oberfläche, spürte den befreienden Schmerz, die Kälte, spürte, wie sich ihre warme Haut zusammenzog und ein feines Messer in ihren Schädel stach. Sie drückte die Stirn immer fester auf den Boden, als könnte sie ihre Schuld wie eine Orange auspressen. Alles musste raus. Alles musste weg. Ihre Haut quoll auf von den Tränen, und immer wieder rannen salzige Perlen in den vom Heulen offenen Mund. Ihr ganzer Bauch war verkrampft und schmerzte von den Schüben eigener Schuld. Jetzt stand sie nackt vor ihr. Sie musste sie annehmen, es gab keinen Platz mehr in ihrem Kopf und ihrem Herzen, an dem sie sie verstecken konnte. Julia konnte nur hoffen, dass sie sich irgendwann so in ihr Leben hineinwob, sie den Druck nicht mehr unentwegt spüren würde.

Und sie durfte keine neue Schuld mehr auf sich laden.

Die Kirche war ein heiliger Ort. Auch im Internet. Auch in ihrem Kopf. Julia bekam wieder einen Heulschub, es war so schmerzhaft, die eigene Schuld zu spüren. Sie hielt es nicht aus, musste das Leid nach außen weitergeben, in ihren Tränen, in ihrem Wimmern. In Julias ersticktes Heulen brach das metallische Geräusch der sich öffnenden Tür. Wie von einer Startpistole aus den Blöcken geschossen, schnellte Julia vom Boden empor und fand nach einigem unsicheren Herumschliddern Halt auf den glatten Steinen, sprintete hinter den Altar und ging dort in Deckung. Mit den Ärmeln versuchte Julia, ihr Gesicht trocken zu reiben, die Spuren ihres Geständnisses aufzusaugen. Das Rot der zersprungenen Äderchen in ihren Augen würde sie nicht fortwischen können. So durfte sie sich nicht zeigen. Als Julia die ersten Schritte hörte, das entschlossene Klacken der Absätze, brauchte sie keine Augen mehr, um zu wissen, wer zu ihr in die Kirche gekommen war. Marianne. Ausgerechnet sie.

Julia versuchte flach zu atmen, sich nicht zu rühren. Nur abwarten und den Sturm vorüberziehen lassen! Aber es war unmöglich, sie hielt es nicht aus. Sie musste sehen, was Marianne tat, wollte erahnen können, ob sie zum Altar kommen würde. Deshalb lugte sie seitlich am schweren Steinblock vorbei, wodurch sie erkennen konnte, wie die gertenschlanke Kantorin, der man den Walkürensopran nicht ansah, einen Packen weißer Handzettel auf den kleinen Tisch neben der Eingangstür legte. Dann ging sie zum Stapel mit den Gesangbüchern, um diesen die Blättchen beizulegen. Julia wusste, worum es ging: Es waren die Einladungen zum Auftritt am übernächsten Montag, an dem die Chöre der Stadt im Bürgerzentrum einen gemeinsamen Auftritt hatten. Es würde dauern, alle Bücher zu füllen. Marianne begann fröhlich zu trällern, als wäre sie eine Amsel und dies der strahlendste Morgen des gesamten Sommers. Ihr Glück war körperlich zu spüren. Sie begann, sich im Takt zu wiegen.

Julia würde aufstehen.

Sie würde die Sache klären. Hier und jetzt. Verheult oder nicht. Es konnte keinen besseren Platz geben. Sie würde es Marianne aufs Gesicht zusagen und endlich Klarheit in die Angelegenheit bringen.

Marianne begann Trude Herrs «Ich will keine Schokolade» zu singen.

Sie war mit schuld, dass es zur nächtlichen Ekstase in der Kirche gekommen war. Da stand sie nun und sang, als könne sie kein Wässerchen trüben. Die Unschuld vom Lande.

Julia stand entschlossen auf.

War das nicht alles Paranoia!

Sie kauerte sich wieder hin.

Das war nicht geräuschlos möglich gewesen.

Mariannes Singen erstarb. Julia hörte, wie sich ihre Schritte dem Altar näherten, immer lauter klackend. Immer bestimmter.

«Hallo? Ist da jemand?!»

Julia hielt die Luft an und drückte ihren vom Heulen erschöpften Körper ganz nah an den Altar. Nicht jetzt. Nicht so. Das wäre nur peinlich.

Keine Schritte mehr.

Innehalten.

Atmen müssen.

Warten. Den Pulsschlag im Hals spüren, wie er immer stärker anklopft, um Luft zu bekommen. Das Leben als Gefangener im eigenen Hals. Und Warten. Hoffen. Die Schritte gingen wieder fort. Marianne begann auf einmal, kieksend zu lachen.

«Ach, Gott, ich hör schon Gespenster! Und das in der Kirche! Wenn du da oben zugeschaut hast, darfst du jetzt auch ruhig lachen! Das macht mir ü-ber-haupt nichts aus!»

Julia öffnete den Mund einen Spalt und saugte gierig die Luft zwischen ihren schmalen Lippen ein. Lachen, das war genau das, was auch sie am besten machen sollte. Und wieder aufwachen ins eigene Leben. Aber mit Araki würde sie nie wieder in die Kirche gehen. Das Internet war keine eigene Welt mehr. Es gehörte jetzt zu ihrem Leben.

Nachdem er sich nun schon seit einigen Wochen mit der Unbekannten traf, war es an der Zeit, den Spielplatz auszubauen. Die Kabel spannten sich wie ein Zaun durch das Wohnzimmer, den Raum sauber zerteilend. Ronald war von seiner Idee fasziniert. Und die erstreckte sich nun bis in die Küche. Heute war Ruhetag in der Praxis, deshalb hatte er seit dem frühen Morgen daran arbeiten, sie verfeinern können und alle Eventualitäten in die Konstruktion einfließen lassen. Heute Nacht würde er eine neue Stufe der virtuellen Erregung erlangen. Medusa, wie sie sich die letzten Male genannt hatte, könnte heute Abend bei ihm sein wie noch nie zuvor. Sie würde das Geschehen in seiner Wohnung steuern. Im Telefonkabel, durch das die Bits rauschten, würde Medusa sich verwandeln: in Früchte, Getränke, Einrichtungsgegenstände. Sie konnte sich in allem materialisieren, was sie wollte, sie konnte die Melonen zu ihren Brüsten machen oder durch die Sonnenblumen sehen, ihr Rücken konnte zu Honig werden und der Saft ihres Geschlechts zu Reiswein. Medusa würde aus dem Computer in seine Wohnung schlüpfen und diese wie eine zweite Haut anlegen. Die digitale Kamera war teuer gewesen, die Installation des Programms kompliziert, die Kompatibilitätsprobleme mit Windows verheerend. Doch es war die nächste Ebene. Ein gewaltiger Schritt aufeinander zu. Er würde sie *spüren* können, ihren frei gewählten Körper.

Jasper sah sich neugierig die Kabel an, doch seine ersten Versuche, ihre Katzenfestigkeit zu prüfen, waren von Ronald entschieden unterbunden worden. Aber das Raubtier in ihm wehrte sich mit Krallen und Zähnen gegen diesen Eingriff in sein königliches Reich. Jasper schlug wieder danach und erwischte drei Kabel auf einmal. Feind erlegt! Aus der Küche war ein mechanisches Klacken zu hören. Ronald hatte gehofft, dies vermeiden zu können, doch er musste Jasper ins Schlafzimmer einsperren, der Kater gefährdete das ganze Projekt. Als sich die Tür vor dessen enttäuschten Katzenaugen schloss, begann das Konzert. Sollte er ruhig weiter so herzerweichend maunzen! Jasper würde danach schließlich lukullisch entschädigt werden, auch ausgiebige Streicheleinheiten waren für den Katzenkoloss geplant. Dafür musste er nun ein wenig leiden.

Ronald ging zurück in die brütend heiße Küche, wo zwei 400-Watt-Fotostrahler die Szenerie eines römischen Sauf- und Fressgelages beleuchteten. Mittendrin stand mit Klarsichtfolie umwickelt der Colani-Rechner. Obwohl er von außen noch wie der alte aussah, war er heute um mehrere Computergenerationen verjüngt worden und beinhaltete nun die neuesten Halbleiter in den ergonomischsten Chips auf den schnellsten Karten, um Ronalds Projekt durchführen zu können. Darum verstreut Berge von Lebensmitteln in jedem Aggregatzustand. Das durch die vereinten 800 Watt erhitzte Obst und Gemüse gab all seine Duftstoffe gleichzeitig frei. Auf dem Boden lag ein großer weißer Flokati, eigens für diese Nacht angeschafft. Es war nicht geplant, dass er sie überlebte. Schon jetzt hatten die auf ihm liegenden Lebensmittel einiges an Flüssigkeit in seine dünnen Härchen abgegeben.

Ronald legte seine Kleidung ab und die schwarze Augenmaske des Zorro an. Schnell traf er die letzten Vorbereitungen in den nötigen Programmen und loggte sich in #Adults_Only! ein.

Pünktlich um ein Uhr tauchte Medusa aus dem virtuellen Nichts auf. Wie immer. Er hatte in der gestrigen Nacht schon angekündigt, dass heute etwas Besonderes passieren würde. Mit einem Mausklick sandte er ihr die nötigen Programme und eine kleine Batch-

Datei zu, welche diese für sie installierte. Es würde einige Minuten dauern. In der Zwischenzeit ging Ronald ins Badezimmer, um die Buchstaben, die er mit einem Lippenstift auf seine Brust schreiben wollte, im Spiegel kontrollieren zu können. Es war eine diffizile Aufgabe, und das Ergebnis wies nach graphologischen Maßstäben auf einen multipel gestörten Schweißfußfetischisten mit Bambi-Komplex hin. Aber es war gut entzifferbar. Ronald legte sich in der Küche in Positur und machte mit dem Selbstauslöser seiner digitalen Kamera ein Foto. Dann nahm er die Smart-Media-Karte aus dem Slot an der Rückseite des Apparates und führte sie in den Rechner ein. Nun hatte er alles, was er brauchte. Ronald checkte noch einmal die anderen, schon zuvor abgespeicherten Panoramafotos seiner Wohnung und die Nahaufnahmen von bestimmten, eventuell nützlichen Gegenständen.

Als Medusa ein neugieriges «Und was passiert jetzt?» tippte, schickte er den neuen Körper über die Glasfasernetze zu ihr. Ungeduldig wartete er einige Minuten, die sie nun brauchen würde, um sich die Files anzuschauen. Dann holte er den kurzen Einleitungstext aus dem Zwischenspeicher und sandte ihn Medusa.

<Araki> Das ist meine Wohnung. Sie gehört jetzt dir! Alles, was du siehst, kannst du nehmen & benutzen. Auf dem letzten Foto siehst du die Küche, voll gefüllt mit den wunderbarsten Gaben der Natur. In der Mitte liegt ein nackter, geiler Mann mit einer Maske. Das bin ich. Ich bin dein! Kannst du lesen, was auf meiner Brust steht?

<Medusa> Medusas Mahl.

<Araki> Also: Verzehre mich! Mach was du willst! Es gibt keine Grenzen! Ich bin dein Nachtmahl! Einen gesegneten Appetit ...

Ronald konnte ihre ersten Bewegungen kaum erwarten, aber er wusste, sie würde sich die Bilder nun noch einmal anschauen, versuchen, die Lebensmittel zu identifizieren, und sich ihre persönliche Gangfolge zusammenstellen. Allein der Gedanke daran, was gleich mit ihm passieren würde, erregte ihn, und das Warten, die Anspannung führte dazu, dass sein Blut sich von allen Körperteilen auf die Reise machte, in die Venen begab und den direkten Weg zu seinem Glied einschlug.

<Medusa> Ich schmiere dir die Marmelade in die Haare. Das ganze Glas!

Das war nicht 9 ½ Wochen.

Aber so sei es. Ronald griff hinter sich. Schon als er den Deckel des Schwartau-Glases öffnete, spürte er ein Kribbeln auf seinem nackten Rücken, in Erwartung der vom Kopf herabtropfenden Erdbeermarmelade. Er versenkte seine Finger die schmale Öffnung hindurch in die feste Pampe und versuchte so viel wie möglich zu greifen. Dann setzte er den ersten klebrigen Klumpen mittig auf seinen Kopf, ihn zögerlich über die Haare verteilend.

<Medusa> Und jetzt gel ich dir damit die Haare nach hinten! Wie bei einem Mafioso. Ganz streng!

Die Feuchtigkeit drang schnell bis zur Kopfhaut durch. Ronald konnte sogar das glitschige Geräusch der träge dahinfließenden Marmelade hören. Aber für eine anständige Gel-Frisur hatte er zu wenig genommen. Jetzt hieß es sich ein Herz fassen! Ronald packte das Marmeladenglas und schüttete es entschlossen über seinem Kopf aus. Es war wie beim Schwimmen. War man erst mal richtig drin, wurde das Wasser schnell warm. Jetzt schon ein wenig enthemmt fuhr Ronald mit seinen Fingerspitzen an den Schläfen nach hinten und legte sich danach einen kleinen Mittelscheitel, der dank des Brotaufstriches fabelhaft hielt.

<Araki> Du hast mich ganz schön voll gemacht! Ich bin bestrichen wie eine Frühstückssemmel!
<Medusa> Wenn ich das richtig gesehen habe, steht hinten links in deiner Küche eine Mikrowelle. Ich erwärme das Nutella dort. Jetzt kann ich es leichter auftragen und dein Gesicht damit färben! Ich mache dich haselnussbraun!

Es war schon viel leichter als bei der Marmelade, und das warme, leicht flüssige Nutella fühlte sich richtig gut an, als es seine Haut berührte. Ronald schmierte es bis zum Rand seiner Augenmaske.

Langsam bekam er Hunger.

<Araki> Ich habe jetzt den Kontinent gewechselt ...
<Medusa> Mach mir ein Foto!

Ronald ging näher an das Kameraobjektiv, um eine größere Aufnahme seines haselnussbraunen Gesichts zu bekommen. Da er vergessen hatte, den Vorblitz einzuschalten, war nun nicht nur sein Haar rot, sondern auch seine Augen. Ein Oscar für den Maskenbildner wäre angemessen gewesen.

<Medusa> Wusstest du, dass du schön bist? Jetzt schmier ich dich überall ein, damit sich das Matschen auch lohnt! Deinen ganzen Körper, und jedes Härchen daran einzeln! Und wenn das Nutella leer ist, dann nehme ich den Kräuter-Philadelphia, oder die Remoulade! Ja genau! Oder noch besser: Ich nehme von allem was, und mach dich hübsch, du kleines Ferkel! Und danach schickst du mir wieder ein Foto! Aber dein bestes Stück lass ich frei, damit hab ich dann was ganz Besonderes vor! Aber vorher musst du erst ganz voll sein!

Also beeilen! Seinen Oberkörper schmierte er sich mit YoFresh ein, dem Brotaufstrich auf Joghurtbasis. Der würde später leichter von den Brusthaaren zu lösen sein. Darüber zog er dünne Querstriche mit Erdnussbutter. Da für weitere künstlerische Exkursionen keine Zeit war, strich er sein linkes Bein einfach voll Remoulade und rieb sein rechtes mit dem El-Pueblo-Ketchup ein. Es brannte erwartungsgemäß. Als Ronald das Foto sah, welches er jetzt Medusa schicken würde, wurde ihm einiges klar: Keine Frage, er war auf dem Kriegspfad!

<Araki> & was ist jetzt mit meinem Hot Dog?

<Medusa> Geduld! Du siehst schon sehr sexy aus ... Ich stelle mir gerade vor, dass ich es am liebsten hätte, wenn du liegen würdest, aber dein Rücken ist ja noch ganz voll mit diesem lachsfarbenen Aufstrich und diesen dünnen braunen Linien. Die müssen weg! Leider habe ich keinen so großen Hunger, dass ich alles abschlecken könnte. Ich möchte mir meinen Appetit für den Hauptgang aufsparen, dem ich mich dann voll und ganz widmen werde ... Um das Gröbste von dir abzubekommen, presse ich mich von hinten ganz fest an dich, meine Brüste an deinen Schulterblättern, und kreise, um wie ein Messer die Paste von dir abzuschaben. In deinem Wohnzimmer habe ich ein paar schöne Gardinen gesehen, aus feinem Stoff, ich denke damit werde ich die letzten Reste von dir abwischen. Und weil mir noch ein wenig kalt ist, mache ich den Backofen an, die Tür auf Kippe. Wir müssen doch beide richtig heiß werden ...

Wieso hatte er nur die Fotos von seiner Wohnung gemacht? Die Gardinen waren von Laura Ashley! Aus einer einmaligen Asienkollektion! Aber bei gutem Sex gab es keine Grenzen, auch keine aus

Seide. Deshalb war es auch egal, dass er seinen Umluftofen anschmeißen musste, obwohl der Raum durch die Fotoleuchten heißer war als Verona Feldbuschs Arsch. Dann würde er eben noch ein wenig mehr schwitzen, durch den nahrhaften Aufstrich hindurch.

<Araki> Es hat mich scharf gemacht, deine festen Nippel an meinem Rücken zu spüren, wie du mit ihnen an meiner Wirbelsäule entlanggefahren bist & als deine Schamhaare an meinem Arsch gebürstet haben, hätte sich mein Schwanz am liebsten zwischen meinen Beinen nach hinten geschlungen, um es dir direkt zu besorgen. Aber ich muss ja noch warten, also lege mich jetzt hin..

<Medusa> Ich sprühe mit der Sahne große Pfeile auf deinen Körper die alle zu deinem besten Stück hin deuten ... Ich hoffe, du bist schon ganz heiß, aber zur Sicherheit halte ich deinen Schwanz ein wenig über den Ofen, damit er sich weitet, und das Blut noch mehr hineinfließen kann. Spürst du wie die Hitze in ihn eindringt? Erfrischung gefällig? Ich schiebe zwei Ananasscheiben über deine Eichel, und weiter, bis zur Wurzel deines Schwanzes. Sie dampfen sogar! Aber wehe er wird jetzt schlaff!!!!!!!!!!!!! Dann musst du das Waffeleisen benutzen! Ich lege jetzt ein großes Stück irischer Butter auf deinen Schwanz. Halt still! Erst wenn es geschmolzen ist, darfst du in die restlichen Ananasscheiben eindringen ...

Sie war sich dem Ernst der Lage scheinbar nicht bewusst! Oder vielleicht doch! Wäre sie in diesem Moment leibhaftig bei ihm in der Küche, würde sie vermutlich wirklich seinen Schwanz in der Hand halten und ihn auf großer Flamme rösten. Bei dieser Teufelsfrau konnte man nie wissen! Ronald brauchte nicht lange für die

Pfeile, die er schnurgerade auf sein erigiertes Glied zulaufen ließ. Dann musste er zum Ofen. Es würde nicht lange dauern, denn die Butter war glücklicherweise schon ein wenig angeschmolzen, als er sie mit den Fingern auf die Oberseite seines Schwanzes strich. Sie hatte in ihrer Metalldose der Hitze des Raumes nicht gänzlich widerstehen können. Er stellte sich vor die halb offene Klappe. Die Temperatur war unerträglich. Er hatte den Ofen auf 200 Grad gestellt. Die Lebensmittel auf seiner Haut erwärmten sich. Als er den entscheidenden Schritt nach vorne tat, der seinen Schwanz genau über die Öffnung brachte, stach die Hitze auf seinen ganzen Körper ein, und sein Glied gehorchte schneller der Schwerkraft, als es ein erfahrener Urologe für möglich gehalten hätte.

So ging es nicht.

Wäre sie doch nur hier.

Könnte er doch nur mit ihr reden!

<Araki> Es ist zu heiß! Medusa, lass uns doch einfach telefonieren, dann wissen wir beide zu jedem Zeitpunkt, wie es dem anderen geht. Dann gibt's keine Pausen mehr & wir sind uns näher als je zuvor!

<Medusa> Nein! Ich stoße dich wieder an den Ofen!

<Araki> Das geht nicht! Da ist es brütend heiß! Meine Haut schlägt gleich Blasen! Das war ne Schnapsidee! Bitte lass uns telefonieren, das macht alles viel einfacher!

<Medusa> Dann leg ich eben jetzt schon die kühlenden Ananasscheiben um deinen Schwanz, du Schwächling! Ich kann sowieso nicht mehr warten! Ich hole den großen Stab, der wie ein Schwert aussieht und bei dir im Wohnzimmer an der Wand hängt, und drücke dich damit zu Boden! Dann nehme ich die Zitronen und Orangen und presse sie mit meinen bloßen Händen über deinem Hot Dog aus. Das ist gesund! Vitamin C en masse! Spürst du das Prickeln ...?

<Araki> Lass uns telefonieren, bitte! Du kannst mir vertrauen, ich geb dir meine Nummer! Ich will deine gar nicht wissen!

<Medusa> NNNNNNNEEEEEEEEEEEEEIIIIIIIIIIIINNN! Ich will nicht telefonieren! Warum sollten wir alles kaputtmachen? Was, wenn du meine Stimme nicht magst oder ich deine? Was, wenn es plötzlich zwischen uns nicht mehr klappt?! Das will ich nicht riskieren!

<Araki> Wir kennen uns schon so lange & so gut! Du könntest wie ein Müllschlucker klingen & ich fänd's geil!

<Medusa> Nein, leg dich sofort hin oder ich logge aus! Ich will kein Telefonat! Ende der Diskussion!

Die ganze elende Vorbereitung war für'n Arsch gewesen, und jetzt wurde sie auch noch zickig! Er würde sie schon noch dazu bekommen, dass sie mit ihm telefonierte, heute nicht, aber vielleicht schon morgen. Ihm würde etwas einfallen. Er würde bekommen, was er wollte. Und sie würde es mögen.

Aber jetzt musste er sie bei der Stange halten.

<Araki> Ich lege mich auf den Fußboden. Mein Schwanz ist fast rot glühend! Die Ananasscheiben beginnen zu brutzeln, als sie meinen Ständer berühren. Du drückst sie herunter, aber ihre Öffnung ist zu eng & sie platzen auf, ihr Saft läuft an meinem heißen Rohr runter zu meinen Eiern, die etwas Abkühlung gut gebrauchen können. Der Saft der Zitrone & der Orange macht mich noch geiler! Die Säure beißt mir zwar in die Eichel, aber ein wenig Schmerz hat mich noch nie gestört! Medusa, die Ananas ist schon ganz warm & feucht ...

Ronald saß frustriert vor dem Computer und wischte mit der sowieso schon ruinierten Gardine Remoulade, Erdnussbutter, Yofresh und El-Pueblo-Ketchup von seiner Haut.

<Medusa> Nicht nur die Ananas ist feucht und warm ... Ich beiße mit weit geöffnetem Mund in die Scheiben hinein, bis meine Zähne das Fleisch der Ananas durchbohrt haben, und deine heiße Haut berühren ... Das erregt mich so sehr, dass ich die Scheiben herunterschlinge. Ich spüre, wie deine Hand zwischen meine Beine geglitten ist, und die schon aufgeschnittene Papaya an meiner noch heranreifenden vorbeiführt. Ich schiebe die ganze Schlagsahne über deinem Schwanz zu einem prächtigen Turm zusammen, den ich jetzt laaaaangsaaaaaam abschlecke. Ich werde immer geiler ... und stoße endlich auf etwas Hartes. In dem Berg aus Schlagsahne thront deine rote Eichel, überzogen von geschmolzener Sahne, die daran herabläuft. Ich fange die Tropfen mit meiner Zunge auf und

Marius kam herein.

Julia schaltete geistesgegenwärtig mit ALT + TAB auf die Windows-Benutzeroberfläche um. Die virtuellen Spuren verdeckend. Doch es war unmöglich, sich im Bruchteil einer Sekunde anzuziehen. Marius musste auch gesehen haben, wie sie die Hand ruckartig von ihrem Schoß weggezogen hatte.

Unbeweglich schaute er sie an, den Mund halb offen stehend, schnell atmend.

Julia griff sich ihren Morgenmantel vom Boden und streifte ihn über, entschlossen die Kordel um ihre Hüften festziehend. Sie versuchte ihren Mann anzusehen, seinem Blick standzuhalten, doch Marius' Augen schienen tief in ihren Höhlen zu versinken. Julia blickte weg. Sie hatte diese Situation doch einkalkuliert, sie durchdacht, vor einiger Zeit, als sie sich noch nicht so sicher gefühlt hatte: die ersten Strahlenschutzmaßnahmen nach dem ehelichen Super-GAU. Schritt für Schritt. Bloß nicht in die Verteidigungsposition kommen! Wer sich verteidigte, ohne angegriffen worden zu sein, der machte sich verdächtig. Sie spulte ihr Programm ab.

«Was machst du denn hier? Weißt du eigentlich, wie spät es ist?!»

Marius schüttelte den Kopf, wie ein Plastikdackel, der auf der Rücksitzablage eines alten Mercedes saß. Julia musste jetzt vermeiden, ihn anzusehen, ihre Augen, ihr Gewissen bloßzulegen. Also fuhr sie den Rechner runter und ging zur Heizung.

«Ich hab sie schon vor einer halben Stunde auf null gestellt, und sie ist immer noch heiß!»

Im Moment musste alles normal erscheinen. Obwohl sie wusste, dass es nicht so war. Und ihr Puls es wusste und ihre Schweißdrüsen. Sie hatte Angst. Viel Angst.

«Komm, lass uns schlafen gehen! Ich hab jetzt auch lang genug gearbeitet!»

Als sie an Marius vorbei hinaus in die Diele wollte, versperrte er ihr mit seinem Arm den Weg.

Es würde nicht so einfach gehen. Aber sie musste weiter auf unschuldig machen, denn was sollte sie sonst sagen? Wie sollte sie ihm erklären, was sie tatsächlich am Computer gemacht hatte? Also Ruhe bewahren.

«Was soll das, Marius? Warum lässt du mich nicht durch?!»

Julia versuchte, die Worte ganz unverfänglich über ihre Lippen zu bekommen, aber die Anspannung schnürte ihr die Luft ab, erstickte ihre Laute. Marius sah nicht zu ihr herüber, als er mit fester Stimme «Setz dich!» sagte.

Also ging sie zurück zum Computer und setzte sich. Dieser Punkt war nicht eingeplant. Freier Fall. Ihr Plan hatte auch nicht beinhaltet, dass sie Angst um ihre Beziehung haben würde, um das Vertrauen, das Marius in sie hatte.

«Was hast du gerade gemacht?»

Sie *könnte* einfach an ihm vorbeigehen. Wortlos. Er würde sie nicht wirklich aufhalten. Aber dann müsste sie morgen darüber reden, vielleicht auch später. Aber irgendwann müsste sie, und Julia hasste es zu warten.

«Ich war im Internet und habe dort gechattet. Also mit anderen geredet.»

«Nackt?»

«Mir war heiß. Die Heizung.»

«Und deine Hand?»

«Ich hab mich gekratzt.»

Sie verabscheute sich in diesem Moment selbst dafür, dass sie log, umso mehr, weil es derart unglaubwürdig war, so durchschaubar, so peinlich. Warum konnte sie nicht dazu stehen, was sie tat? Marius' unbewegliches Gesicht wies kein Anzeichen von Güte und Verständnis auf. Es war sterilisiert.

«Ich glaube dir nicht.»

Jetzt hatte er sie in der Defensive. Julia schwieg, aber sah ihn wieder an, direkt in die Augen, doch sie blieb an der Oberfläche haften. In diesem Moment hatten sie keine Tiefe.

«Du lügst mich an! Warum lügst du mich an!? Und warum tust du ... *das*?»

Seine Lider senkten sich, die Augen zu Schlitzen verengend, die Wut verratend, welche er mit aller Macht unterdrückte. Als Julia das sah, gab es auch für ihre Wut kein Halten mehr. Die geballte Faust, die seit Wochen unverdaut in ihrem Magen lag, würde jetzt endlich herausgeschleudert werden, durch die Speiseröhre in den Mund, schließlich ins Gesicht des Mannes, der sie produziert hatte.

Und der tat nun so, als trüge er keine Schuld.

Julia schnellte aus dem Stuhl hervor.

«Du sagst *mir*, dass ich dich anlüge?! DU?! Wie kannst du nur so dastehen und über mich richten wollen? Was maßt *du* dir eigentlich an?»

Marius blieb äußerlich ruhig, aber Julia konnte das typische Geräusch hören, wenn er sich auf die Zähne biss. Das machte er immer, wenn etwas nicht so lief, wie er es sich dachte. Gut so.

Dann schrie er zurück.

«Ich sitz zumindest nicht nackt vor dem Computer und befriedige mich selbst! Oder lass mich von irgendwelchen degenerierten Männern heiß machen! Ich liege im Bett und schlafe! *Was du auch tun solltest!*»

Julia schritt auf Marius zu und schlug seine Hand vom Türrahmen, um sich genau dort vor ihm aufzubauen. Gesicht an Gesicht, in seine kleinen, verengten Augen blickend, die nicht sehen wollten, was wirklich vor sich ging.

«*Du* sagst *mir*, was ich machen soll? Ich glaub das nicht! Du hast mir ja wohl nicht zu sagen, wie ich meine Freizeit verbringen soll! Das Einzige, was *ich* mache, ist anderen Männern zu schreiben! *Ich treffe mich nicht mit ihnen!* Und verkaufe es meiner Frau als Samaritertum! Du bist ein ganz verlogenes Schwein, weißt du das?! WIE KANNST *DU* MIR VORWÜRFE MACHEN?!»

Marius Blick fiel zu Boden wie ein leer gewordener Luftballon. Ohne Julia anzublicken, schloss er sie in die Arme. Und begann zu weinen.

«Es tut mir Leid. Es tut mir so Leid. Wie konnte ich dich nur so vernachlässigen …»

Die Spritze begann zu wirken. Ihr Atem wurde gleichmäßiger, und die Augen fielen zu. Sie würde nichts mitbekommen, schwebte nun im Interim, zeitlos. Ihr Körper war bei Ronald. Der Anästhesist entschuldigte sich, er hatte durch Fehlplanung zwei sich überschneidende Termine und konnte die Patientin nicht wie üblich während der Operation überwachen. Aber es würde schon nichts schief gehen. Sie war jung, sportlich und ihre Blutwerte publikationswürdig.

Ihr konnte nichts passieren.

Ronald hatte schon gestern erfahren, dass er heute alleine mit ihr sein würde. Genug Zeit, um Mut zu fassen.

Er zog ihr mit sicherer Hand die Weisheitszähne. Jetzt musste nur noch Madonna den Raum verlassen. Es hatte sie viel Kraft gekostet, die Demütigung wegzustecken und zurückzukommen. Ronald hatte es vor allem viel Geld gekostet, zwei Tage Berlin, in einem exquisiten Hotel, inklusive Hin- und Rückflug sowie Einkaufsbummel. Wie versprochen. Aber er war nur auf Bewährung aus ihrer Wut entlassen. Es würde noch einige Zeit dauern, bis Bananen wieder nichts anderes waren als delikate Südfrüchte.

Unter dem Vorwand, nur noch einige kleine Begradigungen vorzunehmen, für die er sie nicht brauche, schickte er Madonna in Behandlungsraum 3. Sie sollte sich dort um den Gebissabdruck kümmern, auf den das Dentallabor so dringend wartete.

Die Vollnarkose würde nur noch eine halbe Stunde anhalten.

Gestern Abend hatte er das erste Mal darüber nachgedacht. Zuerst war es nur Rumspinnerei, und anfangs fand auch er es verachtenswert. Aber er dachte zu lange darüber nach und fand die Gründe, die er brauchte, die Rechtfertigungen, die er akzeptieren konnte. Weil er es wollte. Es würde auch passieren, wenn sie bei Bewusstsein wäre – es würde nur länger dauern, bis er zum Ziel käme. Einige Wochen vielleicht. Die Arbeit an ihren Zähnen würde nicht darunter leiden. Sie würde überhaupt nichts davon merken. Es fand eigentlich gar nichts statt, nicht in ihrem Leben, es war kein Teil davon, es passierte nicht ihr, sondern ihrem Körper. Und dem passierte eigentlich nichts. Zumindest nichts Negatives.

So war alles nur noch ein Kavaliersdelikt.

Er wollte sich belügen.

Und er wollte diese Frau.

Judith Förster, aufstrebendes Jungmodel, hatte schon für einige kleine Boutiquen posiert und wollte nun in den internationalen Jetset abheben. Mit ihren 20 Jahren lag noch genug Zeit vor ihr, diesen zu erobern, und ihre langen Beine würden sie sicher tragen.

Jetzt lagen sie ausgestreckt auf dem Zahnarztstuhl, und ihr ärmelloses blaues Etuikleid machte eine gute Handbreit über ihren Knien Halt. Noch lagen sie eng beieinander. Ihr leicht gebräunter

Ton wurde durch das dunkle Marineblau des Stoffes betont. Ronald ließ die Rückenlehne weiter in die Waagerechte gleiten und richtete das Licht auf ihr Gesicht, die leicht geschwungenen, dünnen Augenbrauen ausleuchtend, die schlanke Nase, den noblen, nun blutverkrusteten Mund. Ihre blondierten Haare waren leicht nach hinten gegelt und gingen ihr exakt bis zum Nacken. Ihre Stirn glänzte leicht, noch feucht von der Aufregung vor der Operation.

Die gedämpften Geräusche vom Gang drangen nicht mehr zu Ronald durch. Er hatte seine Hand auf Judiths Herz gelegt und spürte es unter dem knitterfreien Stoff regelmäßig schlagen.

Er konnte sie berühren.

Einfach so.

Niemand konnte es verbieten.

Die Machtgier knüppelte den letzten Rest von Anstand und Moral in ihm nieder. Seine Zweifel verschwanden. Die Idee verwandelte sich übergangslos in Realität. Ronald ließ es geschehen. Er spürte durch das Kleid den festen, glatten Stoff ihres BHs. Aus ihrem Hals drang ein Gurgeln, die Wunde musste sich wieder geöffnet und angefangen haben zu bluten. Er führte den Absaugschlauch in Judiths Mund ein.

Jetzt konzentrierte er sich auf ihre Beine. Zwei kleine Gehschlitze waren an den Seiten des Kleids freigelassen. Ronald fuhr zuerst nur mit einem Finger die Öffnung entlang, die Vorfreude auskostend. Aber er wusste, dass er sich beeilen musste, deshalb glitt er jetzt mit beiden Händen über das glatte Fleisch ihrer Beine zur Hüfte, den Stoff dabei höherstreifend. Sie trug einen Slip mit blauweißen Karos und einer kleinen Schleife, mittig am oberen Rand. An der Tür huschte jemand vorbei, vermutlich Madonna, die anderen Patienten über die Zeit rettend. Kein einziges Schamhaar schaute an den Seiten hervor, Ronald konnte jedoch einige Stoppel ausmachen, die erkennen ließen, dass sie keine Stelle ihres Körpers ungepflegt ließ. Bewundernswert. Aus den Lautsprechern stieg Sade Adus Stimme empor, um eine angenehm entspannte Stimmung in den Raum zu bringen: «The sweetest Taboo», cool, laidback, soulful. Es hatte Klasse.

Er zog ihr das Kleid über den Kopf und warf es kunstvoll in die Ecke. Ihr Bustier war aus demselben Stoff wie der Slip, mit dünnen Trägern versehen. Auch in seiner Mitte thronte eine kleine, unschuldige Schleife. Ronald stellte den Absaugschlauch ab, das Geräusch störte ihn. Er ließ ihn jedoch in Judiths Mund, falls sich noch einmal zu viel Blut im Rachen sammeln sollte. Als er das Bustier öffnete und ihre kleinen, aber wohlgeformten Brüste hervorholte, vernarrte er sich sofort in ihre überproportional großen Brustwarzen. Sie gaben diesem engelsgleichen Geschöpf etwas Anrüchiges, etwas Wolllüstiges. Sie wollten mehr, und ihr unschuldiges Rosa versuchte diese Gier zu kaschieren. Ronald schmierte ihre rechte Brust mit Vaseline ein und strich die lila Impregum-Masse darüber, die sonst für Zahnabdrücke gebraucht wurde. Er wollte eine Erinnerung haben. Eine passende. Dann zog er vorsichtig den Slip unter dem Po her, ihre langen Beine entlang, um ihn endlich auf den Boden werfen zu können. Um Judiths Schamlippen wuchs ein formvollendetes, dünnes Rechteck. Selbst die Haut daneben war leicht gebräunt. Nachdem er ihre Arme entspannt hinter ihren Nacken drapiert hatte, begann er, über ihren Körper zu streicheln, ihn immer wieder von oben nach unten abfahrend, wie ein Beschwörer, ein Zauberer, der diese Jungfrau zum Schweben bringen wollte. Ronald schloss die Augen, sich ganz dem taktilen Erlebnis der sanften Rundungen und der glatten, leicht gefeuchteten Haut hingebend, mit der Nase dicht seinen Händen folgend und den feinen zitrusartigen Duft der jungen Frau einatmend. Jetzt wollte er sie auch schmecken. War ein Sinn erst gereizt, mussten alle anderen folgen. Auch sie wollten Befriedigung, wollten Judith zu sich nehmen. Ronald wusste schon, wo er beginnen würde. Beim Riechen hatte er länger an ihren Achseln verharren müssen, den leicht animalischen Geruch genießend, der aus ihren Schweißdrüsen drang, und sich mit dem floralen Deo vermischte, das sie aufgetragen hatte. Er drückte seine Zungenspitze in die Mitte der weichen, feuchten Hautpartie und leckte strahlenförmig nach außen, seinen Mund immer mehr mit der leicht beißenden Mischung füllend. Ronald schluckte nur langsam, ließ das sanfte Tuch ihres Körpersafts genussvoll in seinen Körper eindringen. Ihre kleinen Brüste schmeckten leicht cremig, vermutlich waren sie erst vor kurzem eingeölt worden. Die sich aufrichtende, raue Struktur der großen Brustwarzen war eine Berg-und-Tal-Fahrt für seine Zungenspitze, nach der nun auch sein Körper lechzte.

Es war Zeit, Madonna hereinzurufen.

Sie würden sich beeilen müssen. Es blieb nur noch Zeit für einen Quickie. Er zog sich die Hose bis zu den Knien herunter und ging zur Tür, öffnete sie einen Spalt und rief nach ihr. Sie kam schnell zur Tür gestöckelt.

Ein paar Signalworte würden genügen.

«Ich bin schweinegeil auf dich! Ich will dich ficken! Jetzt! Sofort!»

Madonna war überrascht, aber nicht unvorbereitet.

«Der Herr Doktor scheint es ja ganz besonders nötig zu haben! Mal gucken, ob die Schwester sich um ihn kümmern kann ...»

Sie wollte hereinkommen, doch Ronald ließ sie noch nicht.

«Pass auf! Es gibt eine kleine Änderung, also sei nicht erschreckt, wenn du jetzt reinkommst, okay! Keinen Ton!»

Er presste ihr seine Finger auf den Mund und zog sie herein. Das war auch nötig, denn ein dumpfer Schrei warf sich gegen seine Handinnenfläche.

«Es ist nicht das, wonach es aussieht! Ich habe sie nur ausgezogen! Sonst nichts! Komm, mach dich nackig und leg dich über sie, und dann bumsen wir wie die Schweine!»

Er nahm seine Hand weg.

«Jetzt bist du wohl total irre geworden!», hätte Madonna am liebsten gebrüllt, aber sie hatte sich so weit unter Kontrolle, dass nur ein gepresstes Flüstern herauskam.

«Du kannst doch die Frau nicht einfach ausziehen, das ist ...»

«Ja?! Was ist das? Nichts ist das! Gar nichts! In der Sauna würde ich sie auch so zu sehen bekommen! Ich hab sie nicht angerührt! Ich hab nur ein wenig Atmosphäre geschaffen für uns beide ...»

Er zog sie an ihrem Arsch zu sich.

«Bück dich, ich brauch's *jetzt*, Madonna!»

«Du bist pervers!»

«Das magst du ja so an mir ...! Komm, mach schon, sonst wacht sie wieder auf! Und wir müssen sie danach ja auch noch wieder anziehen!»

Bevor Madonna etwas sagen konnte, stopfte Ronald ihr mit einem Kuss den Mund und bugsierte sie dabei zum Behandlungsstuhl, auf dem Judith ausgestreckt lag. Sein steifer Schwanz quetschte gegen Madonnas Bauch.

«Ich flehe dich an! Bitte, tu's für mich! Ich platze sonst!»

Madonna nahm Ronalds Hände von ihrem Hintern, seine Gelenke wie Rohrzangen umschließend.

«Das ist total abartig! Was ist los mit dir?! HALLO! Hallo, Realität?! Du dürftest echt keinen einzigen Patienten mehr behandeln! Du bist krank, Ronald, weißt du das, *krank*!»

«Natürlich, *du* kannst das gerade beurteilen, Frau Hauptschulabschluss!»

«In welcher Welt lebst du Arschloch eigentlich?!»

«In meiner, Schnucki, in meinem ganz persönlichen Paradies ...»

Madonna drehte ihm den Rücken zu und nahm angewidert die schon hart gewordene Abdruckmasse von Judiths Busen und wischte die Vaseline weg. Dann zog sie das bewusstlose Mädchen wieder an, wobei Madonna all ihre Kraft aufbringen musste, was sie nur noch mehr fluchen ließ. Gewissenhaft saugte sie Judith den Mund aus.

Ronald stand, die Arme vor der Brust gekreuzt, betont lässig an der Tür. Und seine Hose war wieder dort, wo sie hingehörte.

«Mein Gott, was bist du spießig, Madonna! Ach, von wegen ‹Madonna›! *Michaela Pfeiffer!* Mit drei F. Richtig gut deutsch, die Frau. Erst einen auf aufgeschlossen machen und dann die Arschbacken zusammenkneifen, wenn's spannend wird! Du enttäuschst mich echt! Du bist erschreckend langweilig, Mädchen! Ich glaub, da verabrede ich mich demnächst lieber mit der Schwester Oberin vom Orden der Heiligen Inkontinenz! Die wird bestimmt nicht so rumzicken wie du!»

Madonna befestigte nur noch einen frischen Tropfschutz um Judiths Hals, bevor sie sich umdrehte.

«*Pass auf, was du sagst!* Und pass auf, wie du mich behandelst! Das hier kann dich ganz schnell deine Lizenz kosten! Ab jetzt sage ich, was gemacht und wann gefickt wird! Und der Herr Doktor hat zu spuren!»

Sie griff sich in die Kitteltasche und zog den Busenabdruck hervor.

«Sonst erfährt Fräulein Förster *davon*! Hier wird sich ab jetzt einiges ändern! Und auch die liebe Martina wird sich daran gewöhnen müssen!»

Judith erwachte.

Früher als gedacht.

7. Kapitel

Der See lag still und starr. Und stumm. Und alles andere, was der Dichter noch im Sack der Beschreibungen für ein romantisches Plätzchen bereithält. Es war ein ausgesprochen schöner Tag, samt lauem Lüftchen, einigen strahlend weiß gewaschenen Wölkchen und einer kräftig bollernden Sonne. Aber nicht das war der Grund, warum Julia und Marius sich nun daran machten, Bötchen zu fahren. Julia hatte Angst, und wer sie kannte, konnte das erkennen. An diesem Morgen hatte sie sich automatisch schwarz gekleidet, als ginge sie zur Beerdigung. Eine von Marius' guten Seiten war, dass er die Probleme von anderen akzeptierte und versuchte, sie zu verstehen, anstatt sich darüber lustig zu machen. Er wollte Julia jetzt ablenken, auf andere Gedanken bringen, die Situation in einen realistischen Kontext stellen. Außerdem wusste Marius, dass er sich wieder ins Zeug legen musste, nicht nur jetzt am Ruder, wenn er die Ehe nicht aus ebendiesem laufen lassen wollte.

Sie hatten eine Stunde auf ein Boot warten müssen und waren in der Zeit um den Decksteiner Weiher spaziert. Pünktlich trafen sie wieder an dem kleinen betonierten Pier ein, wo man in die Nussschalen mit Rudern einsteigen konnte. Nummer 12 kam gerade von seiner Kurzkreuzfahrt um die in der Mitte des Sees gelegene Insel zurück, gerudert von einem brüllenden Jungen mit Baseballkappe, der versuchte, die beiden Mädchen, die mit ihm im Boot saßen, mittels Ruderschlägen nass zu machen. Es klappte nicht. Die Mädchen schrien trotzdem die ganze Zeit, eine Mischung aus Furcht und Freude. Die letzten Meter vor dem Pier schaukelte die Baseballkappe dann noch gehörig, was auch die letzten Brüller aus den Mädchen herauslockte, bevor die bezahlte Stunde abgelaufen war.

Julia mochte das Gefühl auf Anhieb nicht, wackelnde Planken unter sich zu haben. Beim Einsteigen klammerte sie sich lange an der Bootsverleiherin fest, die ihr mit der Hand Halt gab. Marius dagegen wirkte unbeeindruckt, lächelte nur kurz, als das Boot sich ein wenig zu sehr nach rechts senkte. Routiniert, so als hätte er schon an unzähligen Ruderolympiaden teilgenommen, setzte er sich und bewegte das Boot mit ein paar kräftigen Ruderschlägen weg von dem mit Menschen gefüllten Pier hinaus auf den kleinen See.

Julia sog die frische Luft tief in ihre angespannten Lungen und ließ sie mit gespitzten Lippen langsam wieder hinaus. Marius konnte nicht anders, als seiner Begeisterung für die eigene Idee freien Lauf zu lassen.

«Ist das nicht eine wahre Idylle hier?! Perfekter kann es doch gar nicht sein!»

«Ich glaube, es war wirklich eine gute Idee von dir, hier vorher hinzufahren.»

«Und jetzt vergiss einfach, was vor dir liegt, und genieß den Moment!»

Ein paar Enten machten Tiefflugübungen über ihren Köpfen, fuhren dann die Fahrwerke aus und landeten nur wenige Meter entfernt platschend im Wasser. Sie begannen zu quaken. Vermutlich eine Lagebesprechung.

«Momentan bedrückt mich so viel, weißt du, da kann ich den Termin gar nicht gebrauchen, der lag mir schon die ganzen letzten Tage schwer im Magen!»

«Ach, Julia! Dir geht es doch unglaublich gut!»

Sie verzog leicht das Gesicht.

«Na gut, wir zwei hatten in der letzten Zeit ein wenig Probleme. Ich habe über meine Sorge für andere Menschen meine eigene Frau, den Menschen, der mir am allerwichtigsten auf dieser Welt ist, vernachlässigt. Und du hast deshalb, also … du hast eine Ausflucht gesucht. Aber das kann uns beiden doch nichts anhaben! Lass uns die Sache einfach vergessen! Wir haben beide Fehler gemacht und daraus gelernt. Das macht unsere Beziehung nur stärker! Aber darüber haben wir ja heut Nacht schon ausgiebig geredet.»

«Du hast Recht ...»

Sie öffnete den obersten Knopf ihrer Bluse, ihren weißen Schwanenhals entblößend. Marius holte die Ruder ein und ließ das Boot treiben. Er wollte die Hände frei haben, um mit ihnen Julias zu fassen. Er lächelte sie an, und sie musste zurücklächeln. Für einen Moment war es, als wären ihre Sorgen nur Flausen im Kopf.

«Tja. So ist das wohl.»

«Willst du rudern? Das wird dich bestimmt ablenken! Dann merkst du gar nicht, wie die Zeit vergeht!»

«Nein, nein, ich entspanne mich hier im Heck, Steuermann. Volle Kraft voraus! Rammen Sie nur keinen Eisberg!»

«Hm?»

«Du bist der *König der Welt*, Leichtmatrose!»

Marius schaute sie fragend an.

«In letzter Zeit kommst du auf komische Ideen! Du bist schon ganz schön verrückt, weißt du das!»

Die Sonne hatte den schwarz gekleideten Fleck auf dem See mittlerweile ausgemacht und schickte ihm eine Extraportion UV-Strahlen, nur um mal klarzustellen, dass eine etwas fröhlichere Farbe angesagt war. Oder deutlich weniger Kleidung. Julia zog ihre schwarze Strickjacke aus.

«Ruder doch mal zu der Insel hin, vielleicht kann man da ja an Land gehen?»

«Nein. Das haben schon viele versucht – du kennst ja die Jugendgruppen! –, aber ich weiß von keinem, der es geschafft hat.»

«Lass es uns trotzdem versuchen!»

Marius steuerte die Inseln an. An einer seichten Stelle der Böschung saß eine Ente im Wasser und fraß gierig. Marius sah sie als Erster.

«Guck doch mal da! Das ist ja eine ganz besonders hungrige Ente! Ein richtiges kleines Raubtier!»

Julia drehte sich um, damit sie das kleine Naturschauspiel auch sehen konnte.

«Kannst du näher hinrudern?»

«Willst du sie wirklich beim Essen stören?!»

«Ruder doch noch ein bisschen mehr ran! Die bemerkt uns doch gar nicht.»

Mit einem leichten Ruderschlag ließ Marius das Boot, das Heck voran, auf die Ente zutreiben. Julia lehnte sich ein wenig vor, um das Tier besser beobachten zu können. Es war ein Erpel mit glänzend grünem Kopf. Er hatte die Schnabelspitze unter Wasser gepresst, als würde er sich festhalten, und schüttelte seinen Bürzel wild hin und her.

«Ruder lieber wieder weg. Ich glaub, die Ente isst gar nicht. Wir stören bei was ganz anderem …»

«Ach was, wo soll denn die andere Ente sein? Wohl kaum unter Wasser auf Tauchstation.»

Unter dem Erpel schälten sich Konturen aus dem leicht sämigen Grün des Wassers.

«Guck doch hin! Das ist keine andere Ente, sondern eine Plastiktüte. Dass die Leute auch alles einfach in den See schmeißen müssen! Aber ich muss jetzt trotzdem wegrudern, sonst laufen wir noch auf Grund.»

Marius versuchte zu wenden, indem er nur mit dem rechten Ruder paddelte, aber das Boot hatte noch zu viel Schwung Richtung Böschung drauf, so dass es mit der Seite, über die Julia lugte, geradewegs auf die Ente zutrieb, die sich partout nicht von der Plastiktüte lösen wollte. Erst im letzten Moment schwamm sie davon, sichtlich gestört und verärgert schnatternd. Die Plastiktüte kam an die Oberfläche.

Sie war tot.

«Das ist eine Ente, Marius! Bring sofort das Boot weg! Los! Die ist am Hals ganz komisch rot! Nun fahr doch schon weg! Mach jetzt! Schnell!»

Marius stieß sich mit dem Ruder an der Böschung ab. Jetzt sah auch er die tote Ente, deren Kopf wie gebrochen auf dem Gefieder lag, die Augen halb geöffnet. Dieses Tier hatte ein unscheinbares braunes Gefieder, es war ein Weibchen.

Julia schüttelte sich und zog die Strickjacke wieder über.

«Von weitem sah es so niedlich aus …»

«Aber immerhin hatte dieser Vorfall *ein* Gutes: Du hast nicht mehr an den Zahnarzt gedacht!»

Als sie die Praxis betrat, war niemand zu sehen. Die Tür hatte offen gestanden, um frische Luft hereinzulassen. Die Räumlichkeiten erfüllten auf den ersten Blick sowohl die Kriterien für eine hygienische Praxis als auch die für eine innenarchitektonisch geschmackvolle. Sie war modern, mit Stil. Ein gutes Zeichen. Julia fühlte sich direkt etwas sicherer. Sie ging zum Anmeldepult und wartete, bis die Arzthelferin erschien. Die war ein schlechtes Zeichen. Eine Barbie-Puppe, die sich das lange blonde Haar hoch gesteckt hatte, als sei sie ein 50er-Jahre-Hollywoodstar. Auch ihr Make-up wirkte angesichts des weißen Kittels geradezu grell. Sie hatte sich herausgeputzt. Welcher Arzt würde so etwas zulassen? Welcher Arzt stellte solche Sexbomben überhaupt als Arzthelferinnen ein? Julias Angst kam wieder aus den kleinen Verstecken in ihrem Körper herausgeschossen und begann zu zwicken. Ausgiebig.

«Guten Tag, mein Name ist Heide-Kyll. Ich habe einen Termin um 14 Uhr.»

Die aufgebratzte Arzthelferin blätterte beiläufig im Planungsbuch und fuhr mit einem Finger die Namensliste des Tages ab.

«Ja. Ihre Versicherungskarte bitte. Nehmen Sie schon im Wartezimmer Platz. Ich rufe Sie dann auf.»

Noch bevor sich Julia auf den Weg zum Vorhof der zahnärztlichen Hölle machen konnte, huschte die Arzthelferin an ihr vorbei Richtung Toilette, ein Schminkköfferchen in der Hand. Nur nicht verunsichern lassen! Weitergehen. Hinsetzen. Nachdem Julia sich wieder einmal über die Softporno-Magazine gewundert hatte, die unter einigen der mit Werbung bedeckten Umschläge lauerten, wählte sie den ‹Spiegel› aus und versuchte, sich für die Spesenabrechnungen der Bundesminister zu interessieren. Ihre Zähne schmerzten nicht mehr, ihr Mund stellte sich tot, ein letzter Versuch, von der Verstümmelung verschont zu werden. Das machte er immer. An der offenen Tür ging der Arzt vorbei, ein junger Mann mit bordeauxroter Jacke. Er machte einen eifrigen Eindruck, so schnell wie er vorbeirauschte. Ein gutes Zeichen. Aber er schwenkte seinen Koffer ein wenig zu sehr, um als ausgeglichen durchzugehen. Ein schlechtes Zeichen. Aber alle hatten gesagt, dieser Zahnarzt sei gut, würde mit der neuesten Technik operieren, hätte eine ruhige Hand, setze Spritzen, die man nicht mitbekam, und könnte zudem phantastisch mit kleinen Kindern umgehen. Die städtische Legendenbildung hatte in seinen heilenden Händen einen Kristallisationspunkt gefunden. Die Schwester folgte ihm aufgeregt stöckelnd und gleichzeitig rufend. Julia konnte nichts verstehen. Noch ahnte sie nicht, was zwischen den beiden vorging.

Sie versuchte, sich zu konzentrieren, den medikamentösen Geruch zu ignorieren, das hohe Surren des Bohrers, die erdrückende Angst, die jeder der wartenden Patienten ausstrahlte. Von den Spendenabrechnungen zu den Stammeskriegen in Afrika, den Globalisierungsstrategien multinationaler Konzerne zum neuen Film von Woody Allen, wanderten Julias Augen und sahen doch nur Bohrer, Mundschutz und Hände in Latex-Handschuhen. Das blonde Vorzimmergift erschien sichtlich genervt in der Tür und rief sie auf. Julia wurde in Behandlungsraum 3 verfrachtet, welcher in der hintersten Ecke der Praxis untergebracht war. Alle Folterinstrumente lagen fein säuberlich auf einer Serviette, die wiederum auf einem leicht zu säubernden Metallblech ausgebreitet war.

Sie bekam ihr Lätzchen.

«Der Doktor kommt gleich.»

Julia sah sich um, ohne Zeitschrift nun vollkommen hilflos der Angst ausgeliefert. Sie versuchte den Text auf der Urkunde für die Laser-Therapie zu entziffern. Zu klein. Nervös sah sie an sich herunter, zog ein wenig hier und da an ihrer schwarzen Kluft. Die Musik tat so, als wäre alles in bester Ordnung. Fröhlich plätscherte sie aus den kleinen Boxen. Das Leben ist schön. Wir sind alle glücklich. Niemand will dir was Böses.

Julia hörte, wie sich die hinter ihrem Stuhl liegende Tür öffnete. Dann sah sie den jungen Arzt, der ihr lächelnd die Hand entgegenstreckte. Er war sehr attraktiv und hatte ein offen freundliches Gesicht.

«Guten Tag, Frau Heide-Kyll. Ich bin Dr. Dahmen. Sie sind heute zum ersten Mal hier?»

«Ja.»

Er nahm sich ihr Patientenmerkblatt und nickte ein paar Mal, als er es las.

«Wo haben Sie denn Schmerzen?»

«Unten rechts, der Backenzahn. Also nicht im Moment, aber vor kurzem hat es noch so wehgetan, dass ich Tabletten nehmen musste.»

«Hm. Ich sag Ihnen, was ich jetzt mache, Frau Heide-Kyll. Ich werde mir zuerst einmal alle Ihre Zähne anschauen. Dann werd ich mit etwas Kältespray testen, ob sie noch reagieren, also ob noch Leben in ihnen steckt. Und da ich noch keine Panorama-Röntgenaufnahme von Ihnen habe, machen wir das danach auch, so habe ich direkt einen Gesamteindruck. Ist das in Ordnung?»

«Ja. Ich stimme Ihrer Vorgehensweise da voll und ganz zu!»

Julia schnaufte, überrascht von ihrer übertrieben akademischen Ausdrucksweise.

«Kann es sein, dass Sie ein wenig nervös sind?»

Erleichtert atmete Julia aus. Der Mann schien Menschenkenntnis zu haben. Ein sehr gutes Zeichen! Sie musste sich jetzt nicht mehr verkrampft zusammenreißen, konnte endlich offen zu ihrer Angst stehen und sich jemandem anvertrauen. Vielleicht würde er dann ja bei ihr ganz besonders aufpassen, und sie wäre mehr als nur eine kariöse Stelle im Mund.

«Das bin ich! Ich weiß, dass es kindisch ist, aber ich habe schreckliche Angst vorm Zahnarzt! Ich weiß auch nicht, warum, es ist noch nie was Schlimmes passiert, aber irgendwie macht mich das jedes Mal ganz verrückt, und ich kann nächtelang nicht schlafen, also das ist ganz schrecklich, ich will dann nur, dass es endlich vorbei ist –»

Dr. Dahmen legte seine Hand beruhigend auf Julias, die wild gestikulierend durch die Luft schwirrte.

«Ich kann das gut verstehen. Ich hatte früher auch schreckliche Angst vorm Zahnarzt. Deswegen bin ich auch selber einer geworden. Sie müssen sich wirklich keine Gedanken machen! Ich setze Ihnen bei der Behandlung eine Injektion –»

«Sie können mir auch gerne zwei setzen!»

«Nein, das wird gar nicht nötig sein. Eine reicht vollkommen, und danach spüren Sie gar nichts mehr! Jeder Mensch ist natürlich verschieden schmerzempfindlich, und wenn Sie doch etwas spüren sollten, höre ich sofort auf und setze Ihnen gern noch eine. Aber glauben Sie mir: Das kommt fast nie vor!»

Julia war noch nicht ganz überzeugt. Das war unübersehbar. Ihr Gesicht verriet es.

«Und wenn Sie ganz brav sind, bekommen Sie hinterher auch einen Lolly!»

Sie musste lachen, das befreite, er hatte ja Recht, es war alles halb so schlimm.

«Sie können mir vertrauen! Es passiert nur das, was Sie wollen. Ich will, dass Sie sich wohl fühlen, dass Sie sich entspannen. Geben Sie mir eine Chance? Sie werden es nicht bereuen, versprochen!»

Das letzte Mal, als sie einem Mann vertraute, hatte sie es auch nicht bereut. Nacht für Nacht bewies er, dass das Vertrauen gerechtfertigt war. Auch dieser hier hatte eine Chance verdient. Er war so einfühlsam, und seine Augen strahlten große Ruhe aus. Normalerweise würde sie einem Arzt, der so gut aussah, nicht vertrauen, aber Dr. Dahmen strahlte nicht nur Kompetenz aus, sondern hatte auch eine ganz besonders charmante Art. Julia lächelte ihn kokett an.

«Na gut, Sie sollen Ihre Chance bekommen! Aber dafür möchte ich auch, dass Sie Ihr Bestes geben!»

«Verehrte Frau Heide-Kyll, Sie sollen nicht weniger als das bekommen! – Dann lassen Sie uns direkt anfangen: Würden Sie Ihren Mund bitte aufmachen? Ich schau mir die Zähne jetzt erst einmal nur an und kratze ein wenig mit dieser kleinen Sonde hier, um die Beschaffenheit zu prüfen. Das dürfte nicht wehtun.»

Und es tat nicht weh. Jetzt brauchte sie keine weiteren guten Zeichen mehr. Dr. Dahmen behandelte ihren Mund mit größter Sorgfalt und Vorsicht.

«Sie haben sehr schöne Zähne! Und sehr gepflegt!»

Dr. Dahmen lehnte sich auf seinem Hocker zurück.

«Sie werden nicht glauben, in welchem Zustand manchmal die Zähne der Patienten sind! Ich kann ab und an wirklich den Speiseplan der ganzen Woche wiederfinden …»

Julia rümpfte angeekelt ihre Nase.

«Das tut mir sehr Leid für Sie! Aber ich komme gerne öfters, wenn Ihnen das hilft!»

«Wenn *das* nicht hilft, dann weiß ich nicht, was sonst! – Manchmal kann man im Leben gut Hilfe gebrauchen …»

«Haben Sie Sorgen?»

Es war, als hörte sich Julia diesen Satz von außen sagen. Hatte sie gerade wirklich den Arzt etwas Persönliches gefragt? Wieso? Er war ein wenig vom Thema abgekommen, aber das war ja kein Grund nachzufragen. Was ging es sie an? Aber es interessierte sie. Dieser Mann interessierte sie. Nur so.

«Ist das so offensichtlich?»

«Die meisten Ärzte gucken nicht so grüblerisch drein …»

«Wenn *Sie* zur Untersuchung da sind, bestimmt nicht!»

«Das will ich doch hoffen!»

Sie lachten beide. So frei und offen hätte sie vor kurzem nicht mit einem Wildfremden reden können. Und flirten. Aber jetzt war sie freier. Die Welt war wieder eine Chance. Dank Araki.

«Gleich wird meine Freundin mich besuchen kommen.»

«Und das ist so schlimm?!»

«Nein, das wäre natürlich eigentlich ein freudiges Ereignis …»

«Aber?»

«Aber Madonna, also Michaela, eine meiner Arzthelferinnen, hat sich in mich verguckt, und, naja, sie bedrängt mich. Und ich dachte mir, es ist gut, wenn sie mich und meine Freundin einmal zusammensieht, um zu begreifen, dass sie keine Chance hat und dann leichter damit umgehen kann.»

«Haben Sie ihr denn nicht gesagt, dass Sie nicht mehr frei sind?»

«Doch, immer wieder, aber Menschen sehen nur das, was sie sehen wollen! Es sei denn, sie können den Blick nicht mehr abwenden!»

«Weiß sie, dass Ihre Freundin kommt?»

«Gesagt hab ich's ihr nicht, aber ich denke, sie hat es sich selbst zusammengereimt.»

«Es wird ihr nicht gefallen.»

«Oh, nein! *Das* glaub ich auch! Es riecht förmlich nach Ärger. Wenn eine Saat aufging aus Weibertränen, von der würd jeder Tropfen ein Krokodil!»

«Shakespeare?»

«Shakespeare, und Recht hat er!»

«Sind Sie etwa ein Shakespeare-Jünger?»

«Ich werde immer mehr zu einem. Das Zitat stammt aus Othello. Einer meiner besten Freunde ist Schauspieler, und er hielt es für angebracht, mir das Zitat für das heutige Zusammentreffen mit auf den Weg zu geben.»

«Da müssen Sie durch! Aber ich denke, es ist der einzige Weg.»

Dr. Dahmen stand auf.

«So ist es, und der einzige Weg für Sie führt nun über den Gang ins Röntgenzimmer. Die besagte Dame wird Sie begleiten ...»

Er rief die Arzthelferin und schickte sie mit Julia wieder hinaus, ihr nachrufend, doch mal das neue Band einzulegen. Das schien sie zu nerven.

«Das neue Band! So was kann ja in der Dorfdisco laufen, aber doch nicht in einer Arztpraxis! Dem werd ich gleich was dazu sagen! Nicht mit mir!»

Normalerweise sollten Angestellte nicht so über ihren Chef reden, schon gar nicht vor Patienten, aber das schien ihr vollkommen egal zu sein. Julia wunderte an dieser Frau nichts mehr. Unglücklich verliebt, was konnte man da erwarten? Während sie die Bleischürze umgelegt bekam, wagte sie einen kommunikativen Vorstoß.

«Herr Dr. Dahmen ist ein sehr freundlicher Arzt. Und er wirkt sehr kompetent.»

Die Arzthelferin funkelte Julia an.

«O ja, *das* ist er! Freundlich und kompetent. Ich würde Ihnen nur raten, niemals eine Vollnarkosebehandlung bei ihm zu machen!»

«Wieso?»

«Ach ... ich finde, es ist einfach *sicherer*, wenn man mitbekommt, was mit einem passiert und jederzeit sagen kann, wann man genug hat.»

Sie steckte Julia den Fixierungsstab in den Mund und erklärte ihr, dass sie die ganze Zeit darauf beißen müsse.

Dann verschwand sie aus dem Röntgenzimmer. Kurz danach surrte der gewaltige radiologische Apparat um Julias Kopf herum. Als sie wieder auf den Flur trat, hatte sich nicht nur die Musik geändert. Untermalt von Marianne Rosenberg, schritt eine hoch gewachsene Blondine auf den Empfang zu. Die Arzthelferin ging eisig zu ihr. Julia hörte sie fragen, ob sie helfen könne, aber es klang mehr, als würde sie anbieten, Sterbehilfe zu leisten. Das beeindruckte die ebenso stilvoll wie knapp bekleidete Frau jedoch nicht. Sie lächelte freundlich.

«Ich möchte gern zu Ronald, er wollte mir heute endlich mal die Praxis zeigen! Sagen Sie ihm doch bitte, dass ich da bin!»

«Und Ihr Name ist?»

Dies war weniger eine Frage als eine Beleidigung. ‹Du bist Dreck!› hätte nicht unfreundlicher klingen können.

«Kohde. Oder sagen Sie ihm lieber, dass sein kleiner Popopuschel da ist ...»

Im Vorbeistampfen schickte die Arzthelferin Julia wieder ins Behandlungszimmer. Julia ging ungern, denn sie wollte wissen, wie diese Begegnung ausgehen würde. Aber sie sollte wenig davon verpassen, denn der Austragungsort des akustischen Schlammcatchens würde im Behandlungsraum neben ihr stattfinden. Dorthin geleitete Madonna den Popopuschel, und dort trafen beide auf Dr. Dahmen. Zuerst konnte Julia kaum Worte ausmachen, vernahm nur Lautstärke- und Tonhöhenschwankungen. Die dünne Glasplatte, die als Tür fungierte, schaffte es aber irgendwann nicht mehr, die immer lauter werdenden Gesprächsfetzen unkenntlich zu machen. Worte drangen durch.

«Wissen Sie denn, was ihr *feiner Freund* so alles in der Praxis treibt? Oder spielt er Ihnen etwa den Treuen vor?»

«Bilden Sie sich etwa ein, er würde was mit Ihnen haben, Sie Flittchen?! Aber nur in Ihren Träumen!»

«Immerhin habe *ich* keinen kriminellen Vater!»

Schock. Die Stimme des Arztes erklang.

«Das war deutlich unter der Gürtellinie, Frau Pfeiffer. Das habe ich Ihnen streng vertraulich erzählt!»

«Wie konntest du dieser dummen Gans nur *so etwas Privates* von mir erzählen?! Das geht die überhaupt nichts an!»

Julia wollte aufstehen und näher zur Tür gehen, um endlich sehen zu können, was vorging. Aber Anstand siegte über Neugier. Stattdessen setzte sie sich gerade hin, den Kopf in Richtung Tür, ihre Antennen ausrichtend.

«Und ob mich das was angeht! Das ist ja der Grund, warum er mich zwar fickt, aber *offiziell* nichts läuft! Es könnte die *arme, sensible* Schnepfe ja verletzen! Also jetzt mal Klartext: Dein Stecher vögelt sich hier die Seele aus dem Leib, weil er dich nämlich total ungeil findet! Du bringst es einfach nicht! Also hau ab!»

Davon hatte Dr. Dahmen ihr eben nichts erzählt. Es war nur von anhimmeln die Rede gewesen. Jetzt würde eine Eskalation nicht mehr zu vermeiden sein. Sollte Julia einschreiten? Sollte sie schlichtend zwischen die Parteien gehen?

«Das ist ja *die* Unverschämtheit! Das muss ich mir von einer kleinen Schlampe wie dir nicht bieten lassen!»

Ein sattes Klatschen war zu hören.

«Begreifst du's jetzt!? Er gehört *mir*! Und *du* schleichst dich lieber wieder in den Puff, aus dem du gekrochen bist!»

Das nächste Geräusch klang dumpfer, aber dem Schrei nach zu urteilen, schien es mehr Schmerzen verursacht zu haben. Dann waren stolpernde Schritte zu hören, wieder ein Schrei und noch mehr Schreie.

Julia stand auf, es konnte niemand von ihr erwarten, sitzen zu bleiben. Nebenan wurde jemand massakriert! Aber bevor sie die Klinke herunterdrückte, nahm der Arzt die Sache selbst in die Hand. Julia verharrte vor der Glastür.

«Auseinander, ihr zwei! Lass sie los, Madonna! LASS SIE LOS!»

«Nein! Nein! Nein! NEIN! DU DRECKSFOTZE!»

Die zweite Frauenstimme, die von Dr. Dahmens Freundin, versuchte zwischen ihren Schmerzensschreien Worte herauszustoßen.

«Hör auf! Ich bin gar nicht seine Freundin!»

Stille.

Julia ging näher an das Milchglas und konnte erkennen, dass jemand am Boden lag und eine Person in einem weißen Kittel auf ihr saß. Im Moment bewegte die Arzthelferin sich nicht, hatte aber die Hand gehoben. Dr. Dahmen fand als Erster die Sprache wieder.

«Aber Martina, was redest du denn da? Wie kannst du so was nur sagen?»

«Es tut mir Leid, Herr Dahmen, aber das hier ist wirklich eine Nummer zu groß! Dafür können Sie mich gar nicht genug bezahlen!»

Es folgte wieder ein Moment der Ruhe, in dem alle versuchten das Chaos in ihrem Kopf zu ordnen. Dr. Dahmen war wieder sehr flink.

«Martina, ich begreif dich nicht! Hat sie dich am Kopf getroffen?»

Die Stimme der Arzthelferin war zu hören.

«Was soll das alles?»

«Vergessen Sie's, Doctore! Ich mach nicht mehr mit. Also, hör zu, Mädchen: Ich bin eine Schau –»

«RUHE!», brüllte der Arzt dazwischen und riss der Arzthelferin mit solcher Wucht an ihren hochgesteckten Haaren, dass diese aufgingen und das Mädchen nach hinten auf den Boden geworfen wurde. Dann kniete er sich zu seiner am Boden liegenden Freundin und half ihr auf.

«Komm, Schatz, ich bring dich ins Krankenhaus, das muss direkt untersucht werden! Und egal *wie teuer* die Operation ist, ich werd's *bezahlen*!»

Er nahm sie in den Arm, aber sie riss sich los. Julia drückte den Türgriff herunter und öffnete die Tür einen Spaltbreit. Ihr Herz klopfte im Hals. Die vermeintliche Freundin fauchte den Arzt an.

«Nein! Ich find das sowieso total mies! Und wenn Sie jetzt wieder schreien, dann fang ich auch an zu schreien! Das können Sie gerne haben!»

Nichts war zu hören, außer einigen Schmerzensbekundungen der Arzthelferin.

«Okay. Ich bin eine Schauspielerin. Dein Macker hier hat *mich* organisiert, um *dich* loszuwerden. Es gibt gar keine echte Freundin, er hatte nur Schiss vor 'ner Beziehung. So ist das! Ich schlage vor, du verlässt dieses Aas, und wir zwei gehen irgendwo was trinken? Hm?!»

Julia schloss die Tür wieder. Sie war verunsichert. Eben noch hatte Dr. Dahmen so nett gewirkt, konnte er wirklich ein solches Charakterschwein sein? Egal, wie sanft die Hände dieses Mannes waren und wie einschmeichelnd seine Worte, wenn das alles stimmte, würde sie sich lieber von einem Metzger die Zähne herausschneiden lassen als von diesem Blender. Julia wollte weg. Aber sie wollte auch das Ende mitbekommen, Klarheit in ihr Gefühlschaos bringen. Sie konnte schemenhaft erkennen, dass die ‹Schauspielerin› der auf dem Boden liegenden Arzthelferin aufhalf, die, wieder auf den Beinen, unsicher herumstöckelte. Aber sie schaffte die wenigen Schritte zu Dr. Dahmen. Es klang, als würde sie ihn anspucken.

«Ich hätte *alles* für dich getan! Aber du bist der letzte Dreck! Wie konnte ich nur mit dir was anfangen! Du Scheißkerl!»

«Komm, hau ab! *Sofort!* Ich will dich nicht mehr sehen! Es gibt bessere Frauen als dich! Tausende! *Jede* ist besser als du! Da muss man noch nicht mal suchen!»

«Es gibt bessere Frauen als mich! Wo?? Im Computer, du Wichser? Du bist doch total weggetreten! Psychisch krank bist du! Eine Gefahr für die Menschheit! Gnade der armen Frau, die auf dich reinfällt!»

Die Arzthelferin drehte sich um und ging zur Tür.

«Und die Sache mit Judith bringe ich vor die Ärztekammer! Das schwöre ich dir! Du wirst niemanden mehr vergewaltigen!»

Vergewaltigung!? Dieser Mann? Sollte ihre Menschenkenntnis sie so getäuscht haben? Julia konnte es nicht glauben. Und sie wollte es nicht glauben. Aber auf jeden Fall war diese Praxis ein Tollhaus. Wie betäubt verließ sie den Behandlungsraum und traf im Flur auf Madonna und die Schauspielerin, welche neben ihr aus der Tür schossen. Sie würde mit ihnen reden, sie *musste* mit ihnen reden, und wenn die Geschichte stimmte, konnten die beiden bestimmt ein wenig seelsorgerischen Beistand gebrauchen. Und wenn auch die Sache mit der Vergewaltigung kein Hirngespinst war, keine haltlose Beleidigung, dann würde sie dem Arzt ganz persönlich die Hölle heiß machen.

Was würde sie machen, wenn Marius wieder überraschend auftauchte? Einmal war keinmal. Zweimal war immer. Und obwohl sie die Tür verschlossen hatte, würde er sich auch von der anderen Seite denken können, was sie tat. Sie konnte nur höllisch leise sein, ein paar Abrechnungsbücher der Kirche offen auf den Schreibtisch legen und hoffen, dass Marius ihre Geschichte glauben würde, wenn er sie zur Rede stellte: Dass sie nicht schlafen konnte wegen dem Drama beim Zahnarzt und deshalb noch etwas arbeiten wollte, um sich abzulenken. Warum sie abgeschlossen hatte? Darauf gab es keine gute Antwort. Nur dass sie momentan sehr schreckhaft war. Aber das war dürftig. Sie musste einfach Gottvertrauen haben, was blieb ihr sonst übrig? Und auf eine kindliche Art salzte die Gefahr sogar die Begegnung mit Araki. Julia hoffte, ja sie glaubte, es würde immer so weitergehen. Aber es würde nicht. Obwohl sie nicht ahnen konnte, dass dies die letzte Nacht in sicherer Umgebung sein würde, hatte Julia sich für diesen Chat doch etwas Besonderes ausgedacht. Digitale Gleichberechtigung. Nicht nur Dr. Dahmen konnte Frauen ausnutzen. Araki war schon da. Trotz Julias neuem Namen erkannte er sie sofort.

<Araki> Ich schätze mal, du hast deinen neuen Namen nicht ohne Grund gewählt?

<Medusalem> Nein. Natürlich nicht. Heute werden wir mal die Kleider tauschen, und mehr. Ich wollte immer schon mal wissen, wie es sich auf der anderen Seite anfühlt ...

Araki würde bestimmt Spaß daran haben. Julia hatte sich auch schon einen Namen für sein weibliches Alter Ego ausgedacht. Es war nur ein kleiner Scherz, aber sie hatte eben, als er ihr eingefallen war, sehr darüber lachen müssen. Die Hände vor den Mund gepresst, damit Marius nichts davon mitbekam.

<Araki> Lass uns das bitte ein andermal machen, ich hatte heute einen ganz besonders beschissenen Tag. Das ist mir jetzt zu anstrengend.

<Medusalem> Zier dich nicht so, Mädchen!

<Araki> Ich mein's ehrlich. Mein Leben hat heut die Richtung geändert & nicht zum Guten. Ich möcht mit jemandem drüber reden. Mit dir. Ich glaube, du bist der einzige Mensch, der mich verstehen kann. Sorry für das Betroffenheitsgeseiere ...

Wollte sie etwas Privates über ihn erfahren? Von seinen Problemen? Nein. Julia wollte *hier* nicht auch noch die Seelsorgerin sein. Das war sie schon in der Gemeinde. Der stellvertretende menschliche Kummerkasten – falls der erste besetzt oder nicht da war. Hier war sie nur eine Frau. Oder ein Mann.

<Medusalem> Dann lenk dich doch jetzt ab! Und schlüpf ganz aus deinem Leben raus! Erinnerst du dich noch, als ich ein Newbie war? Da hast du mir auch gesagt, das hier hätte nichts mit der Realität draußen zu tun! Es ist besser! Wie wär's, wenn du rüberkommst, und den ganzen Ballast drüben lässt?!
<Araki> Das hier ist nicht besser ... DU bist besser! Egal wo!
<Medusalem> Dann komm doch her zu mir! Ich bin hier!
<Araki> Ich werd ganz nah zu dir kommen ... so nah wie nie zuvor ...

Na also! Es ging doch! Sie würde bekommen, was sie wollte.

<Medusalem> Ich schlage vor, du hast einen asiatischen Frauennamen: Marisu. Aber du bist eine typische deutsche Frau. Wie man sie an jeder Supermarktkasse findet. Verändere dich *jetzt*! Führe die Geschlechtsumwandlung durch! Oder brauchst du noch Schere und Hormonspritzen?
* *Araki heißt nun Marisu*
<Marisu> Es ging auch so. Und es hat gar nicht wehgetan, Mutti! Der Onkel Doktor hat gar nicht gebohrt ...
<Medusalem> Fang bloß nicht mit Zahnärzten an! Da bin ich heute gar nicht gut drauf zu sprechen. Also, wie siehst du aus, du geile kleine Schnecke?
<Marisu> Wieso? Was ist passiert? Erzähl!

Wollte er heute nicht? Sollte sie umsonst das togolesische Fruchtbarkeitssymbol aus dem Wohnzimmer geholt haben? Es stammte von der Partnergemeinde in Lomé und war ein Begrüßungsgeschenk gewesen – sonst hätte Marius diese kleine Schweinerei auch niemals ins Haus gelassen. Das dunkle Holz war in Form eines überdimensionalen Penis geschnitzt, die Eichel monströs geschwollen. In das Glied war zudem auf einer Seite die Figur eines Mannes mit erigiertem Penis eingeritzt und auf der anderen die einer breitbeinig stehenden Frau mit weit geöffneter Vagina.

Aber heute war es Araki wohl völlig egal, wie weit ihre Vagina geöffnet war.

<Medusalem> Ich möchte heute nicht mit dir reden! Ich möchte Spaß haben! Das schaffen wir doch sonst auch. Oder hast du etwa deine Tage ...?

Julia fuhr mit beiden Händen über das glatte, harte Holz des Fruchtbarkeitssymbols. Sie wurden feucht. Ihre Erregung hatte schon einen langen Weg zurückgelegt. Denn sie begann nicht erst, wenn Araki anfing, sie mit Worten auszuziehen, sondern schon, wenn sie leise aus dem ehelichen Bett aufstand und auf weichen Pfoten den Weg zum Arbeitszimmer zurücklegte, wenn der Computer anfing zu fiepen und der Monitor mit einem Zischen ins Leben sprang. Das war alles Vorspiel.

Hoffentlich ging es Araki genauso.

<Marisu> Ich bin ein Flittchen mit dicken Möpsen, die aus meiner engen weißen Bluse rausquellen, wie aus einem Obststand. Meine Taille ist schmal, aber ich habe einen Arsch wie ein Brauereipferd. Und knackig ist der! Zum Reinbeißen! Meine wasserstoffblonden Haare sind lang, ein bißchen gelockt, Sauerwelle. Natürlich bin ich stark geschminkt, grellroter Lippenstift, Rouge, Lidschatten. Die ganze Latte ein-

mal rauf & runter & nur das teuerste Intimdeo für meine große voll behaarte Muschi. Tampongröße XXL. Gut eingefahren! Ich trag einen arschkurzen Rock, pink Lack, weiße Strapse, aber keinen Slip. Ich bin halt eine Schlampe ... ich möcht ein wenig nuttig aussehen, aber teuer!

<Medusalem> Wir sind in der Bürobaracke meines Gebrauchtwarenhandels. Die Tür ist abgeschlossen. Du bist allein mit mir, Baby! Mir ausgeliefert! Ich bin ein echter Kerl: Halbglatze, schlecht rasiert und Bierbauch. Und ich stinke nach ranzigem Schweiß und Benzin. Ich will, dass du mich scharf machst, auf die gute, alte Weiberart. Wie es sich gehört. Ein bisschen an deinen dicken Brüsten rumspielst oder dir mit deiner Zunge scharf über die knallroten Lippen fährst. Ich finde es auch geil, wenn du sexy für mich tanzt, während du dich ausziehst. Los! Strip für mich! Du bist doch scharf auf meinen dicken Schwanz. Nicht wahr, Kleine?

<Marisu> & wie scharf ich auf den bin! Ich werd ihn gleich aus seinem Käfig befreien! Du willst also, dass ich an mir rumspiele? Dir ein bisschen Zucker gebe & zeige, was du bekommen kannst?

<Medusalem> Wenn du willst, dass ich dich gleich rannehme, Baby, dann solltest du das schnellst möglich tun! Sonst such ich mir ne andere! Die stehen doch Schlange, weil sie's brauchen!

Ja, sie war ein richtig mieses Macho-Schwein, braun gebrannt, mit Goldkettchen und Brusthaartoupet. Das tiefer gelegte schwarze Golf-GTI-Cabrio mit Kenwood-Anlage stand frisch gewachst draußen vor der Tür und konnte sie zu einer der unzähligen Frauen bringen, die in ihrem Schweinsleder-Büchlein standen. Mit Bewertung direkt daneben. Diese hier hatte drei Sterne. Höchstnote.

<Marisu> Ich geh rüber zur Stehlampe & klemm sie mir zwischen die saftigen Schenkel & reib sie auf & nieder ... auf & nieder ... & stecke mir dann den Zeigefinger in den Mund & beginne daran zu lutschen ... auf & nieder ... ich schmatze & stöhne dabei ... mit der anderen Hand packe ich den Lichtschalter und knipse ihn an & aus ... auf & nieder ... an & aus ...

<Medusalem> Das beeindruckt mich nicht, solange du angezogen bist, Flittchen! Und reib dich lieber an meinem Bein! Mein Schwanz zeichnet sich deutlich unter der viel zu engen abgewetzten Jeans ab. Er hat sich noch kein bisschen bewegt, und das willst du doch ...

<Marisu> Klar will ich das! Ich komm jetzt auf dich zu & zieh auf dem Weg meine Mokassin-Stiefel aus. Ich stell mich breitbeinig vor dich hin, die Beine weit auseinander & fahr mir mit den Fingern an den Innenseiten der Schenkel hoch. Ich weiss, dass dich das geil macht ... & mich auch ... Ich drück mich so an dich, dass dein Arm genau zwischen meinen Brüsten klemmt, dann fahr ich an dir rauf und runter, meine Möse über dein Bein reibend, und mit meinem Oberschenkel über deinen Schwanz schleifend, der sich langsam aufrichtet. Jetzt geh ich dir gleichzeitig auch noch mit meinen langen Fingernägeln durch die frisch gefönten Haare, zerzause sie, kratze über deine Brust, den Bauch ... und streichel ausgiebig deinen Schwanz, bevor ich dir die Eier kraule ...

Julia klemmte sich das Fruchtbarkeitssymbol zwischen ihre Beine, das untere Ende gegen ihre Boxershorts gepresst. Und obwohl es ein einfaches Täuschungsmanöver war, fühlte sie sich glaubwürdiger in ihrer Rolle. Sie umfasste das glatt polierte Stück Holz mit Daumen und Zeigefinger und fuhr einmal hoch und runter, den vollen Umfang wahrnehmend.

<Medusalem> Jaaaaaa ... es tut sich was zwischen meinen Beinen, Baby! Mein dickes Rohr erwacht zum Leben. Ich lege meine Pranke auf deinen dicken Arsch, während du dich an mir reibst wie eine rollige Katze. Mit der anderen öffne ich meinen Hosenstall ...

<Marisu> Oh ja, ich kann deinen Schwanz schon riechen ... die ersten Tropfen Tinte glänzen auf deinem dicken Füller ... du kannst es ja kaum noch erwarten, endlich in meine heiße & immer feuchter werdende Muschi reinzudürfen ...

<Medusalem> Ich glaube eher, du hältst es nicht mehr lange aus, Baby! Aber mich musst du noch mehr aufgeilen, wenn ich's mit dir treiben soll! Zieh dich aus! Vielleicht läuft mir dann das Wasser im Mund zusammen. Zeig mir deine dicken Titten!

Julia konnte das Wort Titten nicht leiden, aber hier gehörte es hin, in diese miese Absteige von einem Büro, mit dem billigen Teppich, dem Schreibtisch aus Spanplatten und dem abgewetzten braunen Ledersofa. Der perfekte Ort für animalischen Sex. Sollte die geile Schlampe sie doch erst mal richtig heiß machen. Julia würde es ihr dann schon besorgen.

<Marisu> Ich knüpf mir die Bluse auf ... laaaaangsaaaaam ... damit du genüsslich zugucken kannst, dann pfeffer ich sie in die Ecke & öffne meinen BH, der wie eine Sprungfeder von meinen Titten flitscht. Jetzt kannst du sie sehen, meine prachtvolle Milchtheke! Ich schmier mir was von dem Motoröl drauf, das auf deinem Schreibtisch steht, da-

mit sie glänzen & gleich besser gleiten, denn jetzt komm ich zu dir! Scheiß auf das Vorspiel! Ich brauch's! Ich zieh dir die Hose runter bis zu den Knien, und die Unterhose gleich hinterher. Da steht er auch schon vor mir & streckt sein rotes Köpfchen hoch ... Ich nehm meine Brüste in die Hände und klemm ihn dazwischen, langsam reibend, mein weiches Fleisch über sein hartes drückend ...

Julias Erregung verwunderte sie selbst. Aber das störte nicht. Sie zog ihre Boxershorts aus, um das Fruchtbarkeitssymbol direkt an ihr Geschlecht drücken zu können. Dann schaute sie an sich herunter, ihr neues Körperteil bewundernd. Sie konnte die Hände nicht davon lassen. Die Tür umständlich mit einer Hand öffnend, rannte Julia in die Diele, um sich dort im Spiegel zu bewundern. Ihr T-Shirt abstreifend, stellte sie sich seitlich vor den Spiegel, ihren Unterarm so vor ihren Busen haltend, dass dieser verschwand. Ihren Penis hielt sie waagerecht vor die Scheide.

Sie war kein hübscher Mann. Aber sie hatte einen gewaltigen Schwanz.

Und jetzt konnte sie auch im Stehen pinkeln.

Das Holzstück ständig an ihre Schamlippen gepresst, keinen Moment den Druck verringernd, ging sie breitbeinig zurück ins Arbeitszimmer.

<Medusalem> Mein dicker, steifer Schwanz mag was du machst, Baby! Aber jetzt drück ich dich weg von mir. Los, zieh dich ganz aus! Und spiel dir mal ein bisschen an deiner Muschi rum! Mach dich heiß! Und dann nehm ich dich! Ich werd dich flachlegen!

<Marisu> GEILO! Ich spring auf & schieb meinen engen Rock runter. Aber meine Strapse zieh ich nicht aus. Ich find's geiler mit! Ich steh jetzt also fast ganz nackt vor deinem Sofa & spiel an meiner Möse

rum & reib sie mir feucht ... oooOOOoooooaaaahh ... Wie lang brauchst du denn NOCH? Ich will endlich gefickt werden! Sonst steck ich mir den ausmontierten Schaltknüppel rein, klar?!

<Medusalem> Warte, Baby! Dein Macker kommt ja! Ich zieh mir das Hemd aus, Hose und Unterhose lass ich an meinen Knien, humpel zu dir rüber und schmeiß dich auf's Sofa. Zwischen meinen Schenkeln prangt mein prächtiger, großer Schwanz und er ist genau auf dich gerichtet! Ich fühl sein Gewicht in meiner Hand. Jetzt mach die Beine breit! Ich will ihn reinstecken!

Und sie wollte es wirklich, sie wollte dieser Frau genau das geben, was sie brauchte. Sie wollte es tatsächlich mit dieser *Frau* treiben. Julia dachte nicht mehr daran, dass nur ein afrikanisches Stück Holz zwischen ihren Beinen steckte. Sie hatte auch gar nicht gemerkt, wie sie es beim Reiben immer tiefer in ihre Scheide getrieben hatte und dies jetzt weiter tat, während sie auf das wartete, was Marisu schrieb. Die kleine Schlampe!

<Marisu> OhjaaaAAAA! Besorg's mir! Ich rutsch auf dem Sofa ganz nach vorn, damit dein Schwanz direkt das goldene Loch findet! Meine Fotze läuft über vor Geilheit! Ich mach die Beine so breit, dass sie fast auseinanderreißt! Ich halt's nicht mehr aus ohne deinen Schwanz! Ich bin so fickrig, dass ich zitter! Los! Hau deinen Knüppel rein, wo er hingehört!!-!!!!!!!!!!!!!

Sie drückte ihn rein.

<Medusalem> Ich stoß mit meiner dicken Wurst in deine heiße Muschi, ganz tief rein, bis zum Anschlag ... Und zieh sie wieder raus! Jetzt merkst du erst, was dir fehlt, dann wuchte ich sie wieder rein und pack dich, damit du auf dem Sofa nicht weggeschoben wirst von meiner Wucht. Mein Arsch ist jetzt stahlhart angespannt und sorgt für den nötigen Druck, ich sink tiefer ins Sofa, um von einem anderen Winkel zuzustoßen. Jetzt hab ich deine geile Stelle getroffen und treff sie wieder und wieder und wieder und dann kommt das Sperma aus meinem Schwanz raus, eine Rakete startet in meinen Eiern und schießt hinaus und schießt wieder und ich brülle wie ein Stier und mein Schwanz schwillt noch dicker an und noch fester und wird gleich explodieren, es ist so geil mit einem Schwanz, so geil so geil so geil ich besorg's dir ICH BESORGS DIR SCHLAMPE!!!

<Marisu> JAAAAAAAAAAAAAHAAAAAAAAAA komm zu mir, mach mein Loch voll, es dehnt sich so geil & dein heißes Sperma brennt in meiner Fotze, die immer größer wird, immer größer & geiler! Du zerreißt mich! Mein ganzer Körper ist nur noch Möse, ist nur noch feucht & heiß & jetzt seh ich die Sterne, nein, große Sonnen, die aussehen wie Eicheln & sie platzen auf! Du geiler Bock bringst es! Du geiles Schwein! Ich schrei nur noch, ich SCHREEEEEIIIII und zerkratz dir das ganze Sofa, bis der Schaumstoff rausquillt, mach weiter, mach weiter, MACH WEITER! HÖR NICHT AUF!!!!!!!!!!!!!!!!!!!!!!

<Medusalem> Ich fick dich, bis dein ganzer Körper in Flammen steht! Bis jede deiner geilen Poren vor Erregung feucht wird, und selbst dein linkes Knie einen eigenen Orgasmus bekommt, Baby! Meine Lenden spucken Feuer!

Julia wartete darauf, dass der Cursor sich auf dem Bildschirm bewegte, die nächsten Worte freigab, die Zeit wieder losließ.

Aber nichts geschah.

Der Monitor blieb stumm. Zu lange. Aber Marisu hatte sich nicht ausgeloggt. Sie musste also noch da sein. Vielleicht war sie mit sich selbst beschäftigt? Vielleicht waren es *ihre* Lenden, die gerade spuckten?

Aber bisher hatte Araki immer zurückgeschrieben. Postwendend.

`<Marisu> assugen bblick 111`

War Arakis Tastatur kaputt? Spontan Legasthenie ausgebrochen? Oder versuchte er zu viel gleichzeitig? Julia wurde unruhig und rutschte mit ihrem nackten Po auf dem Stuhl herum, wobei sie merkte, dass er feucht und glitschig geworden war. Es roch gut. Aber sie konnte den Spuren ihrer Lust im Moment nicht nachspüren. Arakis Worte fehlten ihr, sie wollte endlich weiter mit ihm sprechen und es ihm auf all den anderen geschmacklosen Einrichtungsgegenständen des Büros besorgen. Julia war heiß. Und ihr Schwanz noch immer hart.

`<Marisu> Ich kann meine rechte hand nicht mehr brewegen, du musst mich anrufen. bitte. meine nummer istz 0221-4759110 zurt sicherheit..::0221 - 4759110. bitte. die nacht darf soo nicht zui ende gehen`

Julia starrte auf den Bildschirm, das Fruchtbarkeitssymbol noch immer tief in sich. Die Lust wie ein brodelnder Sumpf in ihrem Bauch. Julia wollte ficken. Sie wollte sie.

Sie wollte Marisu, die eine Kölner Nummer hatte.

Genau wie sie.

8. Kapitel

In ihren Fingerspitzen warteten die Zahlen, ihre Hautzellen wussten, welche der Erhebungen aus weichem schwarzem Gummi sie drücken mussten, damit Julia die Stimme hören könnt, die schon seit Wochen mit ihr sprach. In ihrem Kopf. Ein wohltönender Bariton, scharf modulierend, Worte sprechend, die im richtigen Moment wie Gänsefedern Julias Wirbelsäule entlangstrichen.

Diese Stimme würde sie verlieren.

Und mehr. Sie würde auch all die anderen Stimmen verlieren, all die anderen Persönlichkeiten, die dieser Liebhaber mit gespaltener Persönlichkeit beherbergte. Sie würde keine Frau mehr lieben können, keinen animalischen Höhlenmenschen, keinen griechischen Jüngling, dessen Stimmbruch seine Unerfahrenheit nur faszinierender machte. Wenn sie ihren Fingern freien Lauf ließ, würde sie ihm *seine* Stimmbänder und damit *seine* Geschichte geben. Und diese würde nicht mehr verschwinden. Sie würde in seinen Worten spürbar sein, den Modulationen, dem Vibrieren, dem Innehalten, dem Atmen. Oder dem Stöhnen. Seine Sprache würde wieder ihm gehören. Nicht mehr ihren Ansprüchen, Wünschen, Träumen. Keine Projektionsfläche mehr. Keine weiße Wand. Sie würde viel verlieren.

Sie hatte viel nachzudenken.

Aber ihr Körper befand sich immer noch im schäbigen Büro eines Gebrauchtwarenhändlers. Und ihr Schwanz pochte, erregt von einer Frau, die bald keine mehr sein würde. Julia rollte die hölzerne Statue wie Feuerholz in ihren Händen und genoss, wie sie in ihr wühlte. Jetzt war sie bei sich. Und von Sinnen. Sie nahm das Telefon und ging damit aufs Klo, stellte es vor ihre Füße auf den nackten Steinboden und ließ ihre Finger wie in Trance die Tasten suchen, und mit jedem Drücken gab sie etwas mehr Kraft auf das Fruchtbarkeitssymbol. Sie wählte schneller. Es musste weitergehen! Sie würde bis zum Morgen kalt duschen müssen, wenn jetzt Schluss wäre. Aber bald würde es eine Stimme geben. Über den Wassern. Und die Welt würde an Kontur gewinnen, was sie an Chancen verlor.

Das Freizeichen.

Endlos lang.

Dieser warme Ton, geduldig sein Werk verrichtend. Warum ging Araki nicht ran? Warum hörte sie nun schon zum zweiten Mal das Freizeichen? Was tat sie da überhaupt? Hatte sie sich tatsächlich mit dem Telefon auf dem Klo eingeschlossen? Rief sie tatsächlich gerade einen wildfremden Mann an, der im Internet Sex mit wildfremden Frauen hatte? Das war doch jetzt schon das dritte Freizeichen! Vielleicht hatte sie sich verwählt! Sie sollte auflegen!

Und sie legte auf.

Und sie wählte wieder.

Das Freizeichen dehnte sich noch mehr in die Länge. Julias Schläfen pochten, und das Blut spielte ‹Fang mich!› in ihrem Körper. Sie nickte apathisch mit dem Kopf, sich beruhigend, ihr Atmen war ein Schnaufen, ihre Füße zogen scharrend über den Boden. Wann kam der Startschuss? Wann würde sie ihre Hufe tief in die Erde bohren können? Das zweite Freizeichen. Sie umkrampfte das Stück Holz zwischen ihren Beinen. Äußerlich wie innerlich. Das dritte –

«Hallo …»

Die Stimme. Zurückhaltend, vorsichtig tastend, als könnte schon diese unverfängliche Begrüßung das Ende bedeuten. Es war, als lese er einen Text ab. Die Stimme war nicht unangenehm, heller, als Julia erwartet hatte, aber bei weitem kein Tenor und zweifelnder, nichts vom befreienden Selbstbewusstsein, das er im Net versprüht hatte. Sie kam ihr sogar irgendwie bekannt vor. Julia wusste nicht, woher, vielleicht gehörte sie einem Schauspieler aus dem Fernsehen.

Ronald wartete. Und zitterte. Er stand vor der neu gekauften John-Wayne-Figur, mit dem Telefonapparat in der Hand, als würde er gleich den ersten, den entscheidenden Schuss abgeben. Er musste gut zielen. Das Risiko war groß. Sein Leben – zumindest das mit ihr – konnte zu Ende gehen. All seine jahrelang erworbene Sicherheit im Umgang mit Frauen, der wie ein Gasherd anspringende Charme, das patentierte Lächeln und die lässige Dressman-Haltung waren nur noch Erinnerungen an einen Richard-Gere-Film, den er vor ewigen Zeiten gesehen hatte. Sie antwortete nicht. Er musste also noch einmal schießen, seine rostige Waffe wieder einsetzen und hoffen, dass der Abzug nicht klemmen würde. Und er einen tiefen Eindruck hinterlassen würde. Mitten im Herz. Oder tiefer. Er musste reden. Die Stille brechen.

«Ich bin sehr froh, dass du angerufen hast! Ich, ich hab, wahrscheinlich genau wie du, ziemlichen Bammel vor diesem Augenblick gehabt.»

Julia dachte, dass ihr dieser Augenblick noch nie in den Sinn gekommen war.

«Ich weiß genauso wenig wie du, wie das jetzt gehen soll, aber ich weiß, dass ich unbedingt deine Stimme hören möchte, die hab ich mir, du kannst dir das vorstellen, die hab ich ... Bist du noch da?»

Er musste das doch fragen dürfen, oder? Das war doch eine ganz verständliche Frage? Riss das Netz? Brach die Verbindung? Blattschuss?

Julia hielt den Hörer etwas weg vom Ohr. Hörspiel. «Die drei Fragezeichen und der nackte Mann». Aber *sie* hatte schließlich angerufen, also konnte sie jetzt genauso gut etwas sagen. Aber es war so persönlich. Die Stimme preisgeben, einen Teil von sich. Sie würde ihn teilen, so wie er jetzt seine Stimme teilte, die in ihrer Verletzlichkeit und Ängstlichkeit Vertrauen bei Julia erweckt hatte. Kein Verrückter. Kein Monster. Ein Mensch. Mit Schwächen. Ein Gruß würde nichts kosten. Ein Hallo war noch keine Verpflichtung.

«Hallo.»

Und wieder Stille. Und das Herz pulste Blut in ihre Ohren, als wollte es sie zu Ballons aufblähen. Julia spürte auch einen Schmerz in den Lungenflügeln. Der Sauerstoff zirkulierte nicht mehr.

Seine Stimme erlöste sie.

«Puh! Du hast eine schöne Stimme. Da bin ich jetzt aber erleichtert, dass du keine Nebelkrähe bist! Oder schon 85 und mit mir deinen zweiten Frühling erleben wolltest!»

Ronald lachte befreit auf und begann sich ein wenig zu entspannen, ließ seine Schultermuskulatur wieder ein wenig zurückgleiten, seinen Nacken die ungesunde Haltung aufgeben.

Julia lachte ebenfalls, zuerst über Ronald, aber dann auch über sich selbst, wie sie da in dem winzigen Klo saß, gerade einmal breit genug für die Toilette und nur so lang, dass noch ein kleines Waschbecken mit Kaltwasser reinpasste. Nicht der richtige Ort für Sex. Zumindest nicht, wenn man dafür mit seinem Körper gelenkig sein musste. Aber vielleicht waren ihre Gedanken ja flexibel genug. Und vielleicht konnten die es sogar schaffen, diese Erotik so raumfüllend zu gestalten, dass Julia den Geruch des Klosteins nicht mehr wahrnehmen würde. Immer noch lachend, fragte Ronald sie, wo sie war.

Auf einer Frühlingswiese – die penetrant aus dem kleinen Handtuch neben dem Waschbecken strömte? Oder lieber nahe den Ideal-Niagarafällen, die gottseidank alles mit sich rissen, was sich ihnen in den Weg stellte?

«Ich sitz auf einem großen, glatten Stein im Hafen von Kopenhagen …»

Nein, das ging nicht, auch nicht, wenn sie die Augen zumachte.

«Okay, ich sitze auf dem Klo. Also, jetzt nicht, dass ich gerade, also halt nur in diesem Raum. Ich *benutze* es nicht!»

Durfte er jetzt einen Witz über ihre Umständlichkeit machen? Sie könnte es falsch verstehen. Ronald trug das Telefon rüber zur großen Couch, in die er sich hineinsetzte, vornübergebeugt, zum Sprung bereit.

«Also ich sitz gerade auf meinem Sofa, also ich *benutz* es gerade.»

Da war ihm doch ein Witz rausgerutscht! Verdammt!

«Anders wäre das ja auch kaum möglich.»

Das war schnippisch gewesen. Ruhe bewahren.

«Tja, wo *möchtest* du denn sein?»

Julia meinte, in seiner Stimme etwas Forderndes zu hören. Als wäre er gehetzt, als wollte er nur das Eine, und das schnell.

«Weiß ich jetzt nicht. Ich bin halt hier. Wenn dir das nicht passt, dann kann ich's auch nicht ändern!»

«Nein, das hab ich ja gar nicht gesagt, ich wollt einfach nur wissen –»

«Ich weiß, was du wissen wolltest, aber ... ach, das funktioniert so einfach nicht! Das geht nicht!»

«Doch, streng dich nur mal 'n bisschen an, dann geht's bestimmt!»

«Hast *du* mir das zu sagen?!»

«Nein, klar, hab ich natürlich nicht, aber, ich wollt ja nur, dass wir's ausprobieren ...»

Julia spitzte den Mund. Diese Scheinheiligkeit! Warum sagte er nicht einfach, was er wollte?! Ausprobieren, klar! Sonst nichts!

«Das haben wir ja jetzt.»

«Nein, hey, ich mein: Denk doch nochmal an eben zurück! Ich bin immer noch da in dem Verschlag. Oder, wenn du das lieber willst, dann sag ich dir auch, dass ich hier nackt sitze. Weißt du, *ich* stell mir vor, wie du da nackt auf dem Klo sitzt. Das erregt mich!»

Julia fand das abartig. Und es machte sie wütend.

«Was kann dich daran erregen, dass ich hier auf dem Klo sitze? Bist du ein Perverser, oder was?»

«Wie kannst du mich *so was* fragen?! Nach allem, was zwischen uns gewesen ist?!»

«Was ist denn zwischen uns gewesen? Ich kenne dich ja überhaupt nicht, wie du gerade eindrucksvoll bewiesen hast!»

«Du kennst mich besser als jeder andere Mensch auf der Welt! Und ich weiß, dass du mich auch verstehst!»

«Das geht mir alles zu weit! Ich möchte das nicht mehr hören. Ich, nein ...»

«Medusa, bitte, beruhig dich! Wir haben ja Zeit!»

«Ich heiße nicht *Medusa*, verdammt nochmal! Ich, lass mich jetzt in ... ich ... mach's gut oder auch nicht!»

«Du kannst doch jetzt nicht einfach so auflegen!»

«*Natürlich kann ich das!*»

Sie legte auf.

So eine verdammte Scheiße!

Diese ganze Araki-Sache war ausgeartet!

Schmerzhaft schnell zog Julia das feuchte Fruchtbarkeitssymbol aus sich heraus und warf es auf den Kachelboden. Das Geräusch war wie ein Schock. Der Hypnotiseur hatte mit den Fingern geschnippt. Die Realität war wieder da. Der Wurf hatte einen Höllenlärm gemacht. Marius würde kommen. Sie war nackt. Ihre Kleidung lag im Arbeitszimmer. Sie hatte das Telefon bei sich. Und diesen traditionellen afrikanischen Dildo. Sie müsste gar nicht erst versuchen, eine Ausrede zu finden.

Das Sofa hielt Ronalds Schläge besser aus als seine Trommelfelle das Gebrüll. Hätte King Kong diese Schmerzensschreie gehört, als er damals auf dem Empire State Building stand, total zerschossen von den kreisenden Doppeldeckern, er hätte seine eigene Situation als doch ganz passabel eingestuft. Aus dem Schlafzimmer fauchte Jasper, und es schien, als würde er sich gegen die verschlossene Tür werfen. Ronald versuchte, die Polsterung des Sofas aufzureißen. Aber er hatte wohl zu viel für das gute Stück bezahlt, denn es hielt. Beherzt griff er deshalb zur Wodkaflasche und soff, als könne er dadurch wenigstens sich selbst kaputtmachen. Nach kurzer Zeit bekam er keine Luft mehr und spuckte den Alkohol gleichmäßig verteilend auf den Teppich. Versagt! Er hatte versagt! Und sie hatte sich scheiße benommen, aber das war nicht *ihr* Fehler. Er hätte vorsichtiger sein müssen und nicht so gierig, nicht mit dem Schwanz denken. Wie hatte seine Ex immer gesagt? Er sei ein echter Dinosaurier. Recht hatte sie, er würgte seinen immer noch erigierten Penis, bis es zu schmerzen begann und er lieber wieder, mit nachlassender Kraft, auf das Sofa einschlug. Die Zeit zurückdrehen! Vergangenes ungeschehen machen! Diese Frau war sein Ziel! Und er … fuck John Wayne!

Das Telefon klingelte. Er zog den Hörer.

«Medusa?!»

«Nein … Julia.»

Jetzt musste er alles richtig machen! Das war seine letzte Chance!

«Es tut mir Leid wegen eben. Sorry, wirklich! Ich war wohl etwas zu schnell.»

«Oder ich etwas zu langsam …»

«Ist alles in Ordnung mit dir?»

Sollte sie es ihm erzählen? Ihm den inneren Schweinehund zeigen, den sie gerade bewusstlos geschlagen hatte? Ihm gestehen, dass ihr Anruf eine rein triebgesteuerte Handlung war? Sie hoffte zumindest, dass sie sich nicht im Transrapid befand. Beziehungsabteil. Absprung unmöglich.

Die Angst, dass Marius herunterkommen und sie in dieser Situation erwischen würde, hatte ihre Lust noch einmal aufgekocht. Sie wollte nicht an Dampf verlieren. Die Kurzfassung musste genügen.

«Alles in Ordnung mit mir. Gott sei Dank! Obwohl ich einen Höllenlärm gemacht habe, ist mein Freund – also, er ist mein Mann – nicht wach geworden. Ansonsten hätte ich nicht die Chance gehabt, nochmal nachzudenken. – Man muss flexibel sein, oder?»

«Nur für komplizierte Stellungen!»

«Ja, wie wenn man zum Beispiel nackt in einer winzigen Toilette sitzt. Aber es gibt ja Leute, die davon erregt werden …»

«Die soll es geben. Ich hab gehört, die mögen es auch, wenn die nackte Frau dann ein langes Stück raues Klopapier über ihre Brüste zieht, bis diese den Zellstoff durchstoßen …»

«Und diese nackte Frau, was meinst du, was die sich wünscht, was der Klopapierfetischist gerade macht? Also ich könnte mir vorstellen – falls derjenige sich gerade nackt auf seinem Sofa räkelt – er ihr seinen knackigen Po präsentiert und mit dem Telefonhörer darüber fährt, damit sie ihn auch hören kann …»

Das folgende Geräusch klang nicht unbedingt stimulierend, aber weil Julia sich Araki dabei in Adonis-Pose vorstellte, kam es bei ihr zu einer Gänsehaut. Das Geräusch wurde lauter, irgendwie dichter, als würde jemand mit einem Gamsbart über die Löcher der Telefonmuschel streichen.

«Bist du ein Affe, dass du so einen behaarten Hintern hast?»

«Nein, nein, ich dachte, wo ich gerade mal dabei bin, lass ich dich auch hören, wie meine anderen Körperteile klingen …»

Sie konnte das Augenzwinkern in seiner Stimme hören. Er war nun nicht mehr nur ihre Phantasiegestalt. Er lebte. Und er hatte gerade den Telefonhörer an seinen Penis gehalten.

«Das klang aber sehr weich, da hätte ich ein ganz anderes Geräusch erwartet …»

Julia schaffte es nicht, den ironisch-anzüglichen Ton über die Zeit zu retten. Sie musste einfach kichern, verkniff es sich aber sofort wieder und biss lieber auf die Unterlippe.

Etwas klopfte im Hörer. Es klang wie Holz.

«Ach, komm, du veralberst mich! Das hier ist kein Wunschkonzert! Ich möchte das *echte* Geräusch hören …»

«Traust du mir das hier etwa nicht zu?»

Es klopfte wieder.

«Er wird ja wohl kaum aus Eiche sein, oder?»

«Aber fast. Gut, dann leg ich die Fernbedienung eben wieder hin. Wenn du kein Hartplastik willst, dann versuch ich's jetzt mal mit dem am besten durchbluteten Teil meines Körpers …»

«Deinem Kopf? Ich will nicht, dass du deinen Kopf gegen das Telefon haust, hörst du?»

«Mein Kopf kriegt momentan nur das Allernötigste. Der ist im Stand-by-Modus. Nein. Ich hoffe, mein Arm ist lang genug, um ans Ende von meinem … ist schon komisch, das am Telefon zu sagen …»

«Das musst du mir nicht sagen!»
«Meinem … Schwanz … zu kommen.»
«Na, dann versuch's mal, alter Angeber!»
Obwohl Julia auf ein blassgelbes Waschbecken blickte, sah sie doch in Wirklichkeit von schräg oben auf ein großes Plüschsofa samt passendem Mann. Ein dumpfes Pochen war ein paar Mal zu hören, bevor ein lauter Schlag erklang. Gefolgt von einem Schmerzensschrei.
«Du legst dich ja richtig ins Zeug für mich …»
«Immer! – So viel dazu.»
Ronald verzog immer noch leidend das Gesicht, er musste es immer übertreiben!
«Was machen eigentlich deine Brustwarzen? Sind sie schon rot vom recycelten Klopapier oder noch unschuldig rosa, auf einem Hügel aus weißer Haut?»
Julia hatte nicht wirklich in Betracht gezogen, etwas von der Rolle abzureißen. *Dafür* hatte sie nicht beim Sonderangebot zugegriffen. Aber jetzt war es fast, als wäre sie high. Ausprobieren? Warum nicht? Klopapier über den Busen reiben, was war nahe liegender?
Ronald war froh, dass er noch etwas in der Wodkaflasche gelassen hatte. Er widerstand der Versuchung, seinen Penis damit zu verarzten, und entschied sich lieber für die innere Anwendung. Während er sich nach alter Römer-Manier – zumindest falls man den diversen Asterix-Bänden trauen durfte – auf dem Sofa ausstreckte, ließ er den Wodka wie Weintrauben in seinen Mund rieseln. Der Hörer lag an seinem Ohr. Ronald lauschte. Ihr Hörer würde sich in diesem Moment bestimmt den Brüsten nähern. Es konnte nur noch ein kurzer Weg sein. Dann wäre er dort. Ronald vergaß das störende Rauschen des Telefons, die glatte, warme Plastikfläche an seinem Ohr. Er hörte das reibende Geräusch so klar, als wäre er nur Millimeter von den Noppen des Klopapiers entfernt. Und er meinte hören zu können, wie die Brustwarzen durch den dünnen Stoff stachen und in dem Weiß wie vollreife Himbeeren prangten.

Julia war überrascht, wie weich sich das Papier anfühlte. Doch die Reibung erzeugte Hitze, und die Hitze saugte das Blut an. Als es sich in ihren Brustspitzen staute und alle dortigen Sinne weckte, schien das Papier rauer zu werden, und aus dem Streicheln wurde ein Schleifen, aus dem Samttuch ein Schmirgelpapier. Das musste jetzt reichen! Sie faltete das Stück zusammen und klemmte es zwischen Klopapierrolle und Halterdeckel, bevor sie sich das Telefon griff. Starkes Atmen war zu hören, und sie traute sich zuerst gar nicht, in diese Versunkenheit hineinzusprechen. Er schien ganz bei sich zu sein. Oder war er bei ihr?

«Woran denkst du?»

«Ich wär gern dein Telefonhörer ...»

«Hm. *Wenn* du mein Telefonhörer wärst, dann würd ich gerade deine Hüfte umfassen, dein Gesicht an meinem Ohr und deine Füße vor meinem Mund.»

«Beiß doch rein! Meine Füße sind wohl pedikürt und eben erst in Tigermilch gebadet!»

Julia biss ein paar Mal spielerisch in die Muschel. Für Ronald klang es, als würde sie den ganzen Hörer verschlingen.

Ihm kam einen Idee.

«Oh, Entschuldigung, Julia! Das tut mir jetzt aber Leid, dass ich dich in die Wange gepikst habe. Aber ich kann nichts dagegen tun ...!»

«Was meinst du?»

Sie überlegte kurz.

«Soll ich da auch reinbeißen?»

So verlockend Ronald diesen Gedanken im ersten Moment fand, als er sich die Größenverhältnisse vorstellte, machte es ihm Angst. Beruhigend strich er mit der Hand über das reale Gegenstück.

«Danke für das Angebot, aber eine etwas zärtlichere Behandlung wär, glaub ich, besser – vom ärztlichen Standpunkt aus gesehen!»

«Soso, vom ärztlichen Standpunkt aus ... Und bei zum Beispiel Küssen, würde da die Schwellung wieder verschwinden?»

«Ja, *bestimmt*! Das macht sie dann jedes Mal!»

Sie spielte mit. Er hatte es von Anfang an gewusst! Kein tierischer Ernst, nichts Moralinsaures. Dafür diese wundervolle, weiche Stimme, die sich nur langsam an die Erotik zu gewöhnen schien, aber mit jedem Satz sicherer wurde. Er konnte ihren Mund sehen, wie er die Worte formte. Beim Buchstaben O hielt er die innere Kamera an. Standbild.

«Wenn *nicht*, werde ich es mit Beißen probieren!»

Sie lachte und hielt sich schnell die Hand vor den Mund.

«Vielleicht *willst* du dann ja gar nicht mehr beißen! Ich könnte mir das durchaus vorstellen …»

«Mal sehen …»

Die Behandlung begann. Während Julia Küsse durch das Telefon warf, drehte sie sich das Spiralkabel des Hörers um den Finger und zog ihn sachte über ihre Schenkel. Es fühlte sich an wie schmale Hände.

Ronalds Hände hatten derweil ganze Arbeit geleistet. Rund um den Glastisch lag alles verstreut auf dem Boden. Er hatte ihn auf die einfachste und effektivste Art freigemacht. Jetzt lag er rücklings darauf. Er musste nicht mehr vor dem Bildschirm sitzen, wenn er mit Julia zusammen war. Und er konnte die Augen schließen. Das erste Mal. In seiner Welt gab es jetzt nur noch sanfte Küsse, die sein bestes Stück übersäten. Und sein Stöhnen, das immer lauter wurde und immer echter.

Julias Hormone entluden sich überall in ihrem Körper, als sie begriff, dass nur ihre Küsse diesen Mann in solche Ekstase versetzten. *Ihre* Stimme. Und sie spürte wie seine Stimme dasselbe mit ihr tat. Sein erregtes Atmen. Er war plötzlich so nah. Auch sie schloss die Augen.

«Ist das gut …»

«Jaaa, das *ist* gut und ob das gut ist, verdammt, deine Küsse sind –»

«Hör nicht auf zu stöhnen! Und schnauf! Schrei vor Lust, wenn du kannst, denn ich nehme jetzt deinen Kopf und und steck ihn mir rein. Also lass deine Zunge spielen! Leck mich! Ja! *Leck mich!*

Und sei laut, hörst du? Ich will dich hören! Egal wie tief du in mir bist, egal wie sehr ich dich verschlinge, ich –»

Julia drückte sich den Hörer auf die Brust und zog ihn fest an sich gepresst zu ihrer Scheide. Wie ein hauchdünnes Origami faltete sie mit Zeige- und Mittelfinger ihre Schamlippen auseinander und strich zärtlich mit der Hörmuschel über ihre offen liegende Scham. Schnell war das Plastik feucht, und Julia spürte die Schwingungen, die Ronald auslöste. Ein sanftes Vibrieren. Wie die Küsse eines zitternden Mundes.

In ihr stöhnte es laut.

Es war ein zärtliches Spiel, sich diesen kleinen Mann vorzustellen, wie er zwischen ihren Beinen lag.

Sollte er sich ruhig austoben.

Jasper lag auf den Rücken gerollt und räkelte sich, während Ronald ihn kraulte. Katzen kraulen war eine gut ausführbare Tätigkeit, wenn man geistesabwesend war. Oder auf einem Trip. In diesem Fall in der Telefonleitung. Freizeichen. In Ronalds Kopf. Der Hörer lag auf der Gabel. Jasper störte das nicht, er schlug vergnügt mit der Schwanzspitze hin und her, als gälte alle Aufmerksamkeit ihm. Und das schon eine ganze Weile. Da er mit dem Bauch nach oben lag, wärmten auch noch die allerersten Sonnenstrahlen seine Kuschelzone. Jasper kam nicht gegen seine Natur an und schnurrte. Ab und an musste er sich rücklings in eine andere Lage robben, um nicht wundgekrault zu werden. Die Verwöhnstelle zu wechseln war Ronald momentan nicht möglich. Freizeichen. Katzenhimmel.

Das Telefon klingelte.

In Ronalds Augen ging das Licht wieder an. Er musste nur über seine Schulter greifen, um ans Telefon zu kommen, das in dieser Nacht so angenehm die Oberfläche gewechselt hatte. Jetzt war es mit weicher Haut bespannt und an einer Stelle mit dichtem Haar überzogen. Zärtlich griff er den Hörer und führte ihn, ein paar noch schlafende Strähnen aus seinem Gesicht streichend, ans Ohr.

«Guten Morgen! Gut geschlafen?»

«Guten Morgen. Herr Dahmen?»

Ruckartig endete Jaspers Morgenmassage. Der Kater beschloss seinen Napf auszulecken.

«Wer will das wissen?»

«Scherbarth, Bundesärztekammer.»

«Worum geht's denn, Herr Scherbarth?»

«Können Sie sich das nicht denken? Geht's in Ihrer Praxis so drunter und drüber, dass dieser Zwischenfall ganz normal ist?»

Die Stimme des Mannes war scharf wie das Bellen eines Dobermanns. Es war, als könnte man hören, wie ihm der Geifer im Munde zusammenlief.

«Ich weiß nicht, worauf Sie anspielen. Außerdem hab ich jetzt eh keine Zeit. Ich muss in meine Praxis. Auf Wiederhören!»

Aufgelegt. Klingeln. Abheben. Abfuhr erteilen.

«*Lieber* Herr Scherbarth, rufen Sie mich heute Abend an, *dann* habe ich Zeit für Sie!»

«Sie haben *jetzt* genug Zeit! Denn Sie werden nicht in Ihre Praxis gehen! Sondern schön Ihren Arsch zu Hause lassen! Ich hab zwar noch keine Handhabe gegen Sie, aber wenn Sie heute hingehen, dann wird sich das bitter rächen! Das garantiere ich Ihnen!»

Erst jetzt schaltete Ronald, dass dies nicht nur ein lästiger Routineanruf war. Erst jetzt verzogen sich die Schleier der Nacht vollständig. Jetzt, wo sie hätten einiges abdampfen können.

«Sie sind eine Schande für alle Ärzte, *Herr* Dahmen! Wenn das stimmt, was uns Ihre Angestellte erzählt hat – und danach sieht es aus! –, dann könnte *Ihr* krankes Verhalten die gesamte Ärzteschaft in Verruf bringen! Was haben Sie sich nur dabei gedacht, eine narkotisierte Patientin zu vergewaltigen?! Ich kann nicht begreifen, was in Ihnen vorgeht! Und ich will es auch gar nicht!»

«Das ist ja unfassbar! Sie können doch nicht einfach so der Madonna, der Frau Pfeiffer, glauben, ohne mir auch nur eine Chance zu geben, meine Version zu erzählen! Die ist doch nur frustriert! Weil sie mich nicht bekommen hat! Der kann man doch kein Wort glauben! – So, und jetzt geh ich zur Arbeit!»

«Es ist ja nicht nur die Frau Pfeiffer, *Herr* Dahmen! Auch Frau Förster hat bei uns angerufen und Frau Pfeiffers Version bestätigt. Und außerdem hat sich da noch eine äußerst engagierte Pfarrersfrau eingeschaltet, die die Geschichte ganz groß aufblasen will! IST IHNEN EIGENTLICH KLAR, WAS DAS BEDEUTET?»

Egal.

«Tun Sie doch nicht so, Mann! Haben Sie noch nie dran gedacht? Klar haben Sie das! Alle haben das! Und wer weiß, wie viele was machen. Merkt ja keiner! Nur ich, klar, ich muss an 'n Weib geraten, die sich rächen will. Toll! Da kann ich ja nix für! Außerdem ist ja gar nichts passiert! Einen Abdruck von ihrer Titte hab ich gemacht, sonst nichts! Das hätt ich auch bekommen, wenn ich sie so drum gebeten hätte! Wo ist also das Problem, na? Da fällt ihnen nix mehr ein, was?!»

«Da fällt mir wirklich nichts mehr ein! Sie *widern* mich an! Solche Leute wie Sie gehören eingesperrt! Ich verspreche Ihnen: Ich werd Ihnen die Eier so lang ziehen, dass Sie damit Seilspringen können!»

«Ach leck mich doch!»

«Unsere Rechtsabteilung wird sich gleich mit Ihnen in Verbindung setzen. Wir müssen vermeiden, dass das ein Flächenbrand wird! Und wenn Sie nur noch einen Rest Hirn in Ihrem Vergewaltigerkopf haben, dann werden Sie mitspielen. Ich *hoffe*, wir haben uns verstanden!»

Ronald legte auf und den Hörer dann daneben.

Freizeichen.

Erst um 4 Uhr kam der Hörer wieder auf die Gabel, denn um diese Zeit ließ die Bundesärztekammer den Bundesärztekammerstift fallen. Jetzt hieß es wieder warten. Auf's Christkind. Ohne Fernsehen. Ohne Musik, die das Klingeln überdecken könnte. Kein Fortbewegen, ohne die Tür zum Wohnzimmer, zum Telefon, offen zu lassen. Die Fenster seiner Wohnung waren zu Gittern geworden, und Ronald dachte nicht daran, sich den Käfig aufzusperren. Gab es draußen einen Weg, den er gehen wollte? Gehen konnte? Die ganze Situation war absurd, das wusste Ronald, aber auch wunderbar. Er hatte sich fallen gelassen, die Verantwortung abgegeben, die verkrampften Hände vom Steuer seines Lebens genommen. Jetzt fuhr der Wagen selbst. Julia würde ihn schon von den Klippen fern halten. Das Ausharren am Telefon, die Stille der Wohnung, es war das Spiel eines verliebten Jungen.

Als es an der Tür klingelte, ging Ronald nicht hin. Der von der Bundesärztekammer geschickte Jurist hatte es schon zweimal am Nachmittag versucht, doch Ronald hatte toter Mann gespielt. Es klingelte wieder. Dann Sturm. Dann in einer anderen Wohnung, und er konnte hören, wie die Haustür surrte und aufgedrückt wurde. Das hatte der Bursche bei seinen ersten beiden Versuchen noch nicht gemacht! Er lernte. Aber durch die verschlossene Wohnungstür zu gehen, würde er nicht lernen. Es hämmerte an der Tür.

«Ronald, mach auf! Ich weiß, dass du da bist! Ich hab deinen Wagen draußen gesehen! Komm schon! Mach hoch die Tür! Simsalabim!»

Christoph. Ihm wurde geöffnet.

«Hui! Der Herr Dahmen hat ja seinen sexy gelben Bademantel an!»

«Hast du dein Handy dabei?»

«Wie immer.»

«Gib her, ich will mir 'ne Pizza bestellen!»

«Ist dein Telefon kaputt?»

«So ähnlich.»

Ronald verschwand mit dem Handy in der Küche, wo die Preislisten der Pizztaxis an eine Pinnwand geheftet waren. Nach kurzer Zeit kam er fröhlich wieder und setzte sich zu Christoph aufs Sofa.

«Margherita?»

«Was sonst!?»

«War ja nur so 'ne Frage. – Hör mal, mit deinem Telefon ist doch alles in Ordnung?»

«Das hoff ich doch sehr!»

«Okay, Herr Dahmen, dann spucken Sie mal Ihre Geschichte aus, denn der Onkel Christoph hat keine Lust, sich seine Fingerchen schmutzig zu machen und sie dir aus der Nase zu ziehen.»

Ronald erzählte, ohne Umschweife, Beschönigungen, ohne Kopfschütteln und Reue. Es war halt Geschichte.

«Diesmal hast du dich wirklich bis über beide Ohren in die Scheiße geritten, Kleiner! Da wird's verdammich schwer, dich wieder rauszuziehen! Aber irgendwie werden wir deinen Arztkittel schon wieder weiß waschen, du Halbgott!»

Er lachte laut auf. Hoffentlich klingelte jetzt nicht das Telefon!

«Zumindest kannst du dich ja wie ein griechischer Gott unbemerkt jeder Frau nähern!»

Er lachte wieder, diesmal kam er in die Stufe, wo es sich in ein Grunzen verwandelte.

«Aber warum hast du den Anwalt nicht reingelassen? Der Mann spart dir doch die bare Münze! Superpraktisch, das!»

«Ist mir egal. Ich find's selber merkwürdig, aber ... weißt du, es ist passiert, Scheiße, ja klar, aber nu kann man's eben nicht mehr ändern. *Zahnarzt* Dr. Dahmen», Ronald machte eine wegwerfende Handbewegung, «das Leben geht weiter! Aber auf einer anderen Spur. – Wir telefonieren jetzt miteinander. Und bald werden wir uns endlich sehen, hundertpro, es ist nur noch *ein* Schritt!»

«Augenblick! Stopp! Hab ich das richtig verstanden? Du schmeißt deinen Job einfach so hin?! Die Praxis?! Wofür du jahrelang gearbeitet hast?!»

«Ja.»

«Ist deine Birne weich geworden? Wie will sich der liebe Ronald denn seinen Unterhalt verdienen, seinen kostspieligen Lebensstil? Reisen, teure Klamotten, etcetera pp? Willste Schuhe putzen, oder was?»

«Ich will darüber gar nicht nachdenken! Ich hab doch immer

schon die Freiheit gesucht, von wegen Motorradfahren durch den Outback, Abenteuerurlaub im Amazonas-Becken und so 'n Kram. Aber ich wusste immer, dann und dann kommst du zurück und stocherst wieder in anderleuts Zähnen rum! Wo war da die Freiheit? Jetzt ist zum ersten Mal seit Jahren die Tür wieder auf! Und für die erste Zeit hab ich ja noch genug Rücklagen.»

«Aber danach?! Das ist ja total kurz gedacht! Halt dir doch wenigstens die Möglichkeit offen! Wenn's zum Prozess kommt und du deine Zulassung verlierst, dann ist Schluss mit Wiedereinstieg! Und das alles wegen einer Frau, mit der du ab und an telefonierst?!»

«Sie ist ja nicht der Auslöser, aber es trifft sich irgendwie alles. Jetzt hab ich überhaupt erst die Bewegungsfreiheit, mit einer solchen Frau zusammenzuleben. Und das wird bald sein, ich spür das ... Unglaublich!»

«Wild und frei?!»

«Ja. Klar. Echt!»

«Ronald, alter Junge! Wir kennen uns jetzt schon eine ganze Weile, und obwohl du 'ne Menge Macken hast, bist du 'n Klasse Kerl und ein guter Freund, und ich kann dich nicht ins offene Messer laufen lassen. Die Sache mit der Betäubten war Scheiße, und ich weiß, dass du das weißt. Große Scheiße, klar?! Steh dafür grade und versau's dir nicht! Bitte! Von mir aus lass deine Praxis ruhen, nimm dir 'ne Vertretung, aber *klär* die Geschichte! Setz dich mit der Frau zusammen, gib ihr Geld, vor allem: Entschuldige dich!»

«Ach, Chrissie ...! Verbrannte Erde!»

Ronald schüttelte seinen Kopf, als könne er dadurch die Vergangenheit loswerden. Er atmete tief.

«Okay, ja, ich ruf sie an, du hast Recht, das war Scheiße, keine Ahnung, warum ich das ... aber im Endeffekt ist es gut so! Weißt du, mir wird der Boden unter den Füßen weggerissen, und plötzlich kann ich ... ja, plötzlich kann ich fliegen!»

«Bist du auf Drogen?»

«Ist Liebe eine Droge?»

«Liebe? Du denkst mit deinem –»

«Sag's nicht! Das ist *die* Frau! Und ich hab *die* Chance bekommen! Verstehst du das nicht?»

«Du bist verdammt weit weg, Junge, *verdammt* weit weg. Ich bin da für dich, wenn bei dir», er klopfte ihm gegen die Schädeldecke, «mal wieder jemand zu Hause ist!»

9. Kapitel

Zwei Worte. Hören und glauben. Und in Augen schauen, die einen wirklich sehen können. Ein neues erstes Lächeln. Ein neuer erster Kuss. Natürlich waren dort Menschen, und Julia konnte sie in keinem Moment vergessen. Aber sie schaffte es, die Frage zu verdrängen, ob er dies für ihre Beziehung oder für die Gemeinde tat. Sie konnte die nimmermüden Blicke spüren, jene messerscharf sezierenden, nach Schwächen Suchenden: Sind die beiden ein glückliches Paar? Ist seine Frau gut genug für ihn? Ist ihre Kleidung zu leblos schlicht oder gar zu aufgedonnert farbenfroh? Lächelt sie auch glücklich genug? Kann sie den Liedtext auswendig?! *Er* stand immer außer Debatte. Ein Gesandter des HERRN. Er wurde geliebt. An ihn wurde geglaubt. Er war der Gesalbte. Unfehlbar.

Die wärmsten Blicke für Julia stärkten ihr zugleich den Rücken. Ihre Eltern saßen direkt in der Bank hinter ihr. Julia war glücklich und froh, sie wieder zu sehen, dass sie den weiten Weg gemacht hatten, von Freiburg nach Köln, wo sie doch lange Autofahrten nicht ausstehen konnten. Sie hatten sich schick gemacht: Julias Mutter trug ein mintgrünes Kostüm, das ihre Leidenschaft für den Modestil Queen Elizabeths zeigte, während der Vater sein Tweed-Jackett vorführte, das ihm seine Frau geschenkt hatte. Mittlerweile trug er es sogar gern. Und da waren die Blicke von Marius' Eltern, voller Stolz auf ihren Sohn, zufrieden mit der wohlerzogenen Schwiegertochter. In ihren Blicken lag keine Wärme, sie waren gefasst wie stets.

Alles ging seinen Gang. Wie Marius es gewollt hatte, fünf Jahre nach dem ersten Versprechen, nun die Wiederholung zur besten Sendezeit. Und seine Gemeinde saß in der ersten Reihe. Marius wollte sie an diesem feierlichen Moment teilhaben lassen, um die

Sinnigkeit des Rituals persönlich zu demonstrieren, um für den heiligen Bund der Ehe einzutreten. Und zwar als bestes Beispiel.

Die Kirche war damals genauso voll gewesen. Und die Menschen hatten es fast geschafft, so etwas wie Wärme in den großen Raum zu bringen, mit ihrem vereinten Atmen gegen den kühlen Hall der Betonwände ankämpfend. Damals waren alle ihre Studienfreunde da gewesen, aufgeregt, kleine Kinder bei einem wichtigen Ereignis. In den hinteren Kirchenbänken wie an Katzentischen sitzend und tuschelnd. Noch sahen sie das Spektakel von außen, blickten nicht durch den feinen Schleier, den Julia trug, spürten nicht den champagnerfarbenen Taftstoff an sich. In ihren Köpfen gärten nicht die essentiellen Fragen: ob die Ringe nicht vergessen wurden, ob wirklich alles für die Hochzeitsfeier vorbereitet war und ob das Wetter halten würde. Es hielt. Es war ein ungetrübter Tag. Darauf hatten sie spekuliert, als sie einen Termin im Sommer gewählt hatten. Ein anderer Grund für das Datum war Marius gewesen, der gerne am Hochzeitstag seiner Eltern den Bund fürs Leben schließen wollte. Seine Eltern hatten das sehr geschätzt und sie seitdem jedes Mal herbeizitiert. Vor fünf Jahren hatte Julia noch nicht gewusst, dass diese Entscheidung ein Fehler, eine Last sein würde. Vor fünf Jahren hatte sie auf den glatten marmornen Stufen vor dem Altar gestanden und versucht, den Moment zu begreifen, was er bedeutete und was mit ihr passierte. Und nicht vor Freude zu weinen.

Als Marius es sagte, war der Raum für einen kurzen Moment leer. Und still. Der Chor schwieg, auch Marianne. Und alles war einfach. Es konnte keine Hindernisse geben. Keine Fragen. Keine Angst. Aber der Moment ging vorbei. Das Ehegelöbnis war erneuert. Es ging weiter. Diesmal war das «Ja» kein Wagnis mehr. Diesmal stand es für den wirklichen Willen, *dieses* alltägliche Leben miteinander teilen zu wollen, wie den Hausputz und die Gardinenauswahl. Diesmal war es ernst, und doch hatte es sich vor fünf Jahren ernster angefühlt.

Ein unumkehrbarer Schritt, als sie damals aus der Kirche trat und der Reis wie Regen auf sie niederprasselte, sich Körnchen für Körnchen in den hochtoupierten Haaren verfing. Als sie gemeinsam das Tuch durchschnitten und die Kordel flochten, als der Fotograf sie als Mann und Frau aufnahm. Der Moment war auf Papier festgehalten.

Es würde keine neue Hochzeitsnacht geben, keine neuen Flitterwochen. Aber ein Essen im Kreis der Familie sowie mit einigen Gemeindevertretern und Freunden. Die Glocken läuteten wie frisch gegossen, als sie die Kirche verließen. Wieder ein wundervoller Tag. Nur ein paar Bilderbuchwolken waren am Himmel zusammengekommen. Ein Tag zum Träumen.

Alles musste perfekt sein, und Julia hatte alles perfekt werden lassen. Einige Jungen und Mädchen aus dem Jugendchor hatten sich bereit gefunden, bei den Vorbereitungen zu helfen, die Sitzgarnitur aus dem Wohnzimmer in den Keller zu tragen, sechs große Tische aus dem Gemeindesaal zu holen und sie im Rechteck aufzustellen. Sie hatten auch alle Plätze während des Gottesdienstes gedeckt und die Vorspeisen angerichtet. Marius und Julia saßen auf dem Präsentierteller am einen Ende der Tafel. Rechts über Eck neben der Braut saßen die Bräutigamseltern, und dem Bräutigam waren die Brauteltern zur Seite gesetzt. Eine Familie.

Vor fünf Jahren hatte es in einem ehemaligen Kloster stattgefunden. Die klobigen Holztische mit Leinentüchern bespannt, einfache Kost, nur aus ökologisch erzeugten Produkten. Linsensuppe. Labskaus. Griespudding mit frischen Erdbeeren. Marius' Kommilitonen hatten ihn für den spartanischen Stil des Mahls sehr gelobt. Das erste Abendmahl als Mann und Frau. Marius Mutter hatte Julia damals im Kerzenschein der vielen Leuchter zur Seite genommen.

«Das habt ihr schön gemacht!»

«Danke! Freut mich, dass es dir gefällt!»

«Ja, das tut es. Es ist sehr ungewöhnlich, aber es gefällt mir.»

Die frisch gebackene Schwiegermutter nippte nervös an ihrem ökologisch erzeugten Riesling-Sekt.

«Julia, ich weiß nicht genau, wie ich es dir erklären soll ...»

«Ach, einfach raus mit der Sprache, das ist immer am besten!»

Genau das schien ihr jedoch schwer zu fallen, sie schaute Julia nicht in die Augen, sondern auf den Boden, als wäre dort ihr Text festgenagelt.

«Gut. – Du magst mich, uns, vielleicht für altmodisch halten, aber wir haben Marius erst sehr spät bekommen, als wir selber schon nicht mehr daran glauben wollten, dass es noch geschieht. Es war, im wahrsten Sinne des Wortes, ein Wunder. – Ich möchte, dass dir das erspart bleibt!»

Wie eine kleine Eule bewegte Julia ihren Kopf überrascht hin und her.

«Also, das *Warten*! Weißt du, wir sind nicht mehr die Jüngsten, und wenn ihr beide genauso lange wartet wie wir damals ... warten mussten, dann sind wir vielleicht zu alt, um ...»

«Ach, jetzt mach dich aber mal nicht älter, als du bist!»

«Nein. Man muss das ganz realistisch sehen, und das tun wir auch. Und da muss man auch drüber reden können. Ihr habt bestimmt anderes im Kopf, aber ... wir wünschen uns halt ein Enkelkind.»

Frau Heide machte eine Pause, die wie eine Frage im Raum stand. Julia sah sich genötigt, etwas zu sagen.

«Wir wollen ja auch Kinder, da sind Marius und ich uns absolut einig. Aber es gibt halt noch keinen Termin, und ein bisschen Zeit hat's ja auch noch ...»

«Irgendwann wollt ihr es aber, und wenn es *dann* nicht klappt, werdet ihr jeden Tag verfluchen, den ihr vergeudet habt, glaub's mir! Ich hoffe wirklich, dass euch das erspart bleibt. – So, jetzt aber genug davon, jetzt musst du wieder feiern. Schließlich ist das heute euer ganz großer Tag!»

Das Mahl war multikulturell oder besser: cross-cultural. Die Hirse wurde von hellbrauner Sate-Sauce bedeckt, die sich erstaunlich gut mit den Yamswurzeln vertrug. Es war auch überraschend angenehm gewesen, sich durch den mit Kombu, Nori und Wakame verfeinerten Salat zu kämpfen. Die Algen schmeckten besser, als sie aussahen.

«Das Essen ist sehr interessant, wirklich. Ich habe so etwas noch nie gegessen. Das ist mal etwas ganz Außergewöhnliches!»

Das Lächeln konnte falsch sein, aber die Haifischaugen von Marius' Mutter verrieten nichts. Auch die anderen Gäste zeigten keine Anzeichen von Ekel. Die langen Zähne blieben eingefahren, die Kapazität der Gabeln wurde voll ausgeschöpft.

Etwas berührte sie am Knie. Es war Marius' Hand. Ein Streicheln, flüchtig, dann zweimal Tätscheln. Er nickte ihr zu, nahm mit der anderen Hand sein Glas und stand auf.

«Liebe Familie, liebe Freunde! Wir freuen uns sehr, dass ihr alle heute bei uns seid, um diesen ganz besonderen Tag mit uns zu begehen. Fünf Jahre ist es jetzt her, dass Julia und ich den Bund fürs Leben geschlossen haben. In eurer Erinnerung ist dieser strahlende Sonntag vielleicht schon ein wenig verschwommen, aber das ist der Lauf der Dinge, ja der Welt, dass wir vergessen und wohl auch oft genug vergessen müssen. Für Julia und mich ist dieser Tag dagegen unvergesslich, denn es war der erste Tag unseres gemeinsamen Lebens. Damals wurde die Tür zu dem Weg geöffnet, den wir fortan zusammen gehen sollten. Wie in jeder guten Ehe lag auch bei uns auf diesem der eine oder andere Stolperstein, aber wir sind niemals gefallen, weil wir uns – auch wenn es heutzutage nicht mehr ‹cool› ist, das zu sagen – weil wir uns lieben.»

Marius beugte sich zu Julia und gab ihr einen Kuss, unter zuerst zaghaftem, dann kräftigem Applaus der Anwesenden.

«Wir sind aber auch deshalb nicht gestolpert, weil *ihr* alle immer für uns da wart: Familie, Freunde! In den letzten Jahren, seit ich mein Amt in dieser Gemeinde übernommen habe, sind viele, viele Freunde dazugekommen, und sie sitzen jetzt mit uns an diesem Tisch. Ihr seid Teil unseres Lebens, und deswegen ist es umso schöner, dass ihr heute dabei sein konntet, als wir den Bund fürs Leben erneuert haben. Ich bin oft gefragt worden, warum wir dies machen. Nun, wir haben es getan, weil man sich in einer Ehe niemals gehen lassen darf oder die Zügel der Selbstbeherrschung schleifen lassen. Wir dürfen nicht aufhören, den anderen unsere Liebe spüren zu lassen! Wir dürfen nicht bequem werden! Bequemlichkeit, diese moderne Zivilisationskrankheit. Eine Ehe muss nicht nur nach fünf Jahren, nein, sie muss jeden Tag erneuert werden. Die fünf glücklichsten Jahre meines Lebens liegen hinter mir. Ich hoffe, dir geht es auch so, Schatz?»

Julia nickte.

Und fühlte sich sehr geliebt.

Fühlte sich wundervoll.

«Ich würde dich jederzeit wieder heiraten! Und ich finde, jetzt, wo wir hier eine Heimat gefunden haben, ist es an der Zeit, einen Schritt weiter zu gehen. Julia und ich, wir möchten ein Kind bekommen! Und ihr seid die Ersten, die es erfahren!»

Das stimmte.

Noch vor ihr.

Julia hatte eine Hitzewallung. Eine Hand legte sich auf ihre. Es war Marius' Mutter, sie war sichtlich gerührt:

«Ich freue mich ja so! Ich habe die letzten Jahre nie etwas gesagt, aber ich bin sehr glücklich darüber, dass ihr diesen Entschluss gefasst habt! Sehr glücklich!»

Marius zog Julia an den Schultern zu sich hoch, nahm sie in den Arm und küsste sie zärtlich, während das Klatschen in ihrem Kopf wie Hagel auf einem Wellblechdach dröhnte. Sie setzte sich wieder. Benommen. Tiefschlag. Aber sie musste Fassung bewahren! Nichts anmerken lassen! Noch nicht. Als sie sich umschaute, den Schock nicht verdaut, aber ihr Gesicht unter Kontrolle, sah sie in die Augen von Marianne, die durch sie hindurchschaute. Ihre Stirn wirkte feucht.

Auf der Toilette konnte sie allein sein. Nachdenken. Durchatmen. Julia drehte den Wasserhahn leicht auf, um eine Begründung für ihren Aufenthalt in der Nasszelle zu liefern. Aber sie würde nur wenige Minuten haben, und die Enge dieses zeitlichen Rahmens in jedem Moment spürend, kam sie mit der Verarbeitung nicht weiter. Marius' Ankündigung war ein Fremdkörper in ihrer Welt. Sie hatte immer Kinder gewollt, auch jetzt, nur eben nicht *jetzt*. Marius stand es nicht zu, diese Entscheidung für sie zu treffen, und erst recht nicht, sie so unter Druck zu setzen. Manege frei, alle Augen auf die Dame *mit* Unterleib! Na, schwillt der Bauch schon an? Vom Geräusch des laufenden Wassers angesteckt, erleichterte Julia sich wenigstens körperlich. Das bisschen Loslassen, das bisschen Entspannung tat gut. Jetzt hieß es den Geburtsgedanken in eine weit entfernte Ecke des Kopfes schieben, an die Großhirnrinde pappen. Die Feier nicht sprengen. Auf diese Peinlichkeit konnte sie gut verzichten. Aber bei der nächsten Gelegenheit unter vier Augen würde sie Diktator Marius mehr als deutlich machen, dass er nicht allein regierte.

Als sie aus der Toilette kam, traf sie auf Madonna, die auch zur Feier eingeladen war, ebenso wie Judith Förster, welche neben ihr stand. Beide nuckelten leicht gelangweilt an ihren Weingläsern, während sie sich unterhielten. Madonna schien erfreut über eine neue Gesprächspartnerin:

«Frau Heide-Kyll, herzlichen Glückwunsch zur Hochzeit! Oder sagt man das beim zweiten Mal nicht mehr?»

«Doch, ich glaub schon, zumindest haben mir heute schon einige gratuliert. Schön, dass Sie beide kommen konnten. Wie geht's Ihnen?»

Madonna ließ Judith Förster keine Chance, das Wort zu ergreifen.

«Ach, wie soll es uns schon gehen?! Solange dieses Schwein noch frei rumläuft, bestimmt nicht gut!»

«Hat er sich mal bei Ihnen gemeldet, Frau Förster?»

«Ja, er hat mir einen riesigen Strauß Blumen geschickt und den

Anrufbeantworter vollgesprochen. Er hat sich entschuldigt und so, von wegen dass ihm das alles Leid täte, dass er wünscht, er hätt das nich getan … aber …»

Madonna wollte sich den Gesprächsfaden nicht länger aus der Hand nehmen lassen.

«Es ist gut zu sehen, dass es auch noch anständige Männer wie Ihren gibt. Da haben Sie schon einen prima Fang gemacht! Alle Achtung! Den würd ich auch nehmen!»

«Ich werd's ihm sagen …

«Und viel Erfolg beim Kinderkriegen!»

«Ja, das wollt ich Ihnen natürlich auch noch wünschen!»

Kein Anschluss unter dieser Nummer.

«Wie gehen Sie denn mit dem Schock um, Frau Förster – wenn ich das fragen darf? Haben Sie es schon irgendwie, zumindest ansatzweise, aufarbeiten können?»

Judith nahm einen Schluck, bevor sie zu sprechen begann.

«Das Schlimme ist ja, dass ich mich an nichts erinnern kann. Dass das einfach mit mir passiert ist, ohne dass ich was davon wusste. Ich mein, wenn ich jetzt schlafen gehe, dann denk ich auch … da ist einfach jemand, der macht mit einem, was er will, der bestimmt das einfach, und man selber wird da vollkommen überrollt, und dann ganz plötzlich sieht man, was passiert ist! Ich fühl mich einfach nicht mehr sicher! Wie konnte der nur einfach so was mit mir machen? Als wär das *sein* Körper! Ich …»

Sie hielt sich an ihren Schultern fest, die Arme überkreuzt, als wäre sie ihr eigenes Kind. Julia strich ihr über den Rücken.

«Ich hab ihm doch vertraut! Er war doch immer so ein netter Arzt!»

Nachdem Judith sich Madonnas Glas gegriffen und einen großen Schluck genommen hatte, schien sie sich wieder zu fangen.

«Du bist doch noch jung, Judith! Da wächst schon wieder Gras drüber! Und bestimmt ganz schnell, wenn der Scheißkerl hinter Schloss und Riegel verfrachtet wird! Am liebsten würd ich ihm ja mal so richtig zwischen die Beine treten!»

«Ich finde, Sie sollten mit ihm reden! Sonst bleibt das alles so vage, sonst sind da noch so viele Fragen offen. Man *muss* darüber reden! Auch er muss damit konfrontiert werden! Und zwar von Ihnen! Er darf sich seiner Tat nicht einfach so entziehen! Er darf sie nicht einfach so abhaken.»

«Hm. Ja. Mal sehen ...»

Madonna machte aus ihrer Ablehnung für diesen Vorschlag keinen Hehl und schüttelte mit zusammengepressten Lippen den Kopf. Aber sie schwieg.

«Und was machen Sie jetzt beruflich, Frau Pfeiffer?»

«Ich hab bei drei anderen Praxen vorgesprochen. *Bisher* hab ich noch nichts gehört, aber ich mach mir da keine Sorgen. Gute Kräfte sind rar!»

Aus dem Wohnzimmer kam Marianne gerannt. Aschfahl, als habe ihr jemand mit einem großen Schlauch das Blut abgesaugt. Halb fallend öffnete sie die Tür zur Toilette und kotzte ins Klo. Madonna verzog das Gesicht, Beileid auf die ihr eigene Art bekundend.

«Da hat wohl jemandem Ihr ausländisches Essen nicht geschmeckt! Tja, allen kann man's sowieso nie recht machen ...»

Marianne dämmerte immer noch auf dem Liegesofa des kleinen Gästezimmers, die Beine hochgebockt über einem großen afghanischen Sitzkissen, als Julia eine neue Flasche lauwarme Cola hereinbrachte. Der Raum wirkte durch die unzähligen Mitbringsel von Reisen in alle Welt wie die Abstellkammer eines völkerkundlichen Museums. Düstere Holzmasken blickten von allen Wänden herab. Marianne richtete sich auf, um etwas trinken zu können.

«Wie geht's dir?»

«Das tut mir so Leid, dass ich euch eure Feier verdorben habe!»

«Red keinen Blödsinn!»

Einige von Mariannes feinen Haare klebten auf der Stirn, wie zusammengerollte Würmer. Ihre Wangen hatten sich vom erneut fließenden Blut wieder etwas menschlicher gefärbt.

«Ist doch keinem aufgefallen, dass ich nicht mehr da bin, oder?»

«Natürlich ist es wem aufgefallen! Wir haben gesagt, dass es dir nicht gut geht, aber alles halb so schlimm ist.»

«Ich hab dir noch gar nicht gratuliert!»

«Ist auch gar nicht nötig.»

«Doch, find ich schon! Und auch das mit dem Kind. Wann soll es denn so weit sein?»

Mariannes Augen waren tief in das Glas versenkt, als sie dies fragte. Konzentriert trank sie.

«Oh, wer weiß? Ich geh morgen mal zum Frauenarzt. Möglicherweise hat's ja nichts zu bedeuten, aber meine Regel ist diesmal ausgeblieben. Vielleicht haben wir ja Glück!»

Julia stellte auf jeden Pixel von Mariannes Gesicht scharf, achtete auf jedes Glucksen, das sie beim Trinken machte, auf jede Bewegung ihres Kehlkopfes unter der feuchten Haut. Wie würde der pawlowsche Hund reagieren, nun, wo sie das Glöckchen geläutet hatte?

Er nahm einen langen Schluck. Und noch einen.

«Ich merk schon, wie's mir besser geht.»

Ein Lächeln, aber nur ein halbes. Das konnte daran liegen, dass es ihr nicht gut ging, aber auch an dem hellen Klang des Metalls.

«Passiert dir so was eigentlich öfters? Ich kenn das gar nicht von dir?»

«Das muss wohl am Essen gelegen haben … Also es war *köstlich*! Aber, mein Magen ist manchmal etwas nervös, trotzdem war es *sehr* lecker!»

Wieder dieses Lächeln, als müsste sie dafür kämpfen, es auf ihr Gesicht zu ziehen.

«Bei der Taufe koch ich was Normaleres, versprochen! Aber nur, wenn du dann singst!»

«Natürlich.»

Marianne drückte ihre Lider fest zusammen, als würde sie die Schmerzen tapfer ertragen.

«Ich glaub, wenn ich darf, würde ich mich gern noch etwas hinlegen.»

«Das ist eine gute Idee! Ruh dich noch etwas aus! Marius wollte gleich nochmal zu dir hochkommen. Aber ich sag ihm, dass er ein bisschen warten soll.»

Dafür, dass ihr Kopf so schlecht durchblutet war, folgte erstaunlich vehementes Kopfschütteln als Reaktion.

«Nein, nein, so richtig schlafen kann ich sowieso nicht. Er kann ruhig kommen, das ist wirklich kein Problem.»

War dem Hund das Wasser im Munde zusammengelaufen?

Als Julia wieder ins Wohnzimmer trat, wurde der Espresso serviert. Marius trank ihn bester Laune. Als sie sich setzte, fragte er als Erstes nach Marianne.

«Oh, *das* geht schon wieder. Sie hat sich jetzt wieder etwas hingelegt, meinte aber, dass du gerne kommen könntest ...»

«Ja, dann werde ich wohl gleich nach dem Kaffee mal zu ihr hochgehen.»

«Das glaube ich nicht! Ich möchte dich nämlich *gleich nach dem Kaffee* erst einmal selber sprechen. Marianne geht's von ganz alleine besser.»

«Was immer du willst! Das Essen war übrigens *der* Renner. Selbst meine Mutter ist davon ganz begeistert, und sonst ist sie ja immer überkritisch!»

«Das ist doch schön, dass wir heute jemanden so richtig glücklich gemacht haben ...»

Jetzt war es an Julia, einen großen Schluck zu nehmen. Sie stürzte das heiße Getränk den Schlund hinunter, als gelte es, ihren Ärger noch weiter aufzuheizen. Beim Aufstehen flüsterte sie Marius ins Ohr, dass sie im Keller auf ihn warten würde und er sich beeilen sollte, wenn er heute nicht noch ein Desaster erleben wollte.

Der Keller war mit den Jahren zu einer Höhle geworden, alle Ecken gerundet von Spinnweben, das Licht nur fadendünn durch die schmutzigen, vergitterten Fensterschächte brechend, die knapp unter der Decke angebracht waren. Julia stand hinter der Tischtennisplatte, die Arme krampfhaft verschränkt, ihre Wut konservierend und dann mit jedem Einatmen steigernd, weil Marius noch nicht in der Tür erschienen war. Es war ihm wohl nicht wichtig genug! *Sie* war ihm wohl nicht wichtig genug! Julia schlug ihre Zähne aufeinander, als zerbisse sie so seine geschwätzige Zunge. Am liebsten würde sie um sich schlagen, die Tischtennisplatte mit einem Hieb zerteilen, aber *er* sollte es lieber abbekommen. Sie würde ihn direkt sehen, wenn er hereinkam. Und er sie. Sie musste wütend aussehen, entschlossen und vollkommen im Recht. Erbost fixierte Julia die offene Tür, als sähe sie auf eine Ampel, die schon längst auf Grün umgesprungen sein müsste. Ihr Nacken juckte. Sie kratzte sich, ihrem Gesicht für einen Augenblick gestattend von wütend auf genervt umzuschalten. Marius kam herein.

«Hat dich was gestochen, Schatz?»

«Mach die Tür zu!»

«Wieso?»

Nur ein Blick.

«Ich mach sie zu, aber –»

«Wir wollen also ein Kind, ja?! *Schön*, dass ich das auch mal erfahre! Aber ich kann ja wahrscheinlich froh sein, dass du mich nicht erst Sekunden vor der Geburt informiert hast!»

Marius wollte zu Julia gehen, sie beruhigen, aber er spürte instinktiv, dass es besser war, auf Distanz zu bleiben.

«Ich verstehe dich nicht! Ich dachte, du freust dich?!»

«Wenn *du* einfach etwas entscheidest, was *mich* angeht? Werd ich überhaupt nicht mehr gefragt?! Bin ich jetzt nur noch dein Befehlsempfänger, oder was?!»

«Aber ... *du* wolltest doch immer schnellstmöglich ein Kind! *Du* hast mich doch gedrängt! *Ich* wollte doch die letzten Jahre nicht! Ich dachte, ich mache dir eine Freude, wenn ich meine Entscheidung heute im Rahmen der Familie bekannt gebe! Das war mein Hauptgeschenk für dich!»

«Ich freu mich *wahnsinnig*, du, super! Da ist dir 'ne richtige Überraschung gelungen! Wir haben doch seit Monaten nicht mehr übers Kinderkriegen gesprochen! Ich weiß noch wie du, wann war's, genau, am 50-sten Geburtstag deiner Mutter! – ach Gott, das ist ja bestimmt schon anderthalb Jahre her! –, wie du da gesagt hast, Kinder kriegen stehe im Moment überhaupt nicht zur Debatte, aber *irgendwann* würden wir beide uns mal in aller Ruhe zusammensetzen, aber erst in drei, vier Jahren, wenn wir uns in der Gemeinde eingelebt haben. Das hast du gesagt! In *drei, vier* Jahren! Und *zusammensetzen!*»

«Ich konnte ja nicht ahnen, dass du deine Meinung so schnell änderst! Ich dachte, dein Kinderwunsch wäre felsenfest!»

«Ist er ja auch! Aber ich möchte *selber* bestimmen können, wann! Und nicht vor vollendete Tatsachen gestellt werden! Jetzt wartet doch die Meute nur darauf, dass es bald passiert. Deiner Mutter läuft ja schon der Sabber im Mund zusammen!»

«Das hat jetzt überhaupt nichts mit meiner Mutter zu tun!»

«Doch, hat es! Bei jedem Anruf wird sie nun fragen, wie's steht. Von den Besuchen ganz zu schweigen! Und meine Eltern auch und ach, einfach alle, die da oben sitzen!»

«Aber das wird mir doch genauso gehen! Das ist doch *schön*, wenn sich andere Gedanken um einen machen. – Und jetzt komm doch mal hinter der Tischtennisplatte vor! Du hast dich ja richtiggehend verschanzt. Stehst da wie eine wahrhaftige Furie ...»

«Ach, jetzt darf ich also auch schon nicht mehr so stehen, wie ich will?! Das ist ja Klasse! Wie möchte es der Herr denn? Soll ich vielleicht breitbeinig stehen, weil ich dann besser gebären kann?»

Wie ein Gewichtheber in die Knie gehend, die Hände in die Hüften gestemmt, demonstrierte Julia eindrucksvoll, was sie meinte.

«Was soll denn jetzt das Kasperletheater? Also, *wenn* ich dich überrumpelt habe, dann tut es mir wirklich Leid, aber es geschah im guten Glauben! Ich kann ja jetzt hochgehen und sagen, dass es noch etwas dauern wird, wenn du das unbedingt willst!»

«Ach, toll! Was meinst du denn, wie *das* aussieht? Da denkt doch jeder, es hängt an mir, dass *ich* noch keine Kinder will! Deine Mutter wird mich hassen! Und –»

«Lass doch endlich mal meine Mutter raus!»

«Du weißt genau, dass du jetzt nicht raufgehen kannst und sagen, dass *du* es dir anders überlegt hast! Das kannst du mir wunderbar anbieten! Vielen Dank!»

Sie deutete einen Diener an, worauf Marius ansatzlos auf die Tischtennisplatte schlug. Das war nicht seine Art. Es war auch nicht seine Art, laut zu werden.

«Jetzt hör aber endlich auf! Es tut mir *Leid*, hörst du! Es tut mir wirklich Leid, aber ich habe es nur gut gemeint! Es ist in die Hose gegangen. Das ist ärgerlich, aber so etwas kann passieren. Wenn du noch warten willst, ist das vollkommen in Ordnung für mich. Und gegenüber meiner Mutter, die du ja immer erwähnst, werde ich bei nächster Gelegenheit sagen, dass *ich*, hörst du, *ich* den Schritt für übereilt halte!»

Auch wenn Julias Kopf erreicht hatte, was er wollte, so war ihre Wut doch noch längst nicht besänftigt. Sie konnte einfach nicht auf ihn zugehen, als Zeichen, dass es wieder gut war, ihre schützende Position, einen Tisch weit von ihm entfernt, aufgeben. Nicht mit diesem Gefühl im Magen. Außerdem konnte er sich leicht entschuldigen, es änderte nichts an der Situation.

«Marianne wartet oben auf dich. Ich denke, du solltest zu ihr gehen.»

«Was redest du denn jetzt von Marianne?! Sind wir beide nun wieder klar miteinander?»

«Frag mich das lieber später ...»

«Julia, wir haben oben Gäste, das sollte eigentlich ein Freudentag sein, ein Tag für unsere Liebe. *Ist zwischen uns beiden wieder alles klar?*»

Er ging langsam auf sie zu, und Julia machte keine Anstalten mehr, ihm auszuweichen.

«Ich denke schon.»

«Dann gib mir einen Kuss!»

Sie küssten sich, nicht innig und leidenschaftlich, es war mehr ein sozialistischer Bruderkuss. Wir sind Verbündete. Marius sah sie an und strich ihr über die Wangen, als könnte er so die angespannten Gesichtsmuskeln glätten.

«Ich liebe dich!»

«Ich dich auch.»

Sie konnten wieder lächeln.

«Dann geh ich jetzt mal kurz hoch zu Marianne. Hast du sie schon gefragt, ob sie auch einen Espresso will?»

«Nein. Geh du ruhig zu ihr und kümmer dich um sie. Jeder von uns braucht ein bisschen Liebe, oder?»

Marius schaute sie mit Unverständnis an.

«Ich dachte, du bist nicht mehr sauer auf mich?»

Julia nickte leicht apathisch.

«Geh schon hoch! Es ist alles in Ordnung. Tut mir Leid.»

Sie sah ihm nach, wie er den Raum verließ, und ihr dämmerte, dass sie bei Marianne übersensibilisiert war. Eine Frau, die krank im Bett lag und sich kaum rühren konnte. Und ein Pfarrer, der sich um ein Gemeindemitglied kümmerte. Das Normalste auf der Welt.

Als Marius die Treppe herunterkam, räumte Julia in der Küche gerade die erste Ladung aus der Geschirrspülmaschine. Die Gästeschar nahm im Wohnzimmer dankbar den Aperitif ein, meistens Obstler, um ihre Mägen wieder in Ordnung oder zumindest auf westeuropäisches Niveau zu bringen.

«Sie schläft jetzt. Ich hab ihr gesagt, dass sie die Nacht hier bleiben kann. Ich hoffe, es ist in Ordnung, dass ich ihr einen deiner alten Pyjamas gegeben habe? In dem Zustand kann ich sie einfach nicht aus dem Haus lassen.»

Julia nahm Marius in die Arme und presste sich an ihn, ihre Wange an seine gedrückt, die Bartstoppeln spürend, welche sich nun gegen Abend wieder aus dem Fleisch erhoben. Geborgenheit. Er küsste ihre Stirn und kraulte ihren Nacken, wie den eines kleinen Welpen.

«Julia, es tut mir so Leid! Ich mache es wieder gut, ich verspreche es! Du bist doch das Glück meines Lebens!»

Kurz nach zwei Uhr morgens wachte Julia auf. Es war nicht ihre Blase, die den Wein wieder aus den Schläuchen lassen wollte, und auch nicht ihr Schwerstarbeit leistender Verdauungstrakt. Was sie aus dem Schlaf riss, war, dass sie um diese Uhrzeit längst etwas getan haben müsste und ihr Rhythmus es nun einforderte. Als hätte sie vergessen, die Haustür abzuschließen.

Sie hatte das Telefon nicht berührt.

Keine Nummer gewählt.

Aber heute wollte sie nicht. Es war ihr Hochzeitstag, der Tag ihres Zweiseins, das sie vor fünf Jahren geschlossen hatte, vielleicht wirklich ein Tag, um sich der Liebe wieder bewusst zu werden.

Doch die Liebe lag nicht neben ihr.

Julia stand auf, um Marius zu suchen. Sie wollte ins Bad gehen, welches direkt an das Schlafzimmer grenzte, aber da kein Licht durch den Spalt unter der Tür fiel, konnte er dort nicht sein. Wahrscheinlich saß er unten und nahm einen Schlummertrunk. Das war zwar überhaupt nicht seine Art, aber es war schließlich ein aufreibender Tag gewesen. Julia versuchte, sich den Schlaf aus den Augen zu reiben, trieb aber den Sand nur tiefer hinein. Sie begann zu blinzeln. Auf den extra polierten Stufen ging es hinunter und weiter auf Zehenspitzen über die kalten Bodenplatten bis zur Küche. Sie sah es schon von weitem: Kein Licht. Auch nicht im Wohnzimmer. Dort lag kein übermüdet eingeschlafener Marius. Auch nicht, als sie das Licht einschaltete. Auch nicht, als sie sogar hinter der Tür nachschaute und unter der Festtagstafel.

Der unterdrückte Gedanke forderte Raum. Und Gefühl – nämlich Angst.

Sie ging wieder hinauf. Zum Gästezimmer. Zaghaft jeden Schritt setzend, als drohe sie auszurutschen. Ohne Licht zu machen, stellte sie sich vor die Tür, den eigenen Atem nicht hörend, weil ihr Blut wie Wildwasser durch die Ohren rauschte. Die Gelenke aus Knetgummi. Julia hielt sich am Türrahmen fest und ging mit dem Kopf näher heran. Sie würde bestimmt nichts hören. Das konnte nicht sein. Durfte nicht.

Ein Rascheln. Leinen auf Leinen. Schmatzen. Marianne schien sich im Bett zu drehen. Gedämpftes Stöhnen. Ein unruhiger Schlaf. Julia entspannte sich. Da war nichts. Sie drehte sich um.

Ein Gurren.

Ein bekanntes Gurren. Das Gurren einer Taube. Ein Signal, das Julia zusammenfahren ließ.

Da war ein Schrei in ihr und Schläge und Tritte, das Blut explodierte in ihren Gliedern. Die Handinnenflächen und Fußsohlen brannten, als stünden sie in Flammen. Ihr Herz schlug so hart, als wollte es den Brustkorb zertrümmern. Nichts davon nahm sie wirklich war. Julia war ruhig. Unbeteiligt. Als säße sie im Theater. Als verfolge sie ein Stück.

Vorhang auf.

Sie öffnete die Tür und machte Licht. Das in einem Rosenbezug steckende Plumeau lag zerknüllt auf dem Boden. Auf dem alten Liegesofa waren Marius und Marianne. Ineinander verkeilt. Die Kantorin lag auf dem Rücken, die bleichen Beine wie ein weißer Krake um Marius' Arsch geschlungen. Auf ihrem dürren Körper zeichneten sich Sehnen und Muskeln wie ein Geflecht ab, vor Erregung gespannt. Ihre kleinen Brüste waren rot geknetet. Sie biss sich auf die Hand, ihre Laute erstickend. Zwischen ihren Schenkeln steckte Marius. Die Arme durchgedrückt. Verschwitzt. Das Gesicht wie schmerzverzerrt. Den Stoß vollführend. Dann innehaltend. Eine römische Skulptur. Das Licht realisierend. Er sprang ab. Verbrannt. Julia sah seinen erigierten Penis, feucht von Mariannes Scheide. Ihre Scham dünn behaart. Ein Schweißfilm im platt gedrückten Flaum. Sie hielt ihre Hand davor, die mit den Bissspuren. Marius wollte etwas sagen, hatte den Mund schon geoffnet, aber er blieb stumm. Schaute nur. Marianne griff das auf dem Boden liegende Plumeau und zerrte es über sich, den Kopf abwendend.

Julia betrachtete die beiden Personen. Verschämt die eine, während bei der anderen die Männlichkeit zusammenbrach und auf den Boden tropfte.

Sie war nicht hier. Bühnenanweisungen.

«Macht doch das Licht an dabei! Ihr müsst euch doch nicht schämen! Nur ein evangelischer Pfarrer, der seine Frau betrügt. Am Hochzeitstag. – Und, Marianne: Schön, dass es dir wieder besser geht! Du musst dir übrigens nicht auf die Hand beißen, sei ruhig laut, du hast so eine wundervolle, engelsgleiche Stimme! Los, fickt weiter!»

Sie ging hinaus, schloss die Tür leise und drehte den Schlüssel um.

«Julia, es ist einfach so passiert! Ich bin doch auch nur ein Mann!»

Im Schlafzimmer zog sie sich aus. Das Nachthemd war von ihm. Julia sah ihren nackten Körper an und fuhr ihn mit den Händen ab, die Seiten entlang, von den Schultern bis zur Hüfte.

«Ich wünschte wirklich, ich könnte es rückgängig machen! Julia, hörst du mir überhaupt zu?!»

In einer Plastiktüte ganz hinten im Fach mit ihren Söckchen hatte sie eine abgewetzte Hose und einen alten Pullover verstaut, für Gartenarbeit und anderes, wobei man sich schmutzig machen konnte. Die Sachen stammten aus der Zeit vor Marius.

«Ich weiß wirklich nicht, was über mich gekommen ist! Es hat nichts zu bedeuten! Gar nichts! Glaub mir doch!»

Sie öffnete ihren kleinen Hartschalen-Koffer und griff sich Kleidungsstücke aus dem Schrank. Sachen, die sie von anderen geschenkt bekommen hatte. Das halblange orange Kostüm aus grobem Baumwollstoff legte sie zuunterst. Man konnte es nie anziehen. Für den Winter war es zu kurz geschnitten, für den Sommer war der Stoff zu dick.

«Mach doch endlich auf! Lass uns bitte reden! Verdammt! Hör mich doch an!»

Die Strickjacke mit den eingestickten Enzianblüten an den linken Rand, die Ärmel überkreuzt, daneben der viel zu weite Norwegerpullover. Ihren kurzen Rock mit schottischem Tartan-Muster hatte sie seit langem nicht mehr getragen und sich doch nie von ihm trennen können. Sie legte ihn mittig nach vorne und strich ihn zärtlich glatt.

«Julia! Du wirst es bereuen, wenn du mich jetzt nicht rauslässt! Du kannst mich doch nicht einsperren wie ein kleines Kind!»

Und zum Schluss ihr erdfarbener Schal. Um den Hals zu schützen.

«Das ist ja wohl nicht wahr! Julia! Was treibst du nur da draußen?! Julia! JULIA!»

Fertig.

Unterwäsche würde sie kaufen müssen.

Die Schreie klangen unten um vieles leiser.

Das Telefon fühlte sich angenehm warm an in ihrer Hand, vertraut. Sie wählte die Notfallnummer. Es dauerte lange, aber schließlich nahm Ronald ab, und er klang nicht böse wegen der späten Störung. Er war erfreut. Jederzeit.

«Hallo, so spät noch wach?»

«Ich möchte dich sehen.»

Nur eine kleine Pause, um Luft zu holen für ein glückliches «Wann?».

«Heute Abend. Weißt du, wo wir uns treffen könnten?»

«Das weiß ich schon sehr lange! In Hamburg gibt es ein kleines Hotel in der Nähe des Hauptbahnhofs. Es heißt ‹Lusso›. Ich kenn den Besitzer noch vom Studium, und er hat bestimmt eins seiner Zimmer für uns frei. Es sei denn, dir ist der Weg zu weit.»

«Nein. Ist mir recht. Heute Abend im ‹Lusso›. Bis dann.»

«Warte!»

«Ich muss ganz dringend weg!»

«Aber du weißt doch noch gar nicht, unter welchem Namen wir dort einchecken.»

«Dann sag's mir!»

«Ich schlage Müller vor, ganz klassisch: Herr und Frau Müller.»

Julia brach in Tränen aus. Das Telefon fiel auf die Gabel. Sie ließ ihre Hände brennen. Und ihre Füße. Ihren ganzen Körper. Ihr Herz.

Nur so konnte sie überleben.

10. Kapitel

Julias Finger glitten wie Fische über Ronalds Kopf, seine Haare eine nussbraune Gischt, auf die Häutchen zwischen ihren Fingern brandend. Er lehnte sich zurück und ließ seine Schädeldecke massieren. Doch sie war nicht nur außerhalb seines Kopfes, sie beschäftigte ihn auch innerhalb. Julia war überall. Und sie redete ununterbrochen. Ihre aufgedrehte Stimme berichtete von Hamburg, Sightseeing-Geheimtipps, tollen Clubs, Lieblingsstellen. Sie legte seine Haare hinter die Ohren – ein unbedarftes Kraulen an selten berührter Haut. Es kribbelte. Am ganzen Körper. Dann schnalzte sie zufrieden, als wäre er nun zu einem Kunstwerk geworden, von ihren Händen geformt.

«Soll ich es dir vorne ein bisschen ausfransen? Also ich find das immer endschick!»

Wenn Julia das schick fand, sollte sie es ausfransen, so viel sie wollte! Dieser Kopf gehörte nun ihr.

«Wie kann ich da noch Nein sagen …?»

Jetzt spürte Ronald ihre Hände auf der Stirn, die Rückseiten der Finger, die Gelenkknöchelchen, wie sie spitz über seine Haut rieben, um die Haare besser packen zu können. Beruhigend ließ Julia während der süßen Tortur ihr Parfüm über Ronald streichen. Sie führte ihren nackten Hals näher an seine weit aufgerissenen Nüstern, ein Schleiertanz der ätherischen Öle, von süßen Schwaden ihres Schweißes begleitet. Die von Julia ununterbrochen transpirierten Lockstoffe schossen in Ronalds Nase wie Angelhaken, seinen wehrlosen Kopf immer näher heranziehend.

«Ja, das sieht direkt viel besser aus! Ich lass dir aber an den Schläfen noch ein paar längere Haare stehen. Die Hamburgerinnen werden sich ihre kleinen Fischköppe nach dir verdrehen!»

Und noch näher. Ihre weichen Oberschenkel drückten gegen seine Knie. Ronald öffnete die Augen, denn er wusste, was sich in seinem Blickwinkel befinden musste. Aus dem Gummi-Korsett pressten sich ihm zwei Vollmilchschokoladen-Brüste entgegen. Auf der linken ein schwarzer Schönheitsfleck. Er könnte zugreifen, die Hände unter dem Leibchen emporreißen und die Chance nutzen. Doch seine Augen forderten alle Konzentration, wollten diesen Anblick nicht gefährden, nein, sie wollten tiefer blicken, aus ihren engen Höhlen springen und in den Abgrund zwischen ihren Brüsten tauchen, die ganze Form erfassend. Die ganze Pracht.

Und sie kamen näher. Ihre Kehle fast an seinem Mund, kussbereit, saugbereit, die Halsschlagader bloßgelegt, der Strohhalm für den Saft der Brüste. Ronald musste nur die Lippen spitzen.

«So! Und jetzt rasier ich noch den Nacken aus, und dann bist du auch schon ausgehfein, nicht wahr?»

Und weg.

Vom Busen gerissen. Entwöhnt. Im Bruchteil einer Sekunde. Ihr Duft sich schnell verflüchtigend, sich vermischend mit Haarlack und Festiger.

Entzug.

Ronald schloss seine Augen. Um Julia zu sehen. Und sie kam wieder, machte nun nicht länger an seinem Kopf Halt. Sie brummte und nagte mit scharfen Reißzahnen am Nacken. Biss sich über die ganze Breite des Halses. Ronald spürte, wie die Haut errötete, als ihre Zähne darüber jagten bis in den Haaransatz hinein. Ihr Beißen wurde schneller. Ihr Brummen wurde lauter. Dann Stille. Und ein Lufthauch. Sie bließ ihm in den Nacken. Zwischen den sinnlichen Lippen schoss die Luft hindurch, von ihrem Körper fur ihn erhitzt, die Wunden heilend. Und dann ließ sie Ronald wieder allein.

Warten.

Zappeln.

Als Julias Hände erneut seinen Kopf berührten, waren sie feucht. Und sie strich ihm einen zähen Saft auf den Kopf. Ronald genoss es, denn er wusste, sie massierte ihre Feuchtigkeit in sein Haar. Träge lief sie an den Schläfen herunter, wohlig warm, wie dort, wo sie herkam. Hoffentlich würde sie den Weg bis zum Mund schaffen, auf die Zunge tropfen, ihn seine Geschmacksnerven darin eintauchen lassen! Und sie rann tiefer. Über Ronalds Wangenknochen. Unaufhaltsam. Julia war weg, hatte ihn allein damit gelassen. Die feuchte Perle, stetig kleiner werdend, bog zum Mundwinkel ein. Von Ronald auf den richtigen Kurs gebracht, indem er den Kopf schief legte.

Gleich.

Das Parfüm war wieder da.

«Oh, da hab ich wohl etwas viel genommen! Ich mach's dir gleich weg!»

Umsonst.

Aber wieder ihre Schenkel an den Knien! Augen auf! Der Busen, direkt vor ihm!

Und gleich wieder weg.

«So, du bist dann fertig! Ich mach dir nur das hier noch ab.»

Eine Schicht Haut wurde von seinem Hals gerissen.

«Und nu raus aus unserem besten Kittel! – Jetzt müsstest du ausnahmsweise mal die Augen auf behalten, denn sonst kann ich dir wirklich nicht zeigen, wie dein Nacken geworden ist!»

Sein Nacken war blank. So viel konnte er sehen, obwohl das bunte Neonlicht der im Zickzack an der Decke angebrachten Röhren nicht wirklich viel erkennen ließ. Aber dem Ruf des Ladens entsprechend mussten sein Nacken und der dazugehörige Kopf hip aussehen. Die in einer engen schwarzen Gummipelle steckende Friseuse – wenn das in diesem Rahmen überhaupt noch die adäquate Berufsbezeichnung für sie war – wirkte sichtlich zufrieden mit Ronalds Haaren, sich selbst und eigentlich der ganzen Welt.

«An was hast du eigentlich die ganze Zeit gedacht, als du die Augen zuhattest?»

«Ich hab mir vorgestellt, wie du nackt aussiehst …»

«Das enttäuscht mich jetzt aber!»

«Wieso?»

«Dann hättest du Schussel samstags kommen sollen, da machen wir das hier immer nackig!»

Er sah sie verblüfft an und wurde von einem Kübel grellen Lachens übergossen.

... Ronalds Faust schloss sich geübt um das gold lackierte Drahtgeflecht, das den schussbereiten Champagnerkorken zurückhielt, der auf dem langen steifen Flaschenhals wie eine reife Eichel saß. Das Glas der Bouteille war beschlagen, und erste Tropfen rannen langsam den Hals herunter. Julia beobachtete, wie sie dicker und schneller wurden, die Feuchtigkeit vom Etikett davontrugen und die Schrift klarer werden ließen. Ronalds andere Hand befand sich am Flaschenboden. Den Daumen fest in die tiefe Einbuchtung gespreizt, begann er, den Flaschenkörper zu drehen. Er sagte nichts, schaute Julia nur an, als wäre sie es, die er gleich öffnen würde, und nicht diese Flasche Champagner ...

«... aus dem ältesten Champagnerhaus Frankreichs! Also, den kann ich Ihnen wirklich wärmstens empfehlen! Das ist dieses Jahr der stärkste Champagner von allen, ehrlich. Ich bin vor kurzem noch bei Ruinart gewesen und ... also: Einmalig, sag ich Ihnen! Ich mein, ich könnt Ihnen genauso gut hier Dom Perignon verkaufen, Taittinger oder Krug, für mich ist das gleich. Also vom Umsatz her. Aber ich sag Ihnen: Nehmen Sie *den*! Sie werden es nicht bereuen! Versprech ich Ihnen!»

«Und wie schmeckt der? Ich möchte auf gar keinen Fall einen mit zu viel Säure!»

«Nein, also da ist der *genau* richtig. Der Ruinart-Champagner hat *Stil*! Andere haben vielleicht mehr Frucht, mehr Explosivität. Aber der hier hat Stil. Also da versprech ich Ihnen ganz bestimmt nicht zu viel! Der Ruinart ist *unglaublich* cremig auf der Zunge, verstehen Sie? Wie Öl! Traumhaft!»

Der Verkäufer, mit seinem dunklen Zwirbelschnauzbart französischer aussehend als der Bauer in der Bressot-Reklame, schaute sie nach seinem Schlussplädoyer forschend an, den Champagner wie hypnotisierend vor ihr Gesicht haltend.

«Ich kann Ihnen *gerne* auch noch andere zeigen … Aber mit dem hier werden Sie viel Freude haben! Garantiert!»

Das war doch genau das, was sie wollte! Ein gutes Omen! Außerdem: Nicht nachdenken! Kaufen! Kaufen! Kaufen! Handeln! Immer nur nach vorne! Ein Gestern gab es nicht mehr.

«Na gut, dann nehme ich den. Auf Ihr Risiko!»

«Da können Sie sich drauf verlassen! – Soll ich Ihnen die Flasche einpacken?»

… Ronalds Hände rissen das Geschenkpapier von der Flasche, als giere er genauso sehr nach deren Inhalt wie nach der im Bett wartenden Frau. Und wenn er diese schon noch nicht ausziehen durfte, dann war jetzt zumindest diese Flasche fällig! Das zerfetzte Papier fiel raschelnd auf den Boden …

«Nur sollten Sie die Flasche dann natürlich nicht eingepackt in den Kühler stellen, sonst wird das Papier feucht und klebt am Glas. Das ist dann nicht so schön.»

… Ronalds Hände rissen das Geschenkpapier von der Flasche, als giere er genauso sehr nach deren Inhalt wie nach der im Bett wartenden Frau. Die Verpackung klebte an seinen Fingern, und er ging ins Badezimmer, um sich von dem Mist zu befreien …

«Nein. Dann lassen Sie es! Ist auch so in Ordnung!»

Erst als Julia aus dem Laden trat, fiel ihr ein, dass es klüger gewesen wäre, die schwere Champagnerflasche als Letztes zu kaufen. Aber sie war ihr zuerst eingefallen. Denn damit würde alles beginnen. Das heißt, nicht ganz. Wenn er ins Zimmer kam, würde er als Erstes sie sehen, wie sie dort auf dem Bett lag. Völlig nackt.

Nein.

Das war schlecht.

Das war einfallslos.

Wenn *sie* betrog, dann mit Stil. Dann die ganz große Geste. Und da der Champagner schon ohne Geschenkpapier auskommen musste – weil es *feucht* wurde –, musste sie wenigstens entsprechend eingepackt sein. Den Dessousladen hatte Julia bisher immer gemieden, aber Dinge änderten sich eben. Heute würde sie dort etwas Geschmackvolles erwerben. Aber nicht zu geschmackvoll. Sie war keine Puppe, sondern eine Frau. Und sie war nicht unberührbar, nicht mehr länger. Das sollte man auch sehen können.

In dem lichtdurchfluteten Geschäft schafften es die weißen, gesichtslosen Schaufensterpuppen, den knappen Fetzen an ihrem Leib jeglichen lasziven Touch zu nehmen. Die Verkäuferin, welche überraschenderweise als Margot Hellwigs vollschlankes Double durchgegangen wäre, trug violette Seidenunterwäsche, was Julia leider problemlos durch das weiße Stretchkleid sehen konnte. Zumindest stand diese Frau zu ihren Produkten und scheinbar auch zu ihren durch das Kleid zusammengewursteten Hüftröllchen.

«Guten Tag! Bitte schön?»

Ein Lächeln mit weißen Zähnen, die zu gerade waren, um echt zu sein.

«Ich suche etwas … Besonderes.»

«Für welchen Anlass?»

Für welchen Anlass? Hatte sie das wirklich gerade gefragt? ‹Ich möchte es gern beim Fremdgehen tragen!› War das etwas, was man Miederwarenfachverkäuferinnen anvertraute?

«Für einen *besonderen* Anlass.»

«Mhm.»

Ihre Neugier schien nicht befriedigt, aber der Kaufmannsgeist drängte sie, auch dieser Kundin schnellstmöglich etwas möglich teures aufzuschwatzen.

«An welche Farbe hatten Sie denn gedacht?»

«Was ist denn momentan ‹in›?»

«Kommt ganz drauf an, für welchen Anlass ...»

Okay. Dieser Einkauf war kein halb so prickelndes Erlebnis, wie die Frauenzeitschriften immer suggerierten.

«Um meinem Freund eine kleine Freude zu machen.»

«Und was ist seine Lieblingsfarbe?»

Keine Ahnung.

«Er hat keine Lieblingsfarbe.»

Die Verkäuferin grunzte, aber auf eine sehr damenhafte Art.

«Also, momentan ist Weiß wieder modern, aber ich würde bei Ihrer hellen Haut eher zu einem kräftigen Farbton raten. Rot ist natürlich eine Möglichkeit.»

Das wäre zu viel.

«Nein. Rot ist nicht das Richtige.»

«Gut. Dann *kein* Rot. – Also, Blau würde ich Ihnen auch nicht raten, wegen Ihrer braunen Haare. Aber die haben ja einen leichten Touch ins Rötliche, nicht wahr? Da wäre Grün ideal für Sie. Das würde Ihrem *Freund* sicher gefallen!»

Also ließ sich Julia verschiedene Dessous in Grün zeigen. In Mintgrün, Apfelgrün, Tannengrün, einer Farbe, die eigentlich mehr wie Gelb aussah, und einem changierenden Dunkelgrün, das von der richtigen Seite aus betrachtet hellgrün glänzte. Der Stoff war glatt, und an den Seiten von BH und Slip waren kleine Stickereien appliziert. Es hatte Stil.

Und es zeigte genug Po.

Und es pushte die Brüste.

Zudem war der BH leicht zu öffnen. Die Verkäuferin vergaß nicht, dies mitzuteilen. Ohne Regung.

«Wo kann ich das denn mal anprobieren?»

«Da drüben in der Ecke haben wir eine Umkleidekabine. Aber bei dem Höschen müssen Sie Ihres drunter anlassen. Ich meine, stellen Sie sich mal vor, jede Kundin würde unsere Stücke *ohne* anprobieren! Würden Sie dann noch etwas bei uns kaufen?»

«Nein. Ich glaube, das wäre noch ein Grund mehr, hier nichts zu kaufen.»

«Sehen Sie!»

Der teure Stoff fühlte sich gut an auf der Haut. Er war sexy. Sie war sexy. Ehe Julia sich versah, hatte sie ein Bein leicht angewinkelt und posierte vor dem Spiegel, als wäre sie im Otto-Katalog. Es funktionierte! Für einen kurzen Moment dachte sie daran, die Sachen anzulassen und damit durch die Stadt zu flanieren. Niemand würde wissen, was sie unter der normalen Kleidung trug. Aber ihr knapp geschnittenes Geheimnis könnte dabei knittern, doch es musste perfekt aussehen. Ihren Fang in der Hand haltend, kam sie wieder hervor.

«Ich nehme es!»

«Das habe ich mir direkt gedacht! Ich hab da ein Auge für!»

Die Verkäuferin tippte den Betrag flink ein und kassierte schnell ab.

«Warten Sie, ich geb Ihnen noch ein Tütchen dafür!»

«Packen Sie es doch bitte als Geschenk ein!»

«Ich dachte, es ist für *Sie*?!»

«Ich möchte es mir selbst schenken ...»

Miss Molly packte die Sachen unwillig und ein wenig schlampig ein, aber sie packte sie ein. Rache war tatsächlich süß. Es hatte sich gelohnt, diesen Laden zu betreten. Es würde alles noch besser machen.

... Ronalds Faust schloss sich augenblicklich fester um das goldlackierte Drahtgeflecht, welches den schussbereiten Champagnerkorken zurückhielt, als Julia den Sitz ihrer Brüste im grünlich glänzenden BH überprüfte. Das Glas der Bouteille war beschlagen, und erste Tropfen rannen langsam den Hals herunter. Julia beobachtete, wie sie dicker und schneller wurden, die Feuchtigkeit vom Etikett davontrugen und die Schrift klarer werden ließen: ‹Ruinart›. Sie stand lautlos auf und ging katzengleich auf Ronald zu. Mit einer sachten Bewegung strich sie sich etwas Tau vom Flaschenhals auf die Fingerspitze und tigerte zurück, ihren süßen kleinen Po ein wenig schwingend. Sie war sich voll bewusst, wo der Stoff aufhörte, der aufreizend in ihr festes Fleisch schnitt, die Backen in der Hälfte teilend. Nachdem sie sich wieder auf dem Bett niedergelassen hatte, nährte sie die kleine Distelblüte, die sich an der Innenseite des linken Oberschenkels befand, mit dem Tropfen auf ihrer Fingerspitze. Das Blau der Blüte glänzte nun ebenso sehr wie das Grün, das nur wenige Zentimeter entfernt ihre Scham verhüllte. Ronalds Daumen schob sich weit gespreizt in die tiefe Einbuchtung des Flaschenbodens, und er begann, den glasigen Körper zu drehen, während er den ungeduldig wartenden Korken festhielt. Ronald sagte nichts, schaute Julia nur an, als wäre sie es, die er gleich öffnen würde, und nicht diese Flasche Champagner. Dann knallte es, und der Korken bohrte sich in seine Hand, die unbeweglich in der Luft stand, während der Schaum überschwänglich aus der Bouteille spritzte. Er tat zwei Schritte vor, um den edlen Inhalt der Flasche über den edlen Inhalt des Bettes gießen zu können. Und der Distelblüte noch mehr Saft zum Erblühen zu geben. Julias Körper begann zu prickeln, als hätte jemand Brausepulver in ihr Blut gemischt …

Ihre Hände rasten wie Spinnen über seinen Leib, Schemen, doch unentwegt zustechend. Die Konturen ihres Körpers verschwommen zu einem roten Schleier, der wild über das Bett wehte. Aber die Spuren in seiner Haut blieben. Rote Punkte. Sauber gestochene Schmerzen. Als läge er nackt in einem Hagelschauer. Bewegungsunfähig. Denn Julia hatte die Seile tief in das Fleisch gezerrt, kunstvoll jeden Bereich seines Körpers in Rauten abtrennend. Im Deckenspiegel sah er hilflos, wie sie über ihn herfiel, wild entschlossen, seine Eingeweide zu verschlingen und sein Blut zu trinken. Unter ihrer Latexhaut spielten die Muskeln wie eine Horde fetter Katzen. Und ständig stieß sie diese quietschenden Geräusche aus. Metallisch. Unmenschlich. Die lautstarken Bremsen brachten den Zug in Dortmund zum Stehen. Die Welt blieb plötzlich wieder stehen und gewann an Form, an Menschen zwischen Stahlträgern, an bunten Schalenkoffern neben überquellenden Mülleimern, an

Teenagern, die an ihre Jack-Wolfskin-Rucksäcke gelehnt auf dem dreckigen Boden saßen. Als der ICE «Gebrüder Grimm» wieder anfuhr, hatte Ronald sich unerklärlicherweise aus den reißfesten Nylonseilen befreit. Stattdessen lag Julia jetzt auf dem Bett. Das schwarze Latex, das eben noch ihren Körper bedeckte, hatte sich unter die Haut verzogen. Sie war jetzt nackt, bis auf einige wild verstreute Blüten, die mitsamt ihren Stängeln nicht vollkommen den Eindruck eines Salates vermeiden konnten. Es waren Rosen, weiße, gelbe, rote, wahllos Julias leicht getoastete Haut verdeckend und – zufälligerweise – auch Brustwarzen und Venushügel mit ihren Blütenblättern umhüllend. Darunter bewegte Julia sich wie in einer alten Schlangenhaut, ihr ganzer Körper wogte, aber niemals so viel, dass ihre Blumenhaut zerriss. Alle wichtigen Blüten blieben an ihrem Platz, auch als sie sich seitlich durch das französische Bett wand, Spuren im zerknüllten Betttuch hinterlassend, das sie immer mehr aus seiner Halterung zog, die Matratze entblößend. In diesem Moment wusste Ronald, dass sie jemand von den Rosen befreien musste, die drohten ihre feine Haut zu zerschneiden! Er entledigte sich fachgerecht seiner Kleidung und kniete sich auf die Matratze. Mit sicherer Hand packte er die Blüten an den Stängeln, immer genau zwischen den Dornen, und warf sie gleichmäßig verteilt auf den Boden um das Bett. Ein Wall aus Stacheln. Hier würde niemand mehr herauskommen. Bei Hamm, als er sie endlich komplett von den Rosen befreit hatte, fing sie an zu schreien. Zu quietschen. Metallisch. Unmenschlich.

Auf dem Bahnhof waren alle Frauen komplett bekleidet. Ein schlechter Tausch. Seine Lider gaben eine bessere Leinwand ab als das Fenster des Abteils. Bei ihm gab es heute Wunschprogramm. Das weibliche Geschlecht auf dem Hammer Hauptbahnhof sah dagegen erschreckend normal aus. Nicht wie Julia. Ronald fixierte eine Frau, ihr Gesicht wie dehydriert, ihre abgenagten Beine in Netzstrumpfhosen. Sinnlos aufgetakelt. Gegen Windmühlen kämpfend. Aber ihr Lächeln war schön, selbstbewusst, die Wirklichkeit wie eine lästige Fliege wegjagend.

Was, wenn alles Illusion war?

Wenn Julias Körper und Geist zwei ungleiche Schwestern waren, die eine so abstoßend wie die andere anziehend? Was, wenn es einfach nicht funktionierte? Er tumb wie ein Schuljunge, sie brettsteif. Deutsche Eiche.

Der Zug fuhr wieder an und ließ nicht nur den schmucklosen Bahnhof der ostwestfälischen Stadt hinter sich, sondern auch die ernüchternden Fragen. Und Ängste. Ronald war wieder auf dem Weg. Und wenn nicht zum Ziel, wohin dann? Die Welt verschwamm erneut.

Wichtig war das Zusammenspiel von Form und Farbe, ob die Natur sie dem delikaten Anlass entsprechend geformt und bemalt hatte. Julia ließ sich fallen. Blumen waren jetzt das, was sie auf der Welt am meisten interessierte. Ganz im Gegensatz zum Floristen, der immer wieder Versuche der Hilfeleistung startete, bis er frustriert aufgab und Schleifchen auf Vorrat band. Julia studierte Geranien, Orchideen, Sonnenblumen, Rosen, Tulpen, Margeriten, auch die Topfpflanzen bezog sie ein: Cyclamen, Einblatt, Buntwurz, ausgiebig die Anthurien – gegebenenfalls konnte sie deren Blüten pflücken, um sie über das Laken zu verteilen. Das Problem war nur, dass sie dessen Farbe nicht kannte. Also hieß es abwägen. Ausgiebig. Der Florist hatte nun genug Schleifchen für die kommenden Monate gebunden und stand vor der schwierigen Aufgabe, eine sinnvolle Beschäftigung vortäuschen zu müssen. Kein anderer Kunde in Sicht. Und der Laden hatte auch keinen Hinterraum, in dem Gestecke angefertigt werden konnten. Die Kunden sollten alles sehen können. Im Augenblick: seine Hilflosigkeit.

Er band noch ein paar Schleifchen.

Julia drückte ihren Rücken wieder gerade und blickte auffordernd in Richtung des jungen Mannes hinter der Theke, der sich nun wie eine kleine glückliche Blume auf sie zubewegte.

«Sie haben sich entschieden?»

«Ich nehme drei Töpfe von der Cinerarie. Die rote da, die gelbe hier links und diese blaue. Und schneiden Sie mir bitte die Blüten ab und packen sie in drei Tütchen ein. Die Töpfe kann ich doch hier lassen, oder?»

Perfektes Risikomanagement. Jetzt konnte an Bettlaken kommen, was da wolle.

«Die Blüten *abschneiden*?»

«Ja, aber nicht zu knapp, dass die Blütenblätter noch halten.»

Julia sah sich noch einmal voller Zufriedenheit die drei ausgewählten Pflanzen an. Jede trug über hundert kleine, wunderschöne Blüten.

«Tut mir Leid, wir schneiden keine Blüten ab.»

«Wieso nicht?! Ich zahl auch gern was mehr dafür! Und Sie haben doch sonst eh nichts zu tun. Für mehr Schleifchen ist wahrscheinlich sowieso kein Band mehr da. Nicht wahr …?»

Sie lächelte. Und er lächelte zurück. Bloß diese Blüten schnell abschneiden! Vielleicht fiel ihr sonst noch ein, dass er sie auch trocknen sollte!

Im Bluescreen-Verfahren kopierte sich Ronald aus dem Abteil in das reservierte Zimmer des ‹Lusso› und generierte eine Julia, die gerade von außen die samtbesetzte Türklinke herunterdrückte. Diesmal wirkte sie realer, und ihr Gesicht glich dem der Frau auf dem Bahnhof. Nur um Jahrzehnte jünger. Aber dasselbe Lächeln. Julia hatte ihre schmalen Augenbrauen hochgezogen und den Mund leicht geöffnet, die obere Zahnreihe freilegend. Makellos, dachte Ronald. Ihre Mönchskutte wirkte vollkommen fehl am Platz und deshalb passender als alles andere. Er war im Bett. Nein, unter der Dusche. Rieb gerade seinen Körper ein, weißen Schaum auf sich streichend. Sie hörte das Rauschen der Dusche. Und dahin ging sie. Als sie im Badezimmer stand, unbemerkt eingetreten, betrachtete sie ihn lange durch das milchige Glas, seinen Körper studierend, seine Bewegungen, das Unbekannte. Wie er geschickt über seine Gliedmaßen strich, selbstverliebt und zärtlich, die eigenen Schultern liebkosend, den Po mehrmals kraftvoll umrundend. Die

Angst verflog aus ihrer schweren Kutte, die deshalb nicht mehr nötig war. Durch die Jahre des stillen Klosterlebens in Geräuschlosigkeit geübt, floss der dicke, dunkle Stoff wie Seide auf den Kachelboden. Auch die Schritte ihrer nackten Füße waren nicht zu hören, und ihre blasse Haut, der es nicht erlaubt war, sich der Sonne auszusetzen, hob sich kaum von den weißen Wänden ab. Ronald fuhr zusammen, als die Schiebetür der Dusche zur Seite glitt. Und schrie.

«Hallo, wir kennen uns vom Altar …»

Ronald brüllte vor Schreck immer weiter und steigerte sich hinein, vom eigenen Schreien noch mehr erschreckt. Begann dann wie ein Ferkel zu quietschen. Metallisch. Unmenschlich. Bielefeld rettete ihn aus der Dusch-Plattitüde.

Auf dem Weg nach Hannover entjungferte er die Nonne dann doch noch und gab sich bereitwillig dem alten Männertraum hin, dies sei sowieso das Größte. Ganz besonders bei einer Nonne! Obwohl laut Chauvinisten-Hitparade nun nichts Besseres mehr kommen konnte – außer vielleicht der Bekehrung einer von Geburt an überzeugten Lesbe, die zudem absolut blendend aussah und an der sich schon Tom Cruise die Fingernägel ausgebissen hatte –, vertrieb Ronald sich die Fahrt nach Hamburg doch recht vergnüglich mit einigen Lebensmitteln und einer Frau, die an jeder Körperstelle anders schmeckte. Von den Füßen bis zum Kopf hatte man mehrmals Vorspeise, Hauptgang und Dessert. Manchmal gleichzeitig.

Die lautstark im Gang vorbeihastenden Passagiere ersparten ihm, dass auch diese Julia zu quietschen begann. Ronald musste sie verlassen, als er gerade begonnen hatte, mit ihren Marmeladen-Brüsten Buzzer zu spielen. Als die Wagen langsamer wurden, um in Hamburg einzurollen, holte ihn Hameln wieder ein. Aber jetzt waren die Antworten nur noch wenige hundert Meter entfernt. Beatrice, DarkLady, Titania, Magdalena, Medusa. Wie sah die Frau aus, die alle vereinte? All diese Figuren. Keine Frauen. Was war Julia? Frankensteins Cyber-Monster? Ein Erotik-Wolpertinger?

Wie würde ihr Fleisch schmecken?

Der Zug schrie, als die Bremsen den nackten Stahl ergriffen, um ihn am Weiterrollen zu hindern. Hamburg Hauptbahnhof. Endstation.

Julia war froh, dass sie das Flugzeug genommen hatte. Da kam man wenigstens nicht auf dumme Gedanken. Über den Wolken wurde sie ständig beschäftigt, ein wahrer Luftkindergarten: An- oder Abschnallen, Essen, und wenn man Glück hatte, einen Film. Auf diesem kurzen Inlandsflug gab es keinen, dafür aber einen Fensterplatz. Sie durfte nur den Blick nicht schweifen lassen, sich nicht in den Wolken verlieren, die Welt darunter so klein, die Menschen so unwichtig, all das dumme Zeug. Jetzt stand es ihr mehr nach einer Auflistung von weltweiten Krisenherden. Musste es. Focus-Schwerpunktthema. Mit vielen Infografiken.

Das war spannend.

Manchmal nicht genug.

In diesen Momenten blickte Marius zwischen den Buchstaben hervor, oder seine Hand erschien auf dem Mund der Frau, die sich gerade genüsslich die Achseln deodorierte. Julia musste sich anderweitig beschäftigen! Sie stand auf, holte die Blumen aus dem Ablagefach und roch noch einmal tief daran. Roch an der Zukunft.

... Der Duft der vielen Blüten lag schwer auf dem Zimmer, als hätte sich der Raum selbst für diesen Anlass parfümiert. Ein klassischer Duft, aus einer dickglasigen Flasche. Ronalds Faust schloss sich augenblicklich fester um das gold lackierte Drahtgeflecht, welches den schussbereiten Champagnerkorken zurückhielt, als Julia den Sitz ihrer Brüste im grünlich glänzenden BH überprüfte. In ihr Dekolleté hatte sie einige rote Blüten gesteckt – auch auf die Gefahr, so rot-grün etwas weihnachtlich zu wirken. Irgendwie wäre aber selbst dies dem Anlass entsprechend. Das Geschenk hatte er lange genug von außen gesehen, zumindest gelesen und gehört. Jetzt war es Zeit, zum Inneren vorzudringen. Das Stanniolkleid war schon vollends heruntergeschoben. Das Glas der Bouteille war beschlagen, und erste Tropfen rannen langsam den Hals herunter. Julia beobachtete, wie sie dicker und schneller wurden, die Feuchtigkeit vom Etikett davontrugen und die Schrift klarer werden ließen: ‹Ruinart›. Sie stand lautlos auf, sich vorsichtig auf dem schwarzen Laken bewegend, um keine der Blüten zu zerdrücken, und ging katzengleich zu Ronald. Mit einer sachten Bewegung strich sie sich etwas Tau vom Flaschenhals auf die Fingerspitze und tigerte zurück, ihren süßen kleinen Po ein wenig schwingend. Sie war sich voll bewusst, wo der Stoff aufhörte, der aufreizend in ihr festes Fleisch schnitt, die Backen in der Hälfte teilend. Nachdem sie sich wieder auf dem Bett niedergelassen hatte, nährte sie die kleine Distelblüte, die sich an der Innenseite des linken Oberschenkels befand, mit dem Tropfen auf ihrer Fingerspitze. Das Blau der Blüte glänzte nun ebenso sehr wie das Grün, das nur wenige Zentimeter entfernt ihre Scham verhüllte. Ronalds Daumen schob sich weit gespreizt in die tiefe Einbuchtung des Flaschenbodens, und er begann, den glasigen Körper zu drehen, während er den ungeduldig wartenden Korken festhielt. Ronald sagte nichts, schaute Julia nur an, als wäre sie es, die er gleich öffnen würde, und nicht diese Flasche Champagner. Julia nahm einige der Blüten und streute sie über sich, mit anderen legte sie Formen, vier gelbe Cinerarien-Blätter schlossen nun den Bauchnabel ein, als wäre dieser selbst eine Blume. Dann knallte es, und der Korken bohrte sich in Ronalds Hand, die unbeweglich in der Luft stand, während der Schaum überschwänglich aus der Bouteille spritzte. Er tat zwei Schritte vor, um den edlen Inhalt der Flasche über den edlen Inhalt des Bettes gießen zu können. Und der Distelblüte noch mehr Saft zum Erblühen zu geben. Julias Körper begann zu prickeln, als hätte jemand Brausepulver in ihr Blut gemischt. Einige der Blüten wurden von ihrem Körper auf das nasse Betttuch gespült. Als sich das Prickeln wieder legte und feuchte, glänzende Haut hinterließ, begann sich ihr Körper zu erhitzen, um den Champagner aufzukochen, zu verdunsten. Ronald trank aus der Flasche und ließ den Rebensaft über die Mundwinkel auf seine Brust tropfen. Blitzschnell griff Julia unter eines der großen Kopfkissen und holte Blütenblätter hervor, die sie auf Ronald warf. Sie segelten wie dicke Schneeflocken auf den Boden. Beide mussten lachen, und Julia stand auf, um ihn an sich zu drücken, diesen fremden, wohl bekannten Mann, sah in sein Gesicht, tiefer in seine Augen. Ronalds Hände fanden schnell den Verschluss auf ihrem Rücken und öffneten ihn problemlos, der feuchte BH löste sich mit einem schmatzenden Geräusch von Julias Brüsten und fiel zu den Blüten auf den Boden. Plötzlich hatte Ronald die Flasche Champagner wieder in der Hand und leerte sie über ihrem Kopf, über seinem, über ihrem und über beiden gleichzeitig, als sie sich das erste Mal küssten und ihre Münder nach dem besten Champagner des gesamten Jahrgangs schmeckten …

Nur fliegen war schöner.

«Wir befinden uns im Anflug auf Hamburg. Bitte stellen Sie das Rauchen ein. Bringen Sie Ihre Rückenlehne in eine aufrechte Position, und schnallen Sie sich an. Danke.»

Das Taxi hielt, wo es nicht halten sollte – zumindest nicht, wenn es nach Julia gegangen wäre. Es stoppte direkt davor. Zweite Parkreihe. Warnblinklicht an. Zwischen «Cherie» und dem «B****** Shop» eingeklemmt, lag das türkisfarbene Hotel ‹Lusso›. Der «Seventh Heaven (Bizarr)» war auch nicht weit. Im gegenüberliegenden «Heury's Show Center» gab es eine Video-Peepshow (96 Programme mit Stereosound), einen Super-Sex-Shop, ein Super-Sex- Kino und für diejenigen, die nicht an sich selbst rumdaddeln wollten, die Spielhalle St. Georg. Eine professionelle Gegend.

Julia gab dem Taxifahrer so viel Trinkgeld, als könne sie damit sein Schweigen erkaufen.

Jetzt fühlte sie sich schuldig.

Hier fühlte sie sich schuldig.

Und sie war froh, ihre neue Unterwäsche nicht anzuhaben, sonst hätte sie sich nun von jedem Mann, und würde er auch nur seinen Dackel spazieren führen, mit Blicken ausgezogen gefühlt, bis auf den knappen BH, den heißen Slip, bis auf die Haut dieses billigen

Mädchens. An ihrem Körper befand sich kein Erkennungszeichen einer Pfarrersgattin. Nur die fein gespannte Haut einer jungen Frau.

Ein älterer Türke in einem etwas zu großen grauen Anzug und eine Kaugummikauerin mit Harley-Davidson-Lederjacke kreuzten ihren schnurgeraden und hüftsteifen Weg zum Hotel. Im Eingang hingen Fotos von den Zimmern. Schwülstige grüne Dekortapeten mit riesigen feisten Blüten, blau gemusterter Flauschteppichboden, Sessel aus Leopardenfellimitat. Am liebsten hätte sie ihre Blumen weggeworfen und wäre zurückgelaufen in ihr warmes, heimeliges Zuhause. Das es nicht mehr länger gab. Das es nie wieder geben würde. Der Mann an der Rezeption stellte sich als Arno vor, erklärte aber, dass er abends elegantere Kleidung trage und dann Svenja heiße. Sie solle sich also nicht wundern.

«Wenn Sie irgendwelche Wünsche haben sollten, Frau … *Müller*, halten Sie sich bloß nicht zurück! Melden Sie sich einfach bei mir! Rufen Sie, schreien Sie – ich werde kommen und Ihre Wünsche erfüllen! Obwohl ich denke, dass Sie mich für *einige* kaum brauchen werden. Oder können!»

Er lachte schrill auf und zeigte damit eindrucksvoll, dass er sich einen Dreck um schwule Klischees kümmerte.

«Wie viele *Stunden* wollen Sie denn bleiben?»

Der Schock packte Julias Magen und schmiss ihn in kochendes Wasser.

Ronald drückte die Tür zur Seite. Weg mit dem Stein vor dem Höhleneingang.

«Also, Arno: Wie sieht sie aus?»

«Schön, dass du noch nicht mal hallo sagst!»

«Hallo! – Also: Wie sieht sie aus?»

«Nur ein kleiner Scherz! Ronald ist ein alter Kommilitone – allerdings einer, der sein Studium im Gegensatz zu mir beendet hat. Er hat mir gesteckt, dass Sie noch nichts von unserem *Etablissement* wissen.»

Der schon rot gekochte Magen wurde wieder aus dem Topf gezogen.

«Wir haben zwar eine sehr unsittliche Vergangenheit, aber unsere Gegenwart ist hochanständig. Wir sind, wie man so schön sagt, ein gutbürgerliches Hotel.»

Julia nickte, ein Lächeln aus ihrem Gesicht quetschend.

«Also, mein lieber Ronald, sie ist eine groß gewachsene, elegante Frau mit wirklich –»

«*Sag es nicht!* Sag es lieber nicht! Ich hab's mir anders überlegt!»

«Holla, Schätzchen! Ich dacht ja schon, *sie* wäre ein Nervenbündel, aber dass mein allerliebster Ex-Mitstudierender nun hier mit einem Schwarm Schmetterlingen im Bauch auftaucht. Wunder gibt es immer wieder!»

«Grüß Svenja von mir!»

Und ab war er, die Treppe hoch, zwei Stufen auf einmal nehmend, als gälte es, den Berg vor dem Propheten zu erreichen.

«Werde ich machen, wenn ich sie sehe! – Kinder, Kinder …!»

Julia stützte sich an der Rezeption ab. Nur einmal richtig Luft holen, dann würde es ihr wieder besser gehen.

«Sie sind ja ganz blass! Das tut mir jetzt aber wirklich Leid! Passen Sie auf: Ich geb Ihnen hier schon mal Ihren Schlüssel, Zimmer 25, die Treppe rauf, links den Gang, ist nicht zu verfehlen. Und als kleine Wiedergutmachung bring ich Ihnen gleich einen Piccolo hoch, um die Nerven zu entspannen! Okay?»

Ronald kam wieder heruntergestolpert.

«Zimmernummer?»

«25, wie gewünscht. Und bitte, sei zärtlich, Schätzchen, die Frauen lieben das!»

Julia brachte ein Kopfschütteln in Verbindung mit einem «Nicht nötig!» zustande und erklomm die mit dickem Teppich ausgelegte steile Treppe, sich am gold gestrichenen Geländer festhaltend. Die Tür zur 25 war stoffbezogen. Bordeauxrot. Der Schlüssel klickte saftig im Schloss. Die Tür öffnete sich stöhnend. Das gehörte hier wohl zum guten Ton. Außer der geschmacklosen Tapete, dem geschmacklosen Teppich und den geschmacklosen Sesselbezügen hatte man tatsächlich noch mehr Geschmacklosigkeiten gefunden, die überhaupt nicht zueinander passten. Einzig ein kleiner Fernseher mit Plüschbezug sorgte für einen Hauch Normalität, für Gäste, die sich auf gute deutsche Art vergnügen wollten. An der Wand befand sich ein rot lackierter Metallschrank, daneben ein Bistrotisch, wie aus der nächstbesten Kneipe geklaut, und als Krönung – fast den gesamten Raum einnehmend – ein Monster von Bett. Mit dunkelrotem Baldachin und schweren, gerafften Vorhängen, die gut einen Meter von der hohen Decke hingen, weiße Bömmelchen am Ende. Im Baldachin: ein riesiger Spiegel. Julia ließ alles fallen, die Blumen, den Champagner, sich selbst ins Bett, alle viere zu den Seiten. Und blickte in ihr Gesicht. Sah die Ringe unter den Augen, die geplatzten Äderchen.

Gleich würde er kommen.

Sie würden ein wenig reden.

Belangloses Zeug.

Dann würde er sich ausziehen.

Sie würde warten und dabei zusehen. Wohin würde sie schauen? Gierig auf seinen Knackarsch, abwägend auf seinen Schwanz oder mütterlich auf die Art, mit der er die Hose faltete? Was sollte sie sagen? Würde er Schweigen als Phantasielosigkeit deuten? Ein paar Worte als Geschwätzigkeit? Was wären die richtigen Worte? Und welche wären nicht falsch? Julia setzte sich wieder auf und schnappte den Champagner und die Blütenbeutel, kramte das Tütchen mit der Reizwäsche aus ihrer Tasche. Der Duft der vielen Blumen würde nicht schwer auf dem Zimmer liegen. Und Ronalds Faust würde sich nicht fest um das gold lackierte Drahtgeflecht schließen.

Denn dieses Zimmer war in der Wirklichkeit.

Noch.

Als Ronald an der 25 ankam, war die Zimmernummer nicht mehr auf der Tür zu erkennen, denn darüber hing ein Zettel:

«Kein Licht!»

Das stoffbezogene Portal öffnete sich. Aus dem Licht trat ein großer Mann. Julia blickte weg. Nichts sehen. Der Neugier widerstehen. Der Wirklichkeit die Stirn bieten.

Die Tür schloss sich wieder, und Ronalds Pupillen wurden zu großen Seen, doch nichts drang durch die Oberfläche zum Grund. Keine Farben auf der Netzhaut, aber viele Bilder im Kopf.

«Schön, dich zu sehen!»

Julia lachte lautlos und war froh, dass er dies nicht sehen konnte. Das Lachen verdrängte die Angst ein wenig. Vielleicht war die Dunkelheit doch ein Fehler gewesen, denn sie konnte seine Augen nicht sehen und nicht die Spuren, die das Leben in seinem Gesicht hinterlassen hatte. Julia umfing sich mit den Armen und rückte ans Kopfende des Bettes, die Beine angewinkelt, im unsichtbaren Schneckenhaus.

«Wenn ich nichts sagen darf, musst du mir das sagen! Auf dem Zettel –»

«– stand davon nichts. Ja. Nein, natürlich darfst du reden.»

«Und in welche Richtung?»

«Das musst du schon selber rausfinden.»

8! 9! 10! Verstecken!

«Du hättest dir die Mühe mit den Rollläden gar nicht zu machen brauchen. Ich bin nämlich nachtblind, weißt du?»

Der Teppich verschluckte seine Schritte. Julia atmete flach, um das Knistern seiner Hose zu hören, wenn er sich bewegte. Und seinen unregelmäßigen Atem.

Als sich langsam drehende Windmühle wandelte Ronald durch die Finsternis. Er hatte das Hotel ausgesucht, das Zimmer. Aber sie den Raum. Kein Heimvorteil mehr. Vorsichtig glitt er mit den Händen durch die Luft, die erste Berührung war jeden Augenblick möglich. Der erste Kontakt. Sein Schienbein traf gegen etwas hartes.

Julia spürte die leichte Erschütterung des Bettes, die sich unwillkürlich in ihr fortsetzte. Etwas kam auf sie zu. Und dieses Etwas konnte alles mit ihr machen, was es wollte. Ein paar Schreie würden hier niemanden alarmieren. Und sein Freund führte das Hotel, er würde schweigen.

«Willst du mir nicht vielleicht doch einen Tipp geben, wo du bist? Nicht, dass ich gleich über dich falle!»

Julia wollte nicht mehr, dass er sie fand.

Sie wollte, dass er sie fand.

Sie wollte nicht mehr, dass er sie fand.

Fingerspitzen berührten ihr Bein.

Sie sprang auf, zur anderen Seite, runter vom Bett, und stieß gegen eine der spitzen Kanten des Metallschranks. Verletzt.

«Hast du dir wehgetan?»

«Es ist nichts!»

«Warte, ich mach mal Licht und guck's mir an. Ich versteh ein bisschen was davon.»

«Nein!»

Nur ein Wort, aber ein Schnitt in der Luft. Eine Sperre vor dem Lichtschalter.

«Gut ... Wie du willst. Dann setz ich mich jetzt aufs Bett. – Das ist ja weich wie Zuckerwatte!»

Julia nahm auf dem Boden Platz und betastete ihr Knie. Aufgeschürft. Was war dieses Treffen nur für eine Scheißidee gewesen! Kurzschlusshandlung. Sie fluchte in sich hinein.

Ronald blickte tief in die Dunkelheit und sah in dem Schwarz Sprengsel von Farben. Als Kind hatte er geglaubt, er könne Luft sehen.

Er erzählte es Julia.

«Ich war fest davon überzeugt, der einzige Mensch auf der Welt zu sein, der das konnte! Meine Eltern und besonders mein Bruder hielten das natürlich für absoluten Schwachsinn. Aber ich war mir total sicher: Ich war der Auserwählte! Die Macht war mit mir! Und da ich noch nie was von Augenflüssigkeit gehört hatte, wunderte ich mich natürlich ein wenig, wo die durchsichtigen Schlangen herkamen, die durch die Luft schwammen.»

«Und jetzt siehst du wieder die Luft?»

«Ja. Und ich muss sagen, sie sieht hier sehr gut aus, klasse Luft, keine Frage! Aber ich würd natürlich lieber dich sehen ...»

«Tja, ich find das nur fair! Ich kann keine Luft sehen, und du kannst mich nicht sehen. Ausgleichende Gerechtigkeit.»

Julias Knie begann zu jucken.

«Aber du kannst mich ja auch nicht sehen. Also zwei zu eins für mich!»

«Tja, tut mir Leid: Ich hab dich schon mal gesehen! Zwar nur auf Computerfotos, mit Maske und voller Lebensmittel, aber ich finde das gilt!»

«Das ist unfair! Ich durfte dich nicht sehen ...»

«2 zu 2. Unentschieden.»

Und Stille. Nur Atmen.

«Darf ich mir deine Wunde mal an ... fassen?»

Julia drehte ihren Kopf in Richtung Ronald und sagte mit brüchiger Stimme:

«Gib mir deine Hand!»

Und die Hand kam. Julia tastete in der Dunkelheit nach ihr und nahm sie, führte sie zum Knie. Ronald glitt vorsichtig darüber, die dünnen Hautfransen streifend. Zerfetztes Seidenpapier. Die Haut darum war glatt und auf eine cremige Art feucht. Ihr Kniegelenk fühlte sich klein an und absolut rund, nur die aufgeschürfte Wunde entstellte die natürliche Symmetrie. Es war nur ihr Knie, das er berühren durfte, aber Ronald merkte, wie ihn schon das erregte. Er würde seine Hand nicht wieder wegnehmen. Auf keinen Fall.

Julias Angst war weg.

Die Spannung nicht.

Jetzt war nicht nur eine andere Stimme im Raum, sondern auch ein anderer Körper, eine Hand, die begann, ihr Knie zu streicheln, es zu umfahren wie eine Insel. Das kleine Gelenk zwischen Ober- und Unterschenkel fühlte sich nur an wie ihr ganzer Leib, es war, als führe seine Hand die komplette Haut ab, und überall war Verlangen, überall Sucht nach dieser Berührung.

Das Bett begann zu knarzen, das Atmen kam näher und der Körper, der es ausstieß. Dann ein Lufthauch an ihrem Bein und etwas Feuchtes auf ihrem Knie, auf der Wunde, die sich immer noch heiß anfühlte, jetzt waren dort kühlende Lippen, zärtlicher Druck. Und die Hand war vom Knie heraufgeführt worden, ihren Oberschenkel empor.

Er musste sich zurückhalten, obwohl die inneren Pferde längst mit ihm durchgegangen waren. Ronald wollte sich auf Julia stürzen, endlich zu ihr kommen. Das Vorspiel hatte schon viel zu lange gedauert. Ganze Monate. Aber er durfte jetzt keinen Fehler machen, musste ihr Timing beachten, ihren Takt, musste ihren Puls fühlen und zu seinem machen.

Sie spreizte die Schenkel leicht, den Teil der Oberschenkel freilegend, der zu ihrer Scham führte, dort, wo die Haut am weichsten war. Ronald strich seine Fingerspitzen hauchzart über die äußere Seite des Schenkels, dann rückte er heran und nahm seine zweite Hand dazu, beide Schenkel liebkosend, langsam das Streicheln zu den Innenseiten verlegend, die Julia immer offener nach außen wand. Ronald versenkte seinen Kopf zwischen ihren Beinen, am Knie beginnend, schob sich der Mund saftvoll weiter ihren Körper hinauf, mit der Zungenspitze rastlos in ihr Fleisch eindringend. Seine Hände erreichten das seitliche Bündchen des Slips gleichzeitig und glitten darunter, den Druck des Stoffes auf den Fingernägeln. Ronald fuhr mit ihnen die kleine Rille in Julias Haut nach, die der Slip gefurcht hatte, dann huschte er mit den Fingern zur Mitte, immer weiter unter das Trapez des feinen Stoffes, immer stärker die Hitze spürend, der er sich näherte. Julia setzte sich auf und streckte ihre Hände in die Dunkelheit. Mehr von ihm. Mehr Haut. Freilegen. Die Knöpfe von Ronalds Hemd rutschten durch die schmalen Öffnungen und legten den Körper blank, gaben dem Geruch der Poren freie Bahn, dem hormongetränkten Schweißfilm, in dem sie heute noch baden wollte. Eine Gier schwoll in ihr an, die sie nicht kannte. Ein alles verschlingender Befehl. Als sie ihm das Hemd über die Schulter zog, streifte sie mit den Handgelenken seine Oberarme, spürte die wartenden Muskeln unter der Haut, seine Kraft, die sie jetzt kontrollierte.

Hoffentlich schwieg er. Sie war am Zug.

Den Gürtel griff sie an der Schnalle und riss ihn aus der Hose wie eine giftige Schlange, der Reißverschluss war nur ein kurzes Geräusch. Ronald hob das Becken, als Julia ihm die Hose herunterzog, und nur kurz an seinen Füßen Halt machte, für die Schuhe und Socken. Gewöhnlich bestand er darauf, selbst die Unterhose auszuziehen, aber er beschloss, seine Vorsätze zu vergessen. Und den Mund zu halten. Julia verbiss sich in seine Shorts und riss sie mit den Zähnen bis über die Füße. Er hörte, wie sie das Wäschestück in den Raum spuckte. Jetzt war er nackt.

Er war am Zug.

Ronald richtete sich auf, in der Dunkelheit mit seiner Brust gegen ihre stoßend und weiter dagegen drückend, bis sie flach auf dem Bett lag. Er spürte den glatten Stoff um ihre Brüste und fuhr mit den Händen zwischen Matratze und Rücken, um den BH zu öffnen. So einen Verschluss hatte er noch nie ertastet. Er probierte mehrere Methoden, bis Julia ihre Brust emporreckte und mit einem Griff die Spannung löste. Ronald nahm die Körbchen ab, senkte seine Nase in die Innenseite des Stoffes und sog ihn ein, den Duft ihres Busens.

Endlich real.

Echtes Fleisch. Echte Haut. Echter Duft.

Echte Berührung.

Seine Finger waren anders als die von Marius. Sie schienen mehr zu ihr zu gehören. Ihren Gedanken entsprungen. Und doch war dieser fremde Mann Wirklichkeit. Und doch war dieser fremde

Mann wohl bekannt. Es war alles neu, und doch schien er alles zu kennen.

Sie nahm seine Hände und führte sie wieder zu den Brüsten, mit ihnen sich streichelnd, ihnen die Rundungen schenkend, seine Fingerspitzen auf die Gipfel führend. Blitze durchzuckten ihre Blutbahnen, als er die Brustwarzen berührte. Ihr Busen sandte Starkstrom in alle Regionen. Ronald begann, ihre Brüste zu küssen, ihre Nippel zu lutschen, wie Kirschkerne voll mit Fruchtfleisch. Helle Entladungen schossen und strahlten, fixierten ihre Fingerspitzen und Fußsohlen, Kopfhaut und Kniekehlen und immer öfter Julias Unterleib, bis die Verbindung unausweichlich war und sich alles zwischen ihren Beinen bündelte und entlud. Ronalds Hände vertäuten sich in ihren Haaren, und dann stieg er auf sie, setzte sich breitbeinig auf ihr Becken, beugte sich vor und drang zu ihrem Mund. Julia hob den Kopf, sie wusste, wo seine Lippen waren, denn sie wusste, wie er sich bewegte. Und als er sie küsste, konnte sie auch in seine Augen sehen. Trotz der totalen Dunkelheit. Dort war Leidenschaft. Für alles, was er tat. Seine Lippen waren weicher, als sie erwartet hatte, und wärmer. Seine Zunge leckte ihren Mund aus, als wäre dieser über und über mit Creme Karamell gefüllt. Ein Schlemmen. Ein Schmatzen. Ein Stöhnen.

Ronalds Hand zog ihren Slip herunter. Er spürte die Feuchtigkeit zwischen ihren Beinen, die sich im Gewebe des feinen Stoffes verfangen hatte. Dort musste er hin, auch ihren zweiten Mund liebkosen, auch diesen auslecken, auch dessen Lippen zwischen den seinen lutschen. Und er setzte oben ab und unten an, so tief, dass sich die feuchtwarmen Schamhaare auf seine Augen legten. Julia schnurrte und schloss die Beine um seinen Kopf, ihn noch tiefer in sich drückend, bis er nach Luft japsend auftauchte. Sie warf sich auf ihn und beide drehten sich im Bett, sein Penis an ihren Schenkeln reibend, ihre Scheide seinen Bauch einstreichend. Und immer weiter drehend, sein Glied naschte an ihrer Scham, ihre Vagina küsste seinen Po. Und Arme zwischen Beinen und Köpfe zwischen Füßen.

Erschöpft warf sich Julia auf den Rücken. Jetzt war sie so weit. Jetzt war sie bereit.

Ihre Beine glitten weit auseinander, die Blöße öffnend. Keine Angeberei jetzt. Keine Akrobatik. Nur Beieinandersein. Den anderen spüren, nicht die eigenen Muskeln. Mit der Eichel umspielte Ronald ihren Kitzler und drehte damit den Lautstärkeregler des Stöhnens immer weiter. Ihr Becken bäumte sich auf, presste sich unaufhörlich gegen seines. Und er gab nach, drang ein. Puls an Puls drang er in sie ein, und ihre Hände ankerten in seinem Hintern, als stürze sie ab, wenn sie losließe. Das war genau der Rhythmus! Nicht schneller werden! Nicht schneller werden!

Ja.

Und loslassen.

Treiben lassen.

Raus ins Meer schwimmen. Und es kribbelt an den Füßen und es kribbelt überall. Das Meer kocht.

Seine Hände schoben sich unter ihre Schulterblätter und hoben sie hoch, zogen sie zu sich heran, ineinander sitzend, sachte dem Wellenschlag folgend. Und Julia spürte, wie ihre Scheide wuchs, größer wurde, immer mehr von ihrem Körper verschlang, und wie die Hitze immer wieder tief in sie gestoßen wurde. Ronald warf Julia aufs Bett. Jetzt musste es sein, und er wusste, dass sie es auch wollte. Jetzt.

JETZT.

Und der Sex wurde zur Raserei, Berührung zum einzigen Sinn. Da war nur Lust. Und die Lust zerriss die Zeit. Und die Geilheit nahm ihren Platz ein. Und Stoß auf Stoß. Immer wieder fieberhafte Zungenküsse ihrer Lenden. Immer wieder Aufbäumen in den anderen. Und es goss sich ein Rot über den Raum, das hell aus seinem Zentrum leuchtete, und doch die vollkommene Sattheit von Blut besaß. Es stieg und stieg und gebar sich wieder und wieder aus sich selbst heraus. Julia krampfte sich in Ronalds Fleisch, den Kopf an seinen Adamsapfel gepresst, dass ihm die Luft wegblieb, ihre Hacken in seine Kniekehlen getrieben. Und endlos.

Dann das Abebben, das zufriedene Blicken auf die zurückweichenden Wellen, die das Land wieder freigaben, das sie eben noch getränkt hatten. Wieder festen Boden unter den Füßen. Besseren Boden.

Ronald wollte noch nicht gehen, wollte sich nicht zur Seite rollen und Stücke aus der Luft beißen, um wieder ins Leben zu kommen. Er wollte bei ihr bleiben, denn er war eben auch *bei ihr* gewesen. So wahnsinnig nah. Kein Schritt zurück. Er streichelte ihr Gesicht, seine Wange auf den Busen gelegt, ihr Herz spürend.

Alles war richtig gewesen.

Und alles so leicht.

Keine Gedanken, nur leben.

Dies war, und da war sich Julia absolut sicher, der intimste, der erfüllendste Moment ihres Lebens. Und dieser Mann war extra dafür geschaffen worden. Dieser Mann war für sie.

Sie sprang auf und zog die Rollläden hoch.